오르한 파묵   Orhan Pamuk

1952년 튀르키예 이스탄불에서 태어났다. 이스탄불 공과대학에서
건축학을 공부하다가 23세에 소설가가 되기로 결심했다. 1982년
첫 소설『제브데트 씨와 아들들』을 출간하고 '오르한 케말 소설상'과
《밀리예트》문학상을 받았다. 다음 해에 출간한『고요한 집』역시
'마다라르 소설상'과 프랑스의 '1991년 유럽 발견상'을 수상했으며,
『하얀 성』(1985)으로 세계적인 명성을 얻기 시작했다.『검은 책』(1990)으로
'프랑스 문화상'을 받았으며, 이 소설을 통해 대중적이면서도
실험적인 작가로 전 세계에 이름을 알렸다.『새로운 인생』(1994)은
그의 작품 중 가장 실험적인 소설로 평가받으며 단숨에 베스트셀러에
올랐으며,『내 이름은 빨강』(1998)은 프랑스 '최우수 외국 문학상',
이탈리아 '그란차네 카보우르 상', '인터내셔널 임팩 더블린 문학상' 등을
그에게 안겨 주었다. '처음이자 마지막 정치 소설'이라 밝힌『눈』(2002)을
통해서는 새로운 형태의 정치 소설을 실험했으며, 2003년
자전 에세이『이스탄불』을 출간했다. 2005년 독일 '프랑크푸르트 평화상'과
프랑스 '메디치 상'을 받은 데 이어서 "문화들 간의 충돌과 얽힘을
나타내는 새로운 상징들을 발견했다."라는 평가를 받으며 2006년
노벨 문학상을 수상했다. 2008년에는 특유의 문체와 서술 방식으로
'사랑'이라는 주제에 접근한『순수 박물관』을 발표했고, 2012년 4월
이스탄불에 실제 '순수 박물관'을 개관했다. 그 후 이스탄불의 빈민가를
누비는 거리 상인의 일생을 서사적으로 그려 낸『내 마음의 낯섦』(2014),
오랜 동서양 신화가 매혹적으로 뒤얽힌『빨강 머리 여인』(2016),
1901년을 배경으로 한 역동적인 역사 소설『페스트의 밤』(2021)을 발표하며
꾸준히 작품 활동을 이어 오고 있다. 2006년부터 컬럼비아 대학에서
비교문학과 글쓰기를 가르치고 있으며, 보르헤스, 칼비노, 에코의 뒤를 이어
하버드대 노턴 강의를 맡은 후 강연록『소설과 소설가』(2010)를 출간했다.
에세이로『다른 색들』(1999)과 직접 그린 그림과 글을 수록한
『먼 산의 기억』(2022)이 있다.

먼 산의 기억

먼 산의 기억

Uzak Dağlar ve Hatıralar

오르한 파묵
Orhan Pamuk
이난아 옮김

노벨 문학상 수상 작가
오르한 파묵의 예술, 문학에 대한
수백 페이지의 기록

민음사

차례

오르한 파묵의 자전적 에세이 『이스탄불―도시 그리고 추억』을 읽어 본 독자라면 그가 일곱 살부터 스물두 살 때까지 화가가 꿈이었다는 사실을 알 것이다. 그렇다면 파묵은 주로 어떤 그림을 그렸을까, 작가가 된 이후에도 계속 그림을 그렸을까 하는 궁금증을 가졌을 수도 있다. 그 궁금증을 해소할 파묵의 책이 출간되었다. 그것도 페이지마다 그림이 있는 일기 형식의 『먼 산의 기억』. 우리는 작가로서 위대한 업적을 이룬 파묵의 화가로서의 면모 또한 엿보는 기회를 얻게 되었다. 은밀한 내면의 기록을 담은 일기와 함께.

오르한 파묵은 이스탄불 대학교 건축학과에 입학했다 작가가 되기로 결심하고 건축가로서의 삶을 중도에 포기했다. 건축가가 되지 못한 아쉬움을 달래기 위해 소설과 이름을 같이하는 '순수 박물관'을 건립했다. 또한 화가가 되고자 했으나 이 역시 이루지 못해 오스만 제국 화가들의 치열한 고뇌와 예술적 열정을 다룬 『내 이름은 빨강』을 집필해 세계적인 작가의 반열에 올랐다. 그는 작가가 된 후 이루지 못하거나 아쉬움이 남는 꿈들을 이렇게 하나하나 시도하고 있다.

파묵은 십사 년 동안 매일 몰스킨 공책에 일기를 쓰고 그림을 그렸다. 일상의 삶, 그림에 대한 그의 생각, 다양한 감정들, 집필 중인 소설에 어떤 문제가 있고, 이를 어떻게 해결하려 했는지 등도 함께 기록하면서 그 글들과 관련된 그림을 그렸다. 때로는 소설의 등장인물들과 대화하고, 내로는 자신의 꿈 혹은 세계 다양한 지역을 여행하면서 느꼈던 감정들도 서술하고 있다. 이렇게 해서 일기는 글과 그림들이 서로 맞물리고 새로운 의미들이 덧붙여진 특별한 공간으로 변한다.

우리는 이 책에서 세계적인 거장이 아닌 한 인간의 내면을 들여다보는 기회를 갖게 될 것이다. 파묵이 작품을 쓸 때 느꼈던 고뇌, 혼란, 어쩌면 공개하고 싶지 않았던 비밀, 풍경에 대한 파묵 고유의 인상 등 모든 것이 사뭇 진솔하고 진정성 있게 다가온다. 특히 파묵을 사랑하는 독자들에게 익숙한 작품들을 두고 정작 파묵 자신은 어떤 생각을 했는지에 대한 단상들도 적고 있어 깜짝 선물을 받은 느낌도 든다.

영혼과 눈이 동시에 즐거운 독서가 되길 바라며…….

이문동 연구실에서
이난아

일러두기

1. 이 책에 실린 페이지는 오르한 파묵의 작은 8.5 x 14cm 공책에서 발췌한 것이다. 일 년에 두 권 이상의 공책을 사용한 경우에는 2016 A, 2016 B처럼 연도 다음에 A, B로 구분했다.

2. 본문 중 굵게 강조한 글씨는 원문에서 대문자로 강조한 부분이고 고딕체로 강조한 글씨는 원문에서 이탤릭체로 강조한 부분이다.

3. 이 책의 끝에 실린 미주는 원서에 실린 원주와 옮긴이 주이다. 원서에 실린 미주는 내용 끝에 (원주)를 표기했다.

아슬르에게

모든 단어

하나 하나

단어들

방울

방울

단어들   방울

단어

모든

모든

대서양에서

비가 내린다   하나

방울   단어들

나는 또 같은/꿈을 꾸다가 겁에 질려 잠에서 깼다.

한밤중에 아슬르[1]가 나를 위로했다.

내가 왜 그랬는지 나의 연인이 아침에 침대에서 물었다:

가파른 산, 비탈길, 거대한 새 둥지, 하늘로 솟아오르는

의미를 보고 싶은 욕망과 뜨거운 내 무덤! 아슬르는 귀를 기울였다.

이번에는 하늘에서 단어가 내리고 있었다고 엄숙하게 말했다.

이것들은 먼 산들

아슬르는 너무 아름답고
자비로웠다

창밖으로 보이는 세데프섬은 계속 커지고 있었

태

이
나

지나가는 배 사진을 왜 계속 찍으시나요?

왜 항상 이런 풍경 그림을 그리세요?

지금 우리가 할 일은 풍경

검은 태양

우울과 슬픔의
어두운 태양

거들 그리고 그림들

ㅓ

ㄹ고 있었다

ㅓ웠다

질문들에 대한 대답이 항상 같다면⋯⋯

처럼 보고 읽는 것이다

돌
아주
단
실제로는 하나도
더
과거에는 아니
이것을 나 이
어쩌면 영

개미를 처음 본

은 이쪽으로

······ 마침내

춥다는

가, 어쩌면 내일부터

을 처음 봤을 때

이 당신을 갑자기 이번에

은

동안 나는 밤이 오지 않아

올리브 올리브

갈매기들

나는 너무 화가 났다 비행기가 분홍색이다

왜냐하면 불행하니까. 석양에 비쳐서.

토마토가 들어간 달걀 요리를 하는 동안 가스가 떨어졌지만 그래도 토마토 사이에 달걀을
깨트렸다.

우리는 정원에서 토마토를 딴다―도둑처럼

갈매기들―시끄러운 모터보트

들―수영하는 것은 좋다.

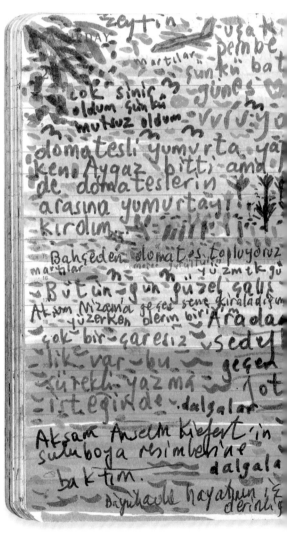

종일 열심히 썼다. 저녁이 되어

작년에 세를 얻은 니잠 마을에 있

는 집으로 걸어갔다.

　　수영할 때 나는 심오한 사람이다.

글을 쓰고자 하는 이 끝없는 욕망에는 절망이 깃들어 있다―파도

저녁에는 안젤름 키퍼[2]의 수채화를 보았다.

파도―돌고래가 여기 있다.

　　뷔워아다섬 생활의 내적 깊이

올리브

아침 8시부터 저녁 8시까지 책상 앞에 앉아 글을 쓰고 상상을 펼쳤다. 하지만 사실 2시부터 6시 사이에는 잘 쓰지 못했다. 나중에는 글이 잘 써지지 않아 화가 나서 잘 쓰지 못했다.

외로움에 진절머리가 났다.

소설을 쓰면서 혼자 있으면 행복하다.

사실 나 자신을 벌하고 있다.

런던에 있는 '디자인 박물관' 관장이 오기로 했다.

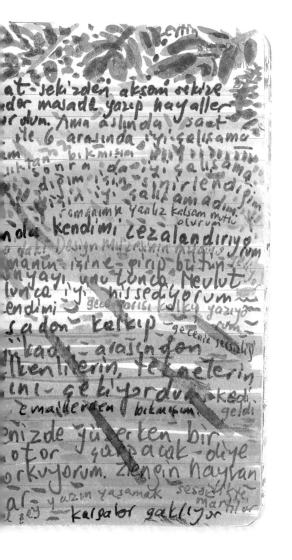

소설 속으로 들어가 다른 세상을 잊고 메블루트[3]가 되면 기분이 좋다.
나는 한밤중에 일어나 글을 쓴다—
밤의 정적.

가끔 책상에서 일어나 세데프섬과 뷔윅아다섬 사이를 지나가는 요트와 배 사진을 찍는다.

이메일에 진절머리가 난다   고양이가 왔다

바다에서 수영하다가 모터보트에 치일까 봐 두렵다—부자 놈들—얼마나 멋진 일인가.
여름에 산다는 것은   고요 속 갈매기들
까마귀들이 깍깍거린다.

아침에 부두에 있는 시립 카페에서 달걀프라이, 토마토, 뵈렉. 나는 뷔윅아다섬 부두의 풍경과 아침에 바삐 출근하는 사람들을 바라보는 것을 좋아한다. 이스탄불 집에서 야프 크레디 출판사의 위젤 씨와 함께 갈리마르 출판사의 나탈리가 내 일기장(이 공책의 삽화 페이지들)에서 고른 페이지들을 살펴보았다. 대략 양면을 합쳐 400쪽 되는 분량을 150~200쪽으로 줄여야 한다. 그림과 양면 페이지들을 고르는 작업을 하면서……. 가끔 정말 멋진 책이 될 것 같은 생각이 든다. 이따금 일기장에 쓴 내용에 시선이 머물 때면 과연 출판하는 것이 옳은 일인지 의문이 든다.

A는 너무 개인적인 것들은 출판하지 말라고 말한다.

먼 산

풍경에 대해 써!

민게르 역사의
페이지들

초록색 숭어를 잡아 굶주림으로부터 섬을 지킨 아이들이
『페스트의 밤』의 숨겨진 영웅들이다.

아래 두 페이지에는 민게르강이 흐르는 카푸타시 지역에서 초록색 숭어를 잡는 민게르 소
년들의 모습이 담겨 있다. 야프 크레디 출판사 도서관에서 위젤 씨와 함께 『먼 산의 기억』을
더 쉽게 정리할 수 있도록 내 일기장의 삽화 페이지들을 복사한다. 십 년 동안 쓴 일기장, 그
러니까 몰스킨 공책에 그린 삽화 페이지들로 이루어진 책을 만드는 중이다. 작업이 길어지
고 있다.

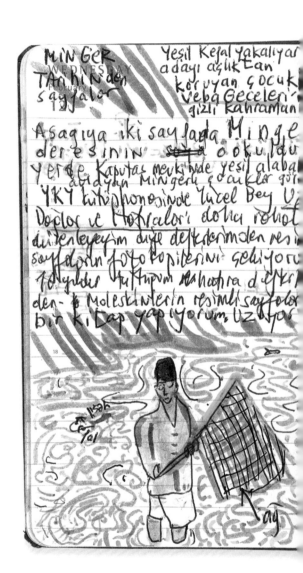

초록색 숭어

그물

오늘 소설 두 페이지를 아주 쉽게 썼다. 해체된 테케[4]의 주요 데르비시[5]들 모두 테케에서 쫓겨나 지하 감옥/성의 격리 구역으로 끌려갔다. 나는 지난 이 년 동안 목요일마다 그림을 그리러 인지 에비네르의 작업실에 가고 있다. 1900년경에 찍은 오래된 사진을 보면서 풍경들을(마차, 지중해의 외딴 건물, 기차역, 불멸의 나무, 피곤에 지친 군인들을) 그렸다. 물고기를 잡는 이 아이들을 어떤 사진에서 처음 보았다. 이후 그 아이들을 그렸다. 한 번 더 그렸다. 그림을 그리며 그들을—아이들을 내 기억 속으로 데려온 것 같다. 그 후 이 물고기 잡는 아이들을 『페스트의 밤』에 담았다…….

그물

초록색 숭어

크레타의 산들은 민게르의 산들보다 낮다.

하지만 한편으로는 이곳이 민게르가 될 수도 있다고 생각했다.

카니아[6]로 가는 길

민게르가 배경인 『페스트의 밤』을 집필하던 크레타섬에서 우리 집 주인이자 고대 비잔틴 문학 교수인 마놀리스가 매일 차를 몰아 우리를 여행시켜 줄 수는 없는 노릇이었다. 그래서 어느 날 오후에 아슬르와 나는 레팀노 버스 터미널에서 카니아로 가는 버스를 탔다. 친구 마놀리스가 우리를 터미널까지 데려다주었다. 버스에서 우리는 운전기사의 뒷좌석에 앉았다.

하지만 좌석이 너무 높아 사진을 찍을 수 없었다. 나는 정말 사진을 찍고 싶었다. 내가 의기소침해지자 아슬르는 미소를 지었다. "사진이 왜 필요해요! 당신은 화가잖아요. 공책을 꺼내서 보이는 대로 그려요." 아슬르가 장난기 있는 표정으로 나를 쳐다보았다. 버스가 빠른 속도로 카니아를 향해 달리는 동안 창 너머로 보이는 풍경을 그릴 수 있을까? 나는 이 옛날 방식의 기에 시험이 마음에 들었다. (맞다, 내가 앞자리에 앉은 것은 중요하다.)

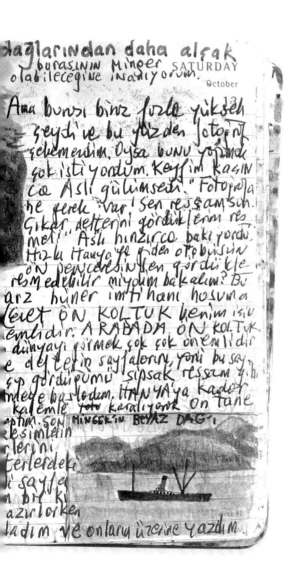

민게르의 흰 산

세상을 보려면 **앞자리**에 앉는 것이 아주아주 중요하다. 그렇게 나는 공책의 페이지들, 그러니까 이 페이지를 펼치고 빠르게 스케치하는 화가처럼 눈에 보이는 것을 그리기 시작했다. 카니아에 도착할 때까지 연필로 열 점의 그림을 그렸다. 나중에 이 그림일기를 모아 책을 엮을 때 이 그림들의 빈 공간이 떠올라 그 위에 글을 썼다.

그림 위에 글을 쓰는 즐거움에 대해 써야겠다. 일곱 살부터 스물두 살까지 나는 화가가 될 거라고 생각했다. 스물두 살에 내 안의 화가를 죽이고 소설을 쓰기 시작했다. 2008년 한 상점에 들어가 큰 비닐봉지 두 개에 가득 연필과 붓을 사서 두려움과 즐거움을 품고 작은 화첩에 그림을 그리기 시작했다. 그렇다, 내 안의 화가는 죽지 않았다. 그러나 나는 두려움에 가득 차 있었고, 매우 부끄러웠다. 아무도 내 그림을 보지 않았으면 해서 공책에 그렸다. 심지어 약간의 죄책감마저 느꼈다. 이것은 내가 은밀히 단어들만으로 불충분하다고 생각하기 때문이다. 그렇다면 나는 왜 글을 쓰고 있었을까? 이 불안이 나를 멈추게 하지는 않았다. 나는 간절히 그리고 싶었고, 여기저기에 또 그림을 그렸다.

글이 있는 그림-전시-선집을 만들어…… 세계 모든 문화의 사례를 전시해야 한다.
물론 모든 **예시**를 찾고…… 가장 멋진 것을 고르는 데는 시간이 걸릴 것이다.

산비탈에 있는 독수리 둥지

나는 2009년부터 이 공책에 글을 쓰기 시작했다. 하루 일과와 생각만 적지는 않았다. 가끔 내 손은 저절로 그림을 그리기도 했다. 매일 한 면을 할애했다. 한 면에 다 들어가도록 글과 그림을 아주 작게 했다. 하지만 내가 기록하고 싶은 사건, 단어, 그림이 어떤 날은 한 면에 다 들어가지 않았다. 2012년부터는 더 많은 글을 쓰고 그림을 그리기 시작해 일 년에 공책 두 권을 채웠다.

2012년부터는 일 년에 공책 두 권을 그리고 채우게 되었다. 2009년부터는 어디를 가든 이 공책을 가지고 다녔다. 이렇게 글뿐 아니라 그림으로도 메모를 하기 시작했다. 대기실 의자, 기차, 지하철, 카페, 식당 테이블에서 항상 무언가를 적고 가끔 그림을 그렸다. 집에 돌아와서는 연필로 그린 그림에 어린아이처럼 색칠을 하곤 했다. 내 공책을 본 사람들은 말했다. "아, 『내 이름은 빨강』에 나오는 세밀화가 같으세요! 정말 멋져요! 작게 작게 그리셨네요, 그런데 어떻게 시간을 내세요?"

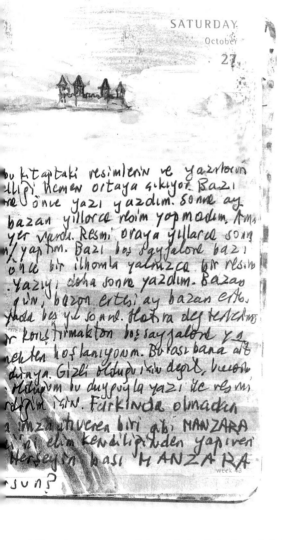

따라서 이 책에 실린 그림과 글의 특징은 바로 알 수 있다. 어떤 페이지는 먼저 글을 쓴 다음 몇 달, 때로는 몇 년 동안 그림을 그리지 않았다. 그러나 빈 공간은 남겨져 있었다. 몇 년이 지나 그곳에 글을 쓰고, 또 그림을 그렸다. 어떤 날은 영감이 떠올라 빈 페이지에 그저 그림만 그렸다. 글은 나중에 썼다. 때로는 다음 날, 때로는 다음 해 혹은 오 년 후에 가끔 일기장을 뒤적이고, 빈 면에 글을 쓰고 그림을 그리는 것이 즐거웠다. 이곳은 나에게 속한 세상이다. 비밀스러워서가 아니라 내가 가장 자유로운 느낌으로 글과 그림을 결합했기 때문이다. 무의식 중에 종이에 서명을 하는 사람처럼 내 손은 저절로 풍경화를 그린다. 모든 것의 시작은 **풍경**이다.

풍경에 관하여: 나는 지금 이 풍경을 바라보며 지한기르에 살고 있다. 이제 니샨타시에는 거의 가지 않는다. 안타깝지만 니샨타시는, 파묵 아파트 맞은편에 있는 추악하고 끔찍한 쇼핑 센터, 체인점과 유흥 장소, 바, 식당의 인파는 더 이상 나를 행복하게 해 주던 친숙한 장소가 아니다, 안타깝다. 지한기르의 풍경과 생활이 더 인간적이다. 집에서 몇 걸음만 가면 형형색색의 커다란 청과물 가게가 있고, 여전히 작은 식료품점이 존재한다…… 이 동네의 삶 속에 들어가 가까이 느끼면 어린 시절, 대가족, 많은 사람의 재잘거림, 친근함, 행복이 떠오른다. 그런데 나는 이 공동체와도 멀어졌다. 외로운 사람이 되어 버렸다. 경호원을 대동하고야 도시를 거닐 수 있는 사람…….

풍경을 보고 있으면 모든 것을 잊고 순식간에 다른 사람이 된다. 이런 풍경, 일반적으로 름다운 풍경을 볼 때 우리는 세상에서 자신의 위치도 보게 된다. 우리는 눈앞에 펼쳐진 광활한 풍경처럼 개방적이고, 편안하고, 아름다운 존재가 되고 싶어 한다. 내가 그린 이 림은 풍경이 아니라 나에게 내 안의 세상을 말해 주고, 떠올리게 한다. 하지만 풍경에서 어느 시점이 지나면 박물관 문제와 사기꾼 예술가 또는 건축가에 대해 불평하는 것은 시간 낭비다. 내가 이 박물관을 짓고 싶었고, 내가 요청했고, 내가 근질거렸으니 지금 당연히 내가 고통을 겪어야 하지만 때로는 질식할 것처럼 느껴지고, 때로는 침대에서 일어나거나 어떤 일을 시작하고 싶지도 않다. 그런데 지한기르에서 아침에 침대에서 일어나 이 풍경을 보면 이른 아침의 깊은 고요 속에 태양이 떠오를 때 온 세상은 아주 아름다운 곳이 된다. 이른 아침의 고요 속에 이 풍경을 바라보면 다른 모든 것, 박물관 작업, 지치고 과로해서 기절할 것 같은 느낌, 죽음에 대한 두려움과 외로움은 잊히고 모든 것을 미소 지으며 맞이할 수 있고, 사실 세계가, 이스탄불이, 삶이 멋지다는 생각이 든다. 아름다운 풍경은, 이 장면은 나에게 세상과 우주를 존중하도록 만든다.

중요한 것은 바로 이 안정감이다! 앞은 훤히 트이고 주변은 비어 있는 높은 어딘가에서
는 안전하다…… 우리는 풍경을 바라보고, 풍경을 사랑한다, 높은 언덕에서 세상을 바라
는 기쁨을 누리는 사람은 죽임을 당하지 않고 보호받으니…… 풍경은 나에게 보호받
는 느낌을 준다. 그러나 풍경에는 기억의 의미도 있다는 것을 안다.

29

아침에 에브리맨 총서에 들어갈, 끝날 것 같지 않은 『눈』의 서문을 썼다. 이 글을 진작에 끝냈어야 했다. 책상에서 일어나 다른 일을 하는 등 규율이 없었기 때문이다. 오르한, 신경 쓰지 말고 계속 써! 글이 오로지 어떤 현상만을 나열해 너무 정치적으로 되어 버리는 거친 면이 있기도 하다. 하지만 사실 나는 글쓰기를 좋아한다…….

오후에는 크이메트와 무라트하고 맞은편 아파트에서 박물관 작업을 했다. 퓌순의 담배들이 진열된 바탕은 금이 가고 노르스름한 색을 띠었다. 한 진열장에 놓일 십자말풀이와 퍼즐을 찾기 위해 오래된 어린이 잡지를 훑어보았다.

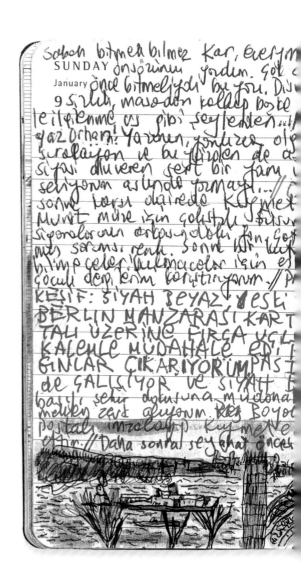

놀라운 발견: 흑백: 나는 베를린의 경치를 담은 오래된 엽서에 붓펜을 이용해 불을 지핀다. 나는 **파스텔**로 작업하고 흑백으로 인쇄된 도시의 질감을 수정하는 것을 좋아한다.

색칠한 엽서에 서명을 하고 크이메트에게 선물했다.

여행 전의 우울함

아테네로 가기 위해 아침 일찍 일어나서 아래로 내려갔다. 경호원 누리가 일레티심 출판사 소속 무라트와 오기로 했다. 7시 40분인데 아직 오지 않았다.

비행기가 아테네에 가까워질 때 나는 겸손해져 나 자신에게 말했다. 오르한, 튀르키예-그리스 정치에 관여하지 마. 왠지 모르게 흥분되었다.

비행기에서 일찍 내렸다. 니코스, 바실리스……. 우리는 서로 껴안았다. 정확히 십사 년 전인 1997년 우리는 『검은 책』을 홍보하러 파트라스와 테살로니키에 갔다. 당시 튀르키예인 파시스트가(단독 범행인지 국가가 개입했는지는 모른다.) 이스탄불 총대주교청의 담벼락 아래에서 총격을 가해 사제가 사망했다. 그리스인 파시스트들은 아테네에서 피의 복수를 외쳤다…… 마침 나는 그곳을 방문 중인 튀르키예 작가였다. 나를 쏠 수도 있었다.

그리스 정부는 나를 저격하지 못하도록 경호원을 배치했다. 저녁에 로이사의 집에 많은 사람이 모여 식사하며 웃으면서 그때를 회상했다. 장차 내 인생에서 끝없이 이어질 최초의 경호원들은 차를 타고 나를 따라다니던 이 그리스 경호원들이었다.

우리는 공항에서 아테네 힐튼으로 이동했고 나는 TV 프로그램에 출연했다. 그리고 호텔 방에서—아주 넓은 방—인터뷰 두 건을 소화했다. 7시에 바실리스와 함께 콜로나키(아테네의 옛 니샨타시-지한기르다.) 거리에서 한 시간 삼십 분 동안 아주 멋진 산책을 했다. 스텔라, 루이자, 타키스 모두 조금씩 나이 들고 이혼과 별거, 새로운 아내 등등이 있었지만 감사하게도 우리는 여전히 살아 있다. 행복하고 즐거운 저녁이었다……

아침에 제랄 살리크[7]가 살해된 날의 《밀리예트》 신문 기사를 준비하면서 압디 이펙치[8]가 살해된 날의 《밀리예트》 기사를 참고했다. 그 후 박물관 사무실에서 와히트와 함께 작업을 했다. 오후에 스무 명쯤 되는 독일 기자들이 찾아왔다. 그들과 삼십 분간 이야기를 나누었다. 박물관이 모양을 갖춰 갔지만 절반밖에 완성되지 않았다.

와히트와 일하고 있다.

저녁에 골든혼을 향해 한참을 걸었다. 지한기르-톱하네-카라쾨이-에미뇌뉘, 바브알리-디완욜루, 카드르가, 해안 도로. 그리고 내가 좋아하는 식당의 생선 요리.

밤이 끝날 무렵 이메일들을 확인하다가 사라 샬팡[9]이 《뉴요커》 혹은 《뉴요커 북스》에 『내 이름은 빨강』의 에브리맨 서문[10]을 보내고 싶어 하는 것을 알고 조지가 검토했던 글을 다시 한번 읽었다……. 『내 이름은 빨강』을 썼던 시절의 기억이 잘 반영된 것 같아 마음에 들었다. 그렇다, 내가 인생에서 가장 잘한 일은 글쓰기다. 이와 같은 열정으로 그림을 그리면 좋겠다는 생각이 들었다. 하지만 그러면 다른 사람이 되었으리란 걸 이제 깨달았다.

아침에는 박물관 전시를 위해 제랄 살리크의 칼럼을 쓴다: 사랑, 행복, 칼럼 같은 주제에 대해…… 그런 다음 여느 때와 같이 전화 통화, 박물관 작업, 진열장들. 진열장들을 상상해 보아야 한다.

저녁 7시, 나는 지한기르의 집에 있다. 모든 일을 마치고 피곤하지만 책상 앞에 앉아 글을 쓴다. 저녁에 집에서 글을 써야겠다고 생각했기 때문이다. 사실 종일 집에 있었다. 그림 그릴 책상을 사러 잠깐 나갔다 왔을 뿐이다. 중요한 결정이었다!
책상을—그림 그리는 책상 말이다—글 쓰는 책상에서 1미터 떨어진 곳에 놓았다. 한편으로는 그림에 대한 이 욕망이 모든 것, 즉 내가 쓰고 몰입해야 하는 또 다른 소설로부터 나를 멀어지게 하는 느낌이 든다.

종종 아슬르에 대해 깊고 끊임없이 솟아오르는 애정을 느낀다. 매 순간 아슬르가 무슨 생
을 하고 있는지 알아내려고 애를 쓴다. 특히 그녀가 슬퍼하거나 우울해할 때 이런 생각
든다. 아침에 정성껏 세심하게 커피를 준비하면 그녀는 행복한 거다! 집에 돌아와 핸드
을 한쪽에, 그녀에게 잘 어울리는 녹색 코트를 다른 쪽에(긴 소파 위에) 던지면 피곤하고

짜증 나고 기분이 안 좋아라고 혼잣말을 했다……. 배 그림이나 그려야겠다는 생각이 들
다. 그러면 기분이 나아질 거라고. 배를 그리는 것이 왜 나를 행복하게 할까? 어린 시절
돌아갈 수 있으니까라고 영리한 아슬르는 말했다. 하지만 어린 시절로 돌아가고 싶은 생

난 것이다. 형편없는 TV 연속극을 보고 있다면 역시 피곤하고 의기소침한 것이다. 조지
리엇을 읽는다면 확신에 차 있고, 결단력 있고, 똑똑한 것이다.(그녀는 『미들마치』[11]를 나
다 훨씬 더 잘 읽었다). 나는 때로 퓌순[12]의 모든 몸짓, 모든 말, 모든 움직임에 주의를 기울
는 케말[13]처럼 그녀를 바라본다.

없었다. 멀리 떠나고 싶었다. 먼 곳. 당신이 생각하는 그 먼 곳은 어디죠? 그곳은 바로 이
림 속의 장소다. 그런데 그곳이 어디죠? 내가 짜증이 날 때 상상했던 곳.

아침에 책상에 앉았다. 『페스트의 밤』은 이스탄불에서 배를 타고 온 사람들이 민게르성에 있던 인파와 합류하면서 시작된다: 복서 반란을 진압하기 위한 사절단도…… 민게르에 머문다……. 나는 아직 우리 딸 술탄을 도시에 정착시키지 못했다. 더 많은 회고록/더 많은 책을 읽어야 할까?/ 압뒬하미트에 대해 좀 더 읽어야 할까? 한편으로는 소설의 나머지 부분, 소설 전체에 대해 생각하고 상상하려 노력한다. 섬을 상상할 때 밖의 풍경과 바다를 본다. 역사 소설을 쓰는 것은 이번이 마지막이길…….

납으로 된 돔은 예전에도 있었다. 하지만 이것은 아니다.

아침 9시에 엠레가 왔다: 우리는 즉시 책상에 앉아 소설 작업을 시작했다. 소설을 쓸 때마다 책상, 주변, 방에 갑자기 찾아드는 깊은 정적에 중독된 느낌이다……. 정적이 시작되지 않으면 내 상상력은 작동하지 않는다…….

《매거진 리테레르》에 쓴 기사……. 칸 영화제 심사 위원 시절 글을 검토해 프랑스에 보냈다. 그런 다음 엠레와 함께 16호로 올라가 영문학 서가를 정리했다. 책에 대해—우리가 읽은 것과 읽지 않은 책에 대해 엠레와 이야기하며……. 작가와 책을 순서에 따라 정리하는 행복.

아래층 12호로 내려갔다. 세르민 부인[14]이 만든 렌틸콩 수프를 먹었다.

나를 데리러 올 야프 크레디 출판사 차를 기다리며 이 글을 쓰고 있다.

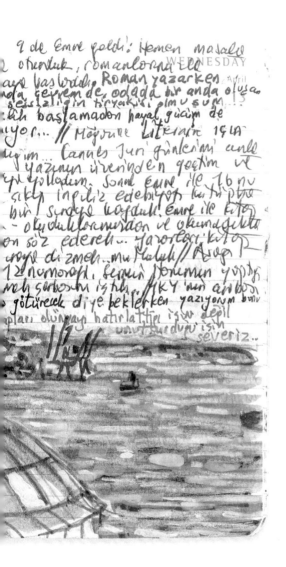

우리가 책을 사랑하는 이유는
세상을 떠올리기 때문이 아니라
잊게 해 주기 때문이다…….

이 책의 중심에는 내가 이 공책에 글을 쓰고 그림을 그리기 시작하기 전 꾸었던 꿈이 있다. 그 꿈의 일부는 이해했지만 아직 이해하지 못한 부분도 있다.

창문에서 이 풍경을 보는 것처럼 꿈을 바라보고 있었는데…… 두려움에 휩싸여 잠에서 깨어났다. 이 책의 삽화는 그 꿈의 풍경을 이해하기 위해 **시간순**이 아닌 **감정 순서**에 따라 배열했다.

아침: 도시가 눈으로 덮였다. 사방에 눈이 쌓였다. 우리 집 발코니에도 30~40센티미터나 쌓였다. 아슬르는 방에서 자고 있다. 나는 내 소설 속에 있다. 오스만 제국 전신국에 관한 책을 많이 읽는다. 최근에 정말 많은 책을 샀다! 집과 도시에 눈의 정적이 흐른다. 여전히 내리고 있어서 가시거리가 짧다. 그리고 인정한다: 나는 행복하다. 집, 눈, 안에서 자고 있는 아슬르, 기타 등등. 나는 곤경에 빠지지 않을 거라고, 이스탄불에 살 거라고, 저 눈처럼 다 잘되리라고 믿는다. 《라 레푸블리카(La Repubblica)》와 한 인터뷰: "테러가 민주주의를 훼손하는 구실이 되어서는 안 된다"라는 제목으로 실렸다. 마르코가 보내 줬다.

눈―추위―정말로 인상적이다. 초록빛이 도는 푸른 눈……. 바다색. 눈이 작은 송이들로 떨어진다. 나의 등장인물 콜아아스를…… 전신국으로 데려갔다. 지금 전신국의 역사 등등을 쓰고 있다……. 꽤 즐겁게. 하지만 천천히. 아슬르가 아파트 16호를 오르락내리락한다: 눈이 내리는 도시는 고요하다. 눈 덕분에 이 끔찍한 정치 상황에서 하루 동안이나마 벗어날 수 있었다. 저녁에 우리 뒤를 따라오는 누리→빙판 길에서……. 우리는 탁심 광장에서 차가운 웅덩이에 빠졌다. 아슬르의 발이 얼었다. 거리는 춥고 관광객도 없었다. 우리 이스탄불 사람들만 있다. 지하철도 그다지 붐비지 않았다. 우리는 에틸레르에서 내렸다. 셰브케트,[15] 예심, 제이네프: 하버드에서 박사 학위를 마치면서 일자리를 찾는 중이다……. 셰브케트는 정치에 대해 이야기했다. 지나치게 위압적이고 권위주의적인 오웰 스타일의 끔찍한 분위기는 우리가 생각지 못한 것이었다! 이렇게 빨리 올 줄은 몰랐다…….

아침에 또 눈. 커다란 눈송이로 내리고 있다. 아슬르가 잠들어 있고 날이 막 밝아 올 무렵 책상에 앉아 전신국 쿠데타에 대한 세부 사항을 쓴다. 나는 내 삶에 만족한다. 나 자신에게도 이 사실을 겨우 고백하게 되었다: 내리는 **눈**이 이끈 내면으로의 침잠; 우리만 함께한다는 느낌은 일종의 위안. 우리는 **이스탄불** 눈의 아름다움에서 위안을 얻는다.

나는 어떤 그림을 미완성으로 남겨 두고 싶다. 몇 년 후 그림을 보는 누군가에게, 나에게 어떻게 이 그림을 그렸는지 알려 주고 싶다. 그리고 아래 그림이 이런 미완성 상태로 아름답다는 것을 문득 깨달았기 때문이기도 하다.

지한기르의 저녁 해

조나로[16] 역시 첨탑에 비치는 이 빛을 보았을 것이다.

하지만 한편으로는 미완성된 그림을 다시 만지는 것이 너무나 매력적이라 나 자신을 억누를 수가 없다. 어차피 풍경화는 인간이 자신을 억제할 수 없어 그림을 그리는 감정과 밀접한 관련이 있다. 나는 소설을 쓰다가 갑자기 멈추고 이런 그림을 그리기 시작한다……

오랜 세월 동안 이 풍경을 바라보며 책상에 앉아 있다. 행복하다, 그렇다, 여기서 나는 행복하다. 화창한 날. 아슬르는 어머니 집에 가고 나는 곧바로 메블루트와 라이하[17]의 이야기를 계속한다. 이 소설의 앞부분 몇몇 장들을 다시 읽는 중이다: 1. 조금 줄일 수도 있을 것 같다. 2. 재미있고 읽는 즐거움이 있다. 3. 많은 정보를 빠르게 제공한다. 4. 반복을 삭제하고 줄일 수 있을 듯하다.

이제 메블루트는 라이하를
납치하기 전에 묘지로 가
기도한다. 저녁에는 셀추크,
아흐메트 가족과 함께
보스포루스에 갔다…….
나는 소설 속에 있다
지금은 더 쓰고
싶지 않다

← 아버지로부터 물려받은 의자
여기는 나의 집

나의 집, 그리고 나의 생각들

나는 늘 행복이라는 단어를 사용한다. 이런 기분이 느껴지면 즉시 이 공책을 펼치고 무언가를 쓰고 싶기 때문이다. 감정, 혼란, 흥분, 무언가를 쓰고 그리는 즐거움, 그리고 낙관주의는 내가 "행복"이라고 부르는 느낌이다!

지한기르에서는 내 눈앞에 **먼 산**들이 보인다. 풍경을 바라볼 때 멀리 산에 시선을 주는 사람: 1. 그는 이 먼 산에 가 보았거나, 심지어 산 너머의 마을에 살았을지도 모른다. 내가 이스탄불에서 섬을 바라보는 시선은 이것이다. 섬에서 보낸 행복한 시절이 떠오른다. 2. 혹은 먼 산은 우리가 한 번도 가 보지 못한 풍경의 일부일 수 있다. 우리는 그곳에 무엇이 있는지 항상 궁금해하고 상상한다……

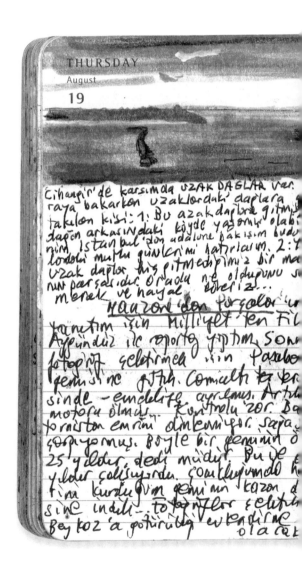

에세이집 『풍경의 조각들』 홍보를 위해 《밀리예트》의 필리즈 아이귄뒤즈와 인터뷰했다. 그 후 사진 촬영을 위해 파샤바흐체호[18]에 올랐다. 이 배는 은퇴해 자미알트 조선소에 정박 중이다. 이제 엔진은 꺼졌다……. 배의 키를 조종하기 힘들다. 이따금 후진 명령을 듣지 않고 좌우로 부딪친다. 이런 배는 수명이 이십오 넌이라고 관리자가 말했다. 이 배는 육십 년 동안 운항했다. 우리는 내가 어린 시절에 그려 보던 배의 기관실로 내려갔다. 사진을 찍었다. 이 배는 베이코즈로 견인되어 혼인 등기소가 될 예정이다.

오후에 젬과 아래층 9호에서 모임. 모임의 주제는 박물관 완공, 보안 대책 등등. 솔직히 박물관이 좀도둑이나 정치 폭력배의…… 공격을 받을까 봐 두렵다. 늘어나는 예산만큼이나 이 두려움은 나를 잠 못 이루게 한다.

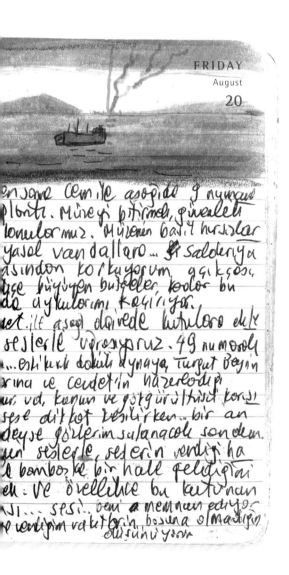

나는 제브데트와 함께 아래층 집에서 그가 진열장에 추가 작업한 음향을 점검 중이다. 49번 진열장에서…… 오래된 깨진 거울, 투르구트 씨의 물품, 제브데트가 준비한 빗소리, 우드,[19] 카눈,[20] 천둥소리에 귀를 기울이고 있을 때…… 문득 눈물이 날 것만 같았다. 소리와 그 소리가 자아내는 분위기로 박물관이 완전히 달라지는 것을 보며. 그리고 특히 이 진열장의 분위기는…… 소리는…… 무척 만족스러웠다. 박물관에 들인 무수한 시간이 헛되지 않았다는 생각이 든다.

아침…… 여명이 밝아 오기 시작할 때…….

지금은 콘크리트로 뒤덮인 이 모든 언덕이 예전에는 텅 비어 있었다. 지금 저 멀리 언덕들을 마치 내 추억처럼 바라본다.

지한기르로 돌아온다는 것은 이 풍경으로 돌아온다는 의미다.『페스트의 밤』을 집필할 때 소설의 다급한 분위기가 느껴지면 잠시 멈춰 이 풍경을 바라보았다.

여기에서 아침이 시작된다

아침에 해가 뜰 때 튀르키예어 수업을 위해 시를 외우곤 했다. 나는 시 외우기를 좋아하지 않았다. 못 외웠다……. 셰브케트와—집에서—몸싸움을 벌이는 동안 시끄러운 소음 때문에 시에 집중할 수 없었다. 그래서 해가 뜨는 이른 아침에 혼자 시를 외웠고, 새벽의 붉은 빛을 목격하곤 했다. 초등학교 마지막 학년과 중학교 1학년 때.

그림을 그리는 것은 기억하지 못하는 것들을
보는 데서 시작된다. 잠시 후 같은 풍경이 시간
을 보여 주기 시작한다.

과거에는 이스탄불에서 건설 공사를 위해 중장비와 크레인이 작업을 시작하면 호기심 많은 사람들이 모여들어 구경하곤 했다.

나도 호기심 많은 사람 중 한 명이다……. 크레인이 톱하네의 누스레티에 사원을 가리는 콘크리트 더미를 쌓는 모습을 때때로 한참 지켜본다…….

나의 배 파샤바흐체

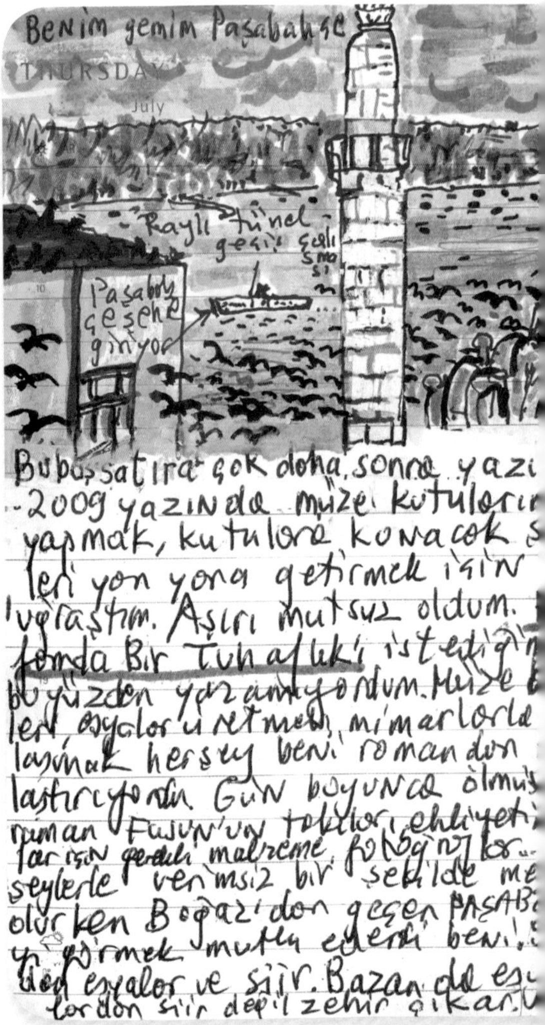

철도 터널
건설 공사

파샤바흐체가 도시로
진입하고 있다

많은 시간이 흐른 후 이 빈칸에 쓰고 있다. 2009년 여름, 나는 박물관 진열장을 만들고 진열장에 넣을 물건들을 정리하며 많이 고민했다. 나는 매우 불행했다. 그래서 『내 마음의 낯섦』을 마음먹은 대로 쓸 수 없었다. 박물관 작업, 전시물 제작, 건축가와의 협의 등 모든 것이 소설 쓰는 데 방해가 되었다. 종일 죽은 여주인공 퓌순의 장신구와 운전면허증, 각 진열장에 필요한 자료, 사진…… 이런 것들에 비효율적으로 몰두하는 동안 보스포루스 해협을 지나가는 파샤바흐체를 보며 행복해했다. 평범한 사물과 시. 때로는 사물에서 시가 아니라 독이 쏟아져 나오기도 한다.

목요일 오후 자미알트 조선소에서 《밀리예트》와 인터뷰하던 중 파샤바흐체를 보고 마음이 뭉클했다……. 평생 이스탄불 바다를 오르내리고 섬들을 오가는 모습을 지켜보았던 나의 배가 은퇴를 앞두었다. 나는 《뉴요커》에 파샤바흐체 관련 글을 쓸 예정이었다. 램닉과 합의까지 했다. 작년 2009년 4월 21일 오후 17시 52분에 파샤바흐체호가 지나갈 때 사진을 찍었다. 오후에 브리기타, 여성들, 젬이 모두 박물관에서 만났다. 더웠지만 건물의 최종 형태와 색감이 마음에 들었다. 그럼에도 깊은 불안이 여느 때처럼 나의 모든 생각을 따라다닌다. 세세한 부분까지 생각하는 것을 좋아하지만 박물관은 나를 소설에서 멀어지게 했다. 하지만 열정은 거의 잃지 않았다고 말할 수 있다.

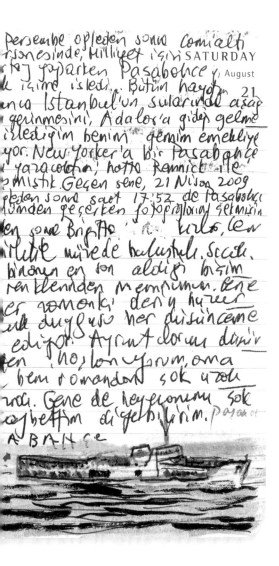

파샤바흐체

나는 아직 어제의 **부르사 여행**에서 벗어나지 못하고 있다. 역사적인 도시를 잘 보존했다. **울루 사원**을 성공적으로 복원했다고 느꼈다. **코자 카라반사라이** 주변도 인상적이었다. 도시, 사원 안뜰에서 **탄프나르**[21]가 발견한 시를 여전히 느낄 수 있었다. 이스탄불에서 당일치기 여행으로 이렇게 많은 것을 보고 돌아올 수 있다니 놀랍다. 1960년대 초에 오스만 제국 초기의 술탄 영묘들을 방문했을 때 **역사와 오스만 시대**에 대해 동일한 감정이었던 것이 기억난다. **부르사의 오스만 왕조**는 아직 제국이 아니다: 더 우아하고 섬세한 비단 고치다.

우리는 부르사의 양잠에 대해서도 이야기했

일요일:《디 차이트》와 한 인터뷰를 재검토하면서 악의적인 사람들이 '오해'할 수 있는 일부 단어를 수정하고 설명했다.『눈』에 관한 정치적인 인터뷰가 되었지만 나쁘지 않았다. 이 모든 두려움, 우려는 튀르키예에 사상의 자유가 없다는 절대적인 증거다. 십 년 동안 나는 이러한 두려움, 캠페인, 비난, 굴욕을 안고 살아왔다. 이는 무언가를 말하고 비판하고 싶은 욕망이며, 곤경에 휘말릴까 두려워하는, 자유가 없는 제3세계 국가의 상황이기도 하다……

멀리 풍경 속에서 친숙하고 익숙한 배가 항해하는 모습을 발견하면 배와 풍경을 바라보는 나의 시각이 바뀐다. 멀리 배를 바라보며 배 안에 있는 사람, 좌석, 예전에 이스탄불에서 이 배를 타고 섬으로 가는 길에 보스포루스 해협을 건넜던 기억이 떠오른다. 이렇게 배는 풍경과 추억을 떠올리는 구실이 된다.

하지만 풍경화가 '낭만적'이거나 '황홀한' 효과를 내기 위해서는 어딘가 미지의—신비로운 공간이어야 한다. 접근 불가능한 그 장소는 어쩌면 먼 산 너머에 있을지 모른다. 그러나 한 번도 가 본 적 없는—낯선—곳이다. 그림에 암시된 움직임은 시선을 그곳으로 이끈다. 저 먼 곳에서 뿜어 나오는 신비로운 빛은 그림 전체에 더 깊은 의미를 부여한다. 그렇지만 나는 이곳의 도시 간 여객선이 매우 익숙하고, 내부의 분위기와 냄새를 잘 안다.

나무 안—멀리
이쪽을 보지 마
가능한 한 빨리 도망쳐—숨어—여기로
창문 쪽을 보지 마

티켓을 잘 간직해, 잃어버리지 마
도망쳐 모두 도망쳐
포장도로를 지나면
바다가 시작된다
조심해, 넘어질 수 있어
배 배 투르구트 우야르
똑같은 남자들이 또 나를
쫓아오고 있어

어느 날 배 한 처

아직 당신 차례가 아닙니다…….

보지

나는 버려진 마지막 부두에서 그 배를 찾았다
전염병이 퍼진 후 불이 시작된다
두려워해

                                                          태워 버려, 태워 버려

넌 나가, 두려워해   아무도 없다

        매표소는 닫혔다—여기—개가 없다 가 버렸다
        모두 가 버렸다 그렇다 나는 두렵다
        아직 할 말이 남았다—나는 아직 숨지 못했다.
        어두운 갈색 밤
        그렇다, 두렵다
꿈에 나타났다…….   너를 위한 것이 아니다

지 마   개들이 오고 있다…….

화가 선생의 가장 큰 소원은 늘 보던 것들을 완전히 다른 방식으로 보는 것이었다. 이 소원을 이룰 수 있다면 그의 평범한 일상은 **새로운 삶**으로 바뀔 것이다. 하지만 그러기 위해서는 새로운 사람이 되어야 했다. 사실 화가 선생은 같은 풍경을 반복해 그릴 때마다 항상 새로운 사람이 되고 싶었다. 그러기 위해서는 항상 보았던 풍경을 수수께끼처럼 그려야 했다.

나는 사미하[22]가 페르하트에게 도망치는 부분을 읽었다, 정말 마음에 들고 행복하다. 등장 인물들이 사미하처럼 고집이 세고, 예상과는 반대로 행동하고, 분노에 차 있고, 대담하면 더 마음에 든다. 나는 사람들과 도시의 어두운 면을 보여 주기를 좋아한다. 어제 업다이크의 글을 충분히 썼다고 판단하고 휴식을 취했다. 하지만 오늘은 이미 정리한 장을 검토하느라 너무 바빠서 소설을 쓰지 못했다. 나는 퀴치크 치프틀리크 수영장에서 칠십 분 동안 수영했다. 저녁에 폴리나가 우리에게 러시아와 미국 문학 번역가인 사브리 귀르세스를 소개해 주었다. 우리는 카라쾨이 식당에서 정답고 유쾌한 저녁 식사를 했다.

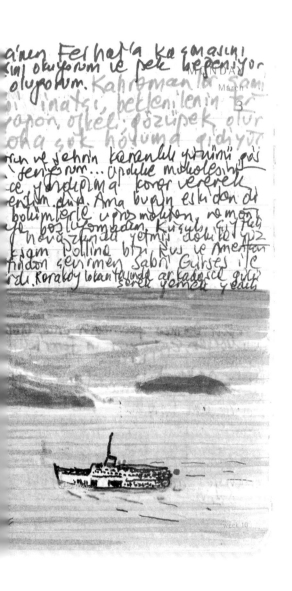

열 시간 동안 기차를 타고 가면서 『고백록』을 단숨에 읽었고…… 나는 다른 사람이 되었다. 루소의 이 말! 어머니와 다투는 아들은 항상 옳지 않다……. 내 소설 3부에 제사로 넣을까 생각했다. 『고백록』 펭귄본에 표시해 두었는데 뉴욕에 두고 왔다! 오후 2시쯤 나는 뤼야[23]가 소설을 쓰는 모습을 사진에 담았다. 그런 다음 아이에게 말했다. "너도 내 사진을 찍어 주렴. 오늘은 아주 특별한 날이야, 『빨강 머리 여인』을 완성할 거다."

하루가 끝날 무렵 뤼야가 떠날 준비를 할 때 소설은 아직 미완성이었지만 멋진 부분을 쓰고 있었고, 나는 아주 행복했다. 오전에는 아슬르에게, 오후에는 뤼야에게 새로 쓴 페이지를 읽어 주었다. 둘 다 매우 마음에 들어 했다. 소설의 막바지에 다다른 지금 나를 가장 두렵게 하는 것은 『빨강 머리 여인』의 **독백**이다.

한밤중에 안개 주의 경보음을 들으며 『빨강 머리 여인』의 마지막 문장들을 쓰고 있다. 내 집에서 책과 함께 있는 것. 더 이상 여행하고 싶지 않다. 조지프 코넬[24]의 영향. 마치 이 영향으로 내 영혼과 인생관이 바뀌는 것 같다. 나는 이스탄불의 겨울, 흑백의 분위기를 좋아한다. 코넬에 대해 쓰고 싶고, 그의 회고록 모두를 읽고 싶다. 이십 년 전 **내가 사랑했던 작가, 예술가**를 다시 찬탄하는 즐거움.

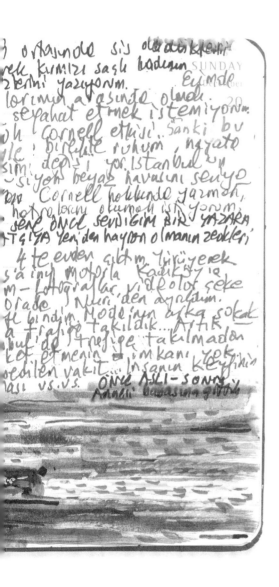

오후 4시에 집을 나섰다. 카바타쉬까지 걸어가 고속 페리를 타고 카드쾨이로 갔다—사진과 동영상을 찍으면서. 그곳에서 누리와 헤어졌다. 택시를 탔다. 모다의 뒷골목에서 길이 막혔다……. 이제 교통 체증에 걸리지 않고는 이스탄불에서 아무 데도 갈 수 없다……. 시간 낭비…… 짜증 기타 등등…….

먼저 **아슬르** — 그다음에 그녀 부모님을 만나러 갔다.

아침 일찍 일어나서 이전에 썼던 노턴[25]의 장들을 수정 중이다. 약간 낙관주의적이면서도 약간 지루하다……. 내가 쓰고 있는 것은 노턴 강연에도 필요하다……. 실은 지금 내 삶의 요약이기도 하다: **박물관과 소설**. 어쩌면 내가 염두에 둔 것을 다른 방식으로 설명해야 할 듯하다. 나는 일련의 이야기로 소설을 쓰고 있다. 일련의 물건들로 박물관을 만들고 있다. 둘 다 같은 이야기를 한다. 박물관은 나를 무척 지치고 불행하게 만든다. 즐겁게 글을 쓸 시간을 빼앗는다. 이 모든 노력이 지금보다 더 재미있고 즐거울 수 있었는데. 적어도 나를 이렇게 불행하게 만들지 않는 일이어야 했다; 하지만 나는 그러지 못했다. 작업의 강도와 일부 '예술가들'의 사소한 계산과 계략에 지쳤다. 나는 나의 철학적인 박물관에서 더 철학적이고 싶었다…….

몇몇 나무와 집들
여기에 집들

새
새

새
새

10시에 건축가 가족인 그레고르, 브리기타, 요한나가 이번에는 10분의 1로 축소한 커다란 모형을 들고 왔다. 인상적이고 아름다웠다! 나는 마침내 박물관이 완성되어 개관할 것이라고 확신했다. 하지만 여전히 할 일이 많이 남아 있다! 우리는 비상구, 셔터, 입구 로비에 있는 퓌순의 담배꽁초 4212개, 다락방 배치 등에 대해 논의했다. 젬 위젤과 무라트도 있었다. 정오에—평소처럼—우리는 세르민이 만든 샐러드를 먹었…… 모형을 보고 계단 난간, 1956년형 쉐보레가 놓일 위치 등에 대해 이야기하는 즐거움. 하지만 하루가 끝날 무렵이면 피곤하다. 이메일에 답장할 힘도 남지 않는다. 이후 모두 함께 카라쾨이 식당에 저녁을 먹으러 갔다…….

새　　　새

먼

산 너머에

새

　　　새

덮인

새

다른 생각을 하는 동안 내 손은 저절로 이 점들을 찍는다.
내 정신의 일부는 배에 가 있다—파샤바흐체
내 정신의 또 다른 일부는 내 붓이 제멋대로 움직이는 것을 지켜보고 있다.

불행히도 모든 사람이 꿈속에서 화가 선생을 뒤쫓는 습관이 있는 듯하다. 그래서 화가 선생은 계속 도망친다. 그는 빨리 걸으면서 자신이 얼마나 많은 것을 뒤에 남겨 두었는지 깨닫는다. 모든 사람과 모든 것에서 도망치는 것이 습관이 되어 버렸다.

6월 22일 저녁 10시경 뷔윅아다섬에서…… 나, 에르다으, 아슬르가 시립 카페에 앉아 있을 때 이 그림을 그렸다. 그들은 이런저런 이야기를 하고 있었다. 나는 그들의 말을 들으며 공책에 그림을 그렸다. 우리는 그저께 뷔윅아다섬으로 이사했다. 섬은 텅 비어 있다

그래서 절벽 가장자리—경사면에 다가갔을 때 마음속에 두려움이 없었다. 오히려 아래 있는 매 둥지로 내려가면 모든 질문에 대한 답을 찾을 거라고 생각했다.

밤 밤 밤 밤
밤 밤
밤 밤

인들은 낙심하고 있었다. 관광객이 한 명도 없었다. 여름 휴가객도 많지 않았다……. 뷔윅아다섬의 우울한 분위기가 이 나라의—호전적이고 반독재적인 분위기와 합쳐져 우리를 슬프게 한다.

영화 「트레인스포팅」을 보자마자 사실 나도 몇 년 동안 집필실에서 보스포루스 해협을 지나가는 배를 세고 있었다는 것을 깨달았다. 하지만 시간을 죽이려던 것이 아니라 정반대의 감정이었다: 나는 **세상이** 제자리에 있다고 믿고 싶었다.

책상에서 일하다가 문득 고개를 들었는데 카드쾨이로 향하는 이 배가 보여 하던 일을 멈추고 그림을 그리기 시작했다. 그 순간 그림을 그리는 행위는 마치 내가 보는 세상의 사물 사이에 스며드는 것과 같다. 혹은 그림을 그린다는 것이 나에게 이런 착각을 불러일으킨다. 일기장에 그림을 그리면 세상의 시가 내 일상에 스며든다.

나는 조지프 코넬이 일기장에 오늘 날씨가 화창하다고 적는 방식이 마음에 든다. 그는 어떤 꿈을 끊임없이 되풀이해서 꾸고, 꿈을 쓴다. 하지만 우리가 꾸는 꿈과 단어들로 표현하는 꿈이 같은 걸까? 꿈은 명료하지 않다. 꿈은 설명할 수 없고 느낄 뿐이다...... 꿈의 느낌을 종이 위에 옮길 유일한 방법은 수채화로 그리는 것이다.

일기를 쓴 나의 문학적 영웅들: **톨스토이, 소로, 울프, 코넬**처럼 모든 것을 기록한다. 그런 다음 배처럼 일기장의 같은 페이지로 돌아가기.

모든 외딴 부두

해안에 잔잔하게 부딪치는 파도 소리

나는 밤에 외딴 부두에 가는 것을 좋아한다

우리 자신의 발걸음 소리에 귀 기울여 보자

이스탄불의 작은 소리들이 들린다

배의 발전기 소리
라디오에서 흘러나오는 민요

찻집에
앉아 있는 사람들

마지막 부두

선장이 선실에서
TV를 보고 있다

밤에 그 위에서 잠을 자는 갑판원들이 청소하는,
부두에 묶여 있는 배에 가까이 가 보자

먼 산

아침 8시 30분 책상에 앉아 노턴 강연의 그림 챕터를 끝내려는데…… 파샤바흐체가 섬에서 카바타쉬로 들어오고 있었다. 한 시간 후 떠나는 모습을 사진으로 담았다.(9시 30분경) 오후에 윈데르, 무라트와 함께 진열장으로 가득 찬 박물관을 살펴보았다.

카페리

파샤바흐체

파샤바흐체에 대한 글을 쓰고, 이 글을 내가 찍은 사진들과 결합하여 바르셀로나에서 전시할 설치 작품을 만들어야 한다. 파샤바흐체에 대해 글을 쓰고 그림을 그린 적은 있지만 전시는 처음이다. 나는 가끔 이 공책을 페이지(진열장)에 끊임없이 새로운 것을 추가하는 박물관이라고도 생각한다.

메블루트와 라이하가 이맘 앞에서 올린 결혼식, 그리고 결혼과 도피에 이르는 과정을 검토 중인데 소설이 너무 가볍고 인간적인 느낌이 강해 이 부분을 조금 줄이고 싶은 생각이 든다. 결혼식 날 메블루트가 군 복무를 마치고 돌아온 페르하트를 만나고, 페르하트가 라이하를 봤을 때 벌어질 일을 상상해 본다. 소설 쓰기는 기억하는 일인 동시에 상상하는 일이다. 지나치게 순진하고 이상주의적인 페이지를 다시 읽으면서 『내 마음의 낯섦』을 재미있고 읽기 쉽게 만드는 요소가 무엇인지 알았다. **모든 사람이 다양한 목소리로 말하게 하는 것, 모든 사람이 동시에 무엇을 하고 있는지 보고 설명하는 것이다.** 이제 페르하트가 군대에서 목격한 끔찍한 일들을 살펴볼 차례다. 뤼야가 찾아왔다. 『안나 카레니나』에서 아무 구절이나 골라 읽어 주었다.

방금 (오전 11시 10분) 잔 외즈한테 전화가 왔다. 잔 출판사에서 새로운 고전 시리즈를 진행한다면서 편집자가 되어 줄 수 있는지 물었다. 안 좋은 소식이다. 어휴! 어휴! 박물관장 에스라와 다퉜다…… 9월부터 계속…… 나는 그녀가 수치를 제대로 파악하지 못해 화가 났다. 일을 그만두겠다는 말을 그녀가 먼저 꺼냈다…… 전화 통화가 안 좋게 끝났다! 저녁에 아슬르에게 조언을 구했다.

　이 박물관을 만들고 싶어 한 건 나였다. 어떻게 하면 좋을까?

괴코바[26] 어딘가에 이런 하늘, 이런 파도, 이런 산이 있을 거라고 확신한다. 지금 이것들을 상상하고 있다. 그러면 나는 한 척의 배가 될 것이다.

종일 엉뚱한 생각을 하고 있다. 그러면 나는 엉뚱한 생각을 하는 한 척의 배다.

매일매일이 의미가 있기를 바라는 것은 잘못된 생각이다……. 우리는 순간을 살고, 시간은 흐르고, 우리가 삶이라고 부르는 꿈은 서서히 사라지고 있다. 배가 출항한다. 배를 보고 모든 것을 다시 시작하기 위한 꿈을 꾸자. 내가 파도라면. 그렇다.

이 모든 장면이 내 왼쪽에서 빛처럼 스며들 때 나는 책상에 앉아 있었다.
아직 시간이 많이 남아 있었다. 나는 글을 쓰고 그림을 그리려고 했다.

아침에 또 다른 배 한 척…… 오랫동안 뱃고동을 울린다. 어선들이 많이 모여 있는 것을
니 여기 푸른 농어 떼가 지나가는가 보다 생각했다. 어릴 때 보스포루스에 이렇게 엄청
물고기(농어, 가다랑어) 떼가 나타나면 다음 날 거리에서 상인들이 수레로 생선을 팔고,
교 구내식당에서는 구운 감자를 곁들인 생선을 냈다. 가끔은 지금 어선들이 있는 곳에서
고래가 보였다. 돌고래들이 해변에 가까이 다가왔다. 어부 중에는 낚시꾼들도 있다.

다 나는 세상을 잊고 소설 속에 파묻힌다. 얼마 후 이번에는 다른 큰 배가 지나가면서 고동을 울린다. 하지만 어부들은 길을 내주지 않고, 선장은 화가 나서 끈질기게 뱃고동을 울린다. 그때 또 다른 배의 뱃고동 소리가 울린다. 내 책상에서 배에 탄 어부들이 보인다. 혼자 낚시하는 어부가 탄 배도 한두 척 있다. 뱃고동 소리가 계속 울려 퍼진다.

소설에 이렇게 깊이 빠져 있는 느낌은 정말 이상하다. 소설이 바로 나 같다. 나도 풍경이다. 이 공책이 나를 보호하는 것 같다. 어쩌면 소설에 몰입하지 못하게 방해하는지도 모르겠다. 《뉴욕 타임스》에 「오르한 파묵의 이스탄불」이라는 멋진 기사가 실렸다. 조슈아와 함께 네 시간 동안 이스탄불을 걸었다. 그를 카라쾨이의 뒷골목, 발라트, 파티흐, 외파 등 내가 좋아하는 곳으로 데려갔다. 다른 사람들에게 이스탄불을 보여 주고, 그들이 보고 있는 것에 대한 이야기를 들려주는 방법을 배웠다. 화창한 날. 아슬르와의 달콤한 아침. 아침 9시 30분에 소설을 쓰기 위해 앉았다. 어서, 메블루트. 종일 쉬지 않고 썼다. 질주하듯. 메블루트가 이제 라이하를 납치할 것이다. 오늘 밤은 나 혼자다. 아슬르는 맞은편 아시아 사이드에 사는 고모부 댁에 갔다.

아주 먼 곳에

어서, 메블루트. 너는 지금부터 몇 페이지 안에 쉴레이만과 함께 라이하를 납치해야 해. 이 장은 반드시 더 짧아야 한다. 계속 쓰고 있는데 메블루트는 아직도 라이하를 납치하지 않았다……. 곧 납치할 테지만 나도 지쳤다. 저녁에 술 한잔 하며 근심을 좀 달래려고 했는데 아슬르가 왔다. 아버지의 병이 많이 악화되었다고 했다. 그녀도 기분이 안 좋았다. 우리는 밖으로 나갔다. **아슬르한 상가** 건물의 오래된 서점들이여 영원하라. 여기저기 뒤져 책을 서너 권 샀다. 더 이상 들고 다닐 수가 없어 나머지는 박물관으로 배달해 주기로 했다. 서점에서 기분이 좋아졌다……. 이제 쉐히르 선술집으로 갔다. 그리스 영사관과 갈라타사라이 목욕탕으로 통하는 길 바로 옆에 있는 멋진 술집이다. 술을 마시며 아슬르와 이야기했다. 아슬르가 내 소설에 대해 정말 잘하고 있어요, 좋아요라고 말했다. 나를 격려하려는 것이다.

하지만 나는 믿지 않는다. 폴리나에게 우리와 함께 지내자고 편지를 썼다. 나의 러시아어 번역가다. 사브리 귀르세스가 도스토옙스키의 작품을 다시 번역하고 있다. 나는 이십 대 초중반에 하산 알리 에디즈, 레일라 소이쿠트, 에르긴 알타이 같은 번역가들의 번역서를 많이 읽었다. 『전쟁과 평화』, 『안나 카레니나』, 『악령』, 『카라마조프가의 형제들』을 몇 번씩 읽고 내 것으로 만들었다. 어쩌면 원작이 너무 좋아서 그 번역본도 좋아하게 되었는지 모르겠다. 지금 새로이 번역을 하다니 놀랍다.

이것은 카가 독수리 둥지—매일 수도 있다—에서 바라본 풍경이다. 그는 이곳에서 안전하다고 느꼈다.

하지만 여기에 와도 **수수께끼**는 풀리지 않았다. 그러자 그는 조바심이 났다. 감정이 색깔이 되어 온몸으로 퍼져 나갔다.

"연인이 걷는 세상은 아름다움으로 가득하다

나는 당신의 문지방에서 정신을 잃은 듯 환상에 잠겨 세상을 바라본다."

바키[27]

2019년 5월 4일

– **이스탄불**로 돌아왔다. 나중에 할 일들

– 월요일: 조판을 위해 야프 크레디 출판사에 소설 원고 보내기

– 5월 중순에 제목 회의// 위치, 지도 회의

소설을 260쪽 정도 썼다.

6월/ 초/ 종교 축일까지: 책 30쪽 = 공책 50쪽

6월: 공책 60권/ 책 40권=총 330권

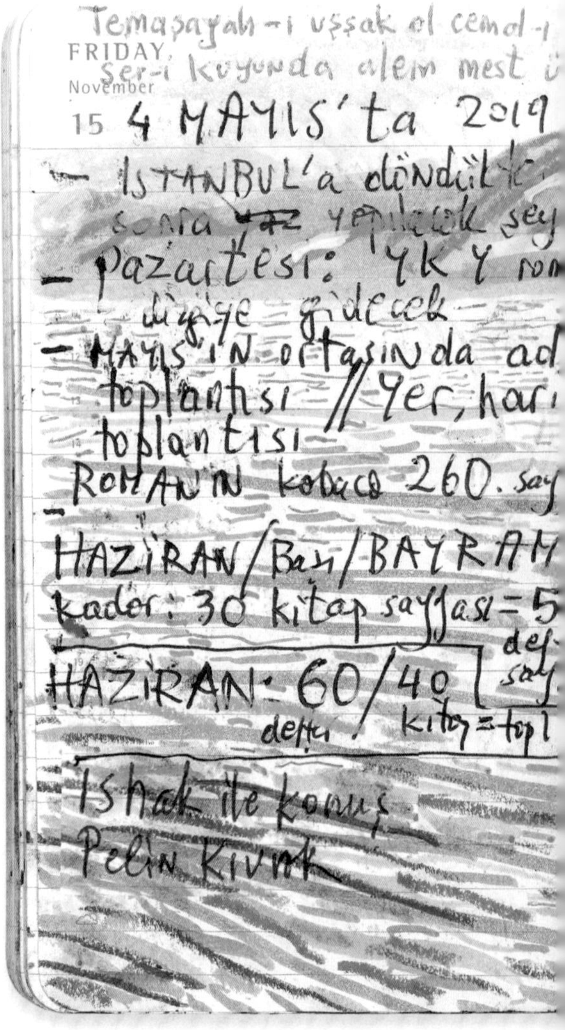

이스하크와 대화해

펠린 크브라크

나는 소설 260쪽에 있다.

꿈/영화 속 주인공이 눈을 떴을 때 여러분이 보고 있는 이 페이지를 본다.
당신은 그림을 보고 있다. 그는 바다에 있다……

물 밖으로 머리를 내민다

『유형지에서』는 섬에서 벌어지는 이야기다.

사실만으로도 대단한 성공이다.

속삭이는 듯한 파도 소리는 섬을 향해 천천히 헤엄쳐 다가가는 사람에게
살아 있음을 느끼게 한다.

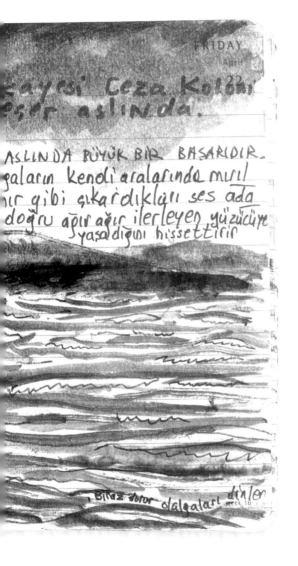

그는 잠시 멈추고
파도 소리를 듣는다

해류가 마침내 그들을 이런 곳으로 데려왔다.

그들은 이런 풍경을 전혀 기억하지 못했기 때문에 놀라고 두려워했다…….

안 좋은 하루: 일을 하나도 하지 못했다. 아슬르와의 무의미한 말다툼으로 기분을 망쳤다. 소중한 하루를 잔돈처럼 허비했다. 집에서 혼자 자학적인 비관주의에 빠져 있었다.

몇 년 후 펜(빨간색)을 들고 같은 페이지로 돌아오면 그날, 그 말다툼, 그 절망을 기억하지 못한다. 그때 나는 다른 사람이었다. 사실 나는 매일 다른 사람이다.

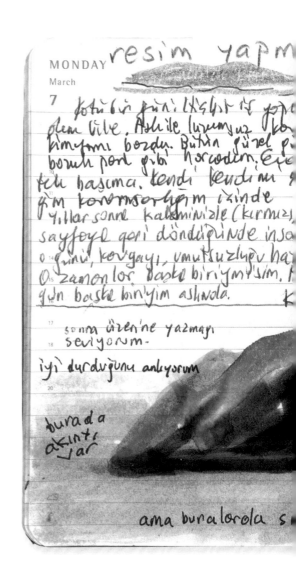

나중에 그 위에 글을 쓰는 것을
좋아한다

보기 좋다는 생각이 든다

여기에 해류가 있다

하지만 이 근처에서는 물이 빠르

동을 느꼈다.

오후에 뤼야가 왔다. 우리는 종일 함께 소설을 썼고, 서로 말벗이 되었다. 뤼야는 나딘 고디머의 책을 읽는 중이다……. 나는 디포, 카뮈, 검역 등에 관한 책을 읽고 메모를 한다. 저녁에 뤼야와 집에서 렌틸콩 수프 등을 먹고 집에 있는 CD 중 벨기에 영화 한 편을 골랐다. 상사가 제안하는 추가 수당을 거부하도록 친구들을 설득하는 여성이 얼마나 확신에 차 있고…… 얼마나 인간적인지……. 우리가 인간임을 보여 주는 순간이다!

비관적인 그림

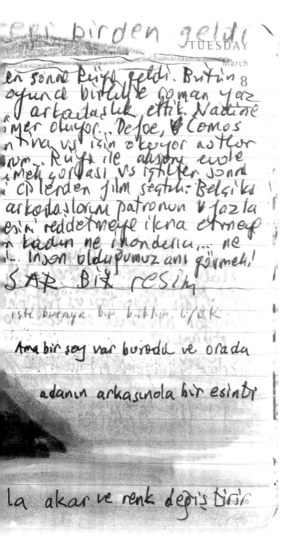

여기를 한번 들여다봤다. 작다

하지만 여기저기에
무엇인가가 있다

섬 뒤에서 불어오는 바람

르고 색이 변한다.

더워서 자정이 조금 지나 침대에서 깬다. 아무도 만나지 않고 몇 년 동안 소설을 쓰고 싶다……. 두 달 동안 소설 쓰기를 완전히 중단했다. 사실은…… 3월 15일부터…… 석 달 동안. 오로지 글만 쓰고 싶다. 신문(모두들 데니즈 바이칼[28]의 섹스 비디오테이프 이야기를 하고 있다), 영국 선거(노동당―고든 브라운 패배) 같은 것들을 잊고 넓고 깊은 진정한 상상의 세계에서 살고 싶다……. (자정에 큰 증기선의 고동 소리가 보스포루스 해협에 울려 퍼진다.) 글을 쓰지 않고 소설을 쓰지 않은 이 석 달 동안 나는 내가 진정 소설가임을 깨달았다. 소설을 쓴다는 것은―나에게―그림이 보여 주는 것보다 세상을 더 깊이 느끼는 것을 의미한다…….

이른 아침에 나는 반대편 아파트로 가 여성들과 함께 진열장 작업을 시작한다……. 화장수 진열장……. 축구 선수 사진 등을 작업했다……. 그 뒤 집으로 돌아와 브라질 기자와 인터뷰를 했다. 한편 아래층에서는 작업이 계속된다. 화장수―나이트클럽―제키 뮈렌[29] 진열장. 영화 이페메라[30]……. 종일 박물관 일로 아주 바쁘다. 저녁에는 와히트와 함께 제랄 살리크가 살해된 날의 뉴스를 전하는 《밀리예트》 신문을 준비한다.

나는 내 기분만큼이나 많은 성격을 지녔다. 새로운 기분이 들 때마다 새로운 사람이 된다. 새로운 사람이 되면 예전 생각들을 알 수가 없고, 그것들에 놀라워한다……. 내 생각의 초점이 요즘 너무 많이 바뀐다. 그러니까 나는 항상 다른 사람이 되어 가고 있다.

TUESDAY

July

조용히 섬에 다가갈 때 느껴지는 바다의 떨림……. 바위들에서 뿜어져 나오는 습기와 석회 냄새. 새들의 이상한 울음소리가 잦아드는 것을 느끼고 수많은 시선이 이 다가오는 배를 지켜보고 있다는 것을 알았을 때…….

아침이 오면 섬에 가자고…… 했었다.
아침이 왔다.

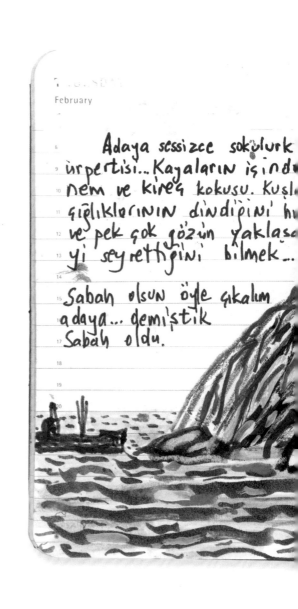

월요일까지 아직 한 시간 십오 분이 남았다. 나는 지한기르에서 택시를 타고 보스탄즈 부두에 왔다. 지한기르는 덥고 습하다. 먼지 냄새도 난다. 컴퓨터 전문가인 다정한 메르베가 왔다. 한편으로는 내가 지난 이 넌간 찍은 삼사만 장의 사진을 휴대용 메모리에 옮기고, 다른 한편으로는 『소설과 소설가』 홍보를 위해 아카이브에서 사진 등을 찾고 있다. '오르한 하버드에서 지식인들과 함께' 혹은 '오르한이 노턴 연설을 할 때' 같은 사진들. 어제 내가 심술궂은 행동을 해 정말 사랑하는 바하르의 기분이 상하지 않았는지 걱정이 된다. 어제저녁 페리 보트를 타고 보스탄즈에서 뷔윅아다섬으로 가던 중 바람이 많이 불어 모자를 벗었다. 더 이상 아무도 나를 쳐다보지 않고 신경 쓰지 않는다, 나도 마찬가지다. 최소한 섬으로 가는 길에서…… 혹은 섬에서…….

이제 큰 안전 문제는 사라졌다.

메블루트를 쓰느라 바쁜 아침이지만 새 책 홍보 문제 등도 있다. 정오에 세르민이 왔다. 일해, 오르한, 일해! 저녁에 뉴욕의 허리케인 때문에 비행기가 뜨지 못하자(뉴욕행) 뤼야도 왔다. 우리는 집에서 차를 마셨다. 그리고 밀라노 식당에서 대화를 나눴다. 똑똑한 뤼야. 나중에 오랄과 함께 쿠르드 반란에 대해 이야기했다—우리가 무엇을 할 수 있는지……. 상황이 안타깝다. 파시스트 튀르키예 부르주아는 온건한 행동법, 쿠르드족을 형제로 대하는 방법을 모른다. 이를 배울 가능성은 매우 희박하다. 늦은 시간 술에 취해 집에 돌아와 잠옷을 입었다. 휴! 그리고 이 공책을 가지고 책상 앞에 앉았다. 나는 태어날 때부터 여름이면 섬에 갔다. 더위, 색깔, 어린 시절의 냄새와 그림자와 관련된 습관. 부끄럽다!

아침에는 쌀쌀하다! 날씨가 우중충하다. 잠옷 차림으로 책상에 앉아 메블루트에 대해 잘 쓰고 있었는데 이 공책에 글을 쓰고 있는 나를 발견했다. 이드 알피트르[31] 아침. 고요. 갈매기 소리. 공책에 "진정해 오르한!"이라고 썼다. 이것이 이 공책의 제목, 이름이어야 한다. 그러니까 내가 쓴 이것들이 언젠가 출판된다면 말이다. 어떤 구절, 두려움, 공황, 정치적 분노…… 아마 바로 출판될 수 없겠지만 고를 수는 있다. 그러나 사실 이런 생각을 하면서 글을 쓰지는 않는다. 글을 쓸 때 행복하기 때문에 쓴다. 잊지 않기 위해 쓴다. 하루를 한 페이지에 자세히 기록하면 더 생생하고 현실적으로 느껴진다. 지금은 메블루트가 아이스크림을 팔고 집에 돌아와 어둠 속에서 라이하와 사랑을 나누는 장면을 쓰고 있다.

집이 시원하다. 명절 인파. 사람들이 오고……. 사람들이 간다. 섬은 끔찍하게 혼잡하다. 마차들, 문밖을 내다보는 호기심 많은 사람들, 낄낄대는 젊은이들, 상인들: 옥수수 파는 사람, 아이스크림 파는 사람, 시미트[32] 파는 사람. 해변에 가는 사람들에게 플라스틱 슬리퍼를 파는 남자. 그리고 플라스틱 대야에 탄산수와 코카콜라를 파는 사람. 끝없는 아이들 무리. 인상을 찌푸리고 있는 많은 사람들. 서로, 또 엄마 아빠와 싸우는 아이들. 10시가 지나 보스탄즈 부두로 향한다. 저녁이 되면 섬은 다시 텅 비어 신비로운 분위기를 자아낸다. 이상한 설정이다. 세상이 너무나 다채롭고 복잡해 이 공책에 적은 내용은 내가 매일 경험하는 것, 사람, 상상 들에 비하면 아무것도 아니다. 나는 몇 시간이고 며칠이고 쉬지 않고 모든 것을 쓰고 싶다……

한번은 지한기르의 집 발코니에서 영국 기자에게 우리가 본 풍경에 대해 일일이 설명한 적이 있다. 이곳은 아시아, 비잔티움, 구시가지, 아야 소피아, 흑해 쪽,

고요하고 바람이 없고 잔잔한 바다. 하늘은 구름으로 덮였다. 구름이 걷히면 날씨가 따뜻해져 바다에서 수영을 할 수 있을 것 같다. 어제 컬럼비아 대학의 투르게네프 수업이 잘 진행되어서 기쁘다. 『아버지와 자식』을 읽은 지 오십 년은 된 듯하다. 지금 그 소설이 더 좋아졌고 시골의 귀족 가족과 저택이 크게 마음에 와닿았다.

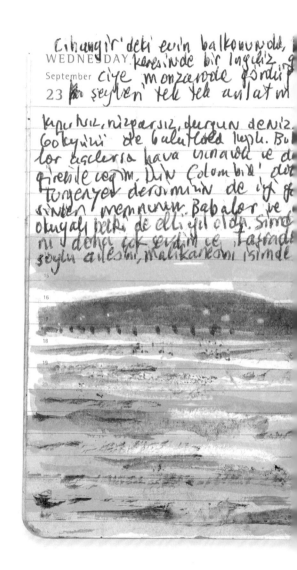

너 탑, 모다……. "저 멀리 보이는 산들은 어디죠?" 그는 섬들을 가리키며 물었다.
(뷔윅아다, 헤이벨리, 부르가즈, 크날르 섬의 검은 윤곽이 합쳐진 형태)

소설을 완성하기 위해 초자연적인 노력을 기울이며 아주 열심히 쓰고 있다. 사실 나는 내 생각/상상력을 점검하고 내가 여기서 하는 일이 무엇인지 해석할 필요성을 계속 미룬다. 아침에 해가 뜨면 사방이 노랗게 물든다. 이 글을 쓸 때…… 집 안을 돌아다니는 아슬르의 발걸음 소리가 들리고, 나는 그 소리를 듣고, 분석하고, 세심히 그녀의 기분을 유추하려고 노력한다. 케말처럼.

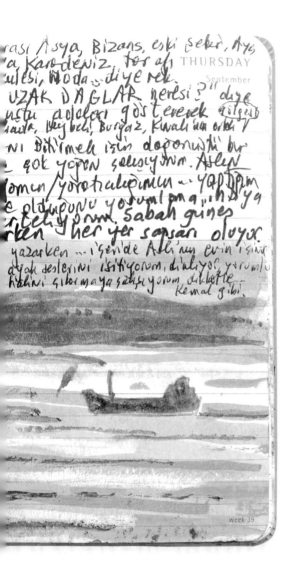

풍경을 아름답게 만드는 것은 그 풍경이 담고 있는 것이 아니라 풍경이 전달하는 느낌이다. 녹슨 낡은 배들, 멀고 외딴 바다의 잊힌 돛단배들, 작은 섬 바위투성이 해안에 있는 뱃사공들, 먼 산자락에 보이는 연무, 안개가 자욱한 바다, 위에서 내려다보이는 풍경, 눈앞의 산맥들, 그 산 뒤에 있는 다른 산들:

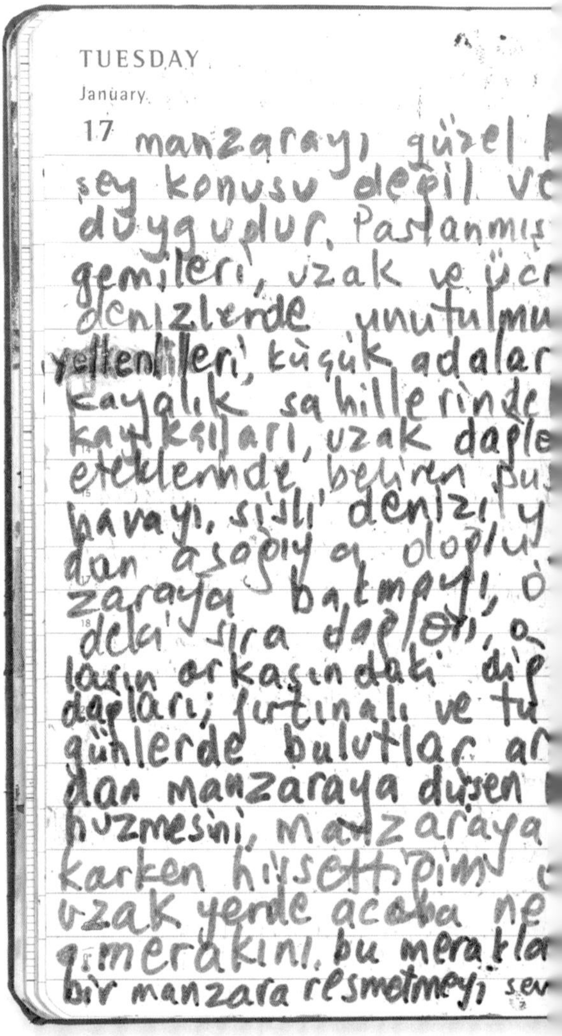

나는 폭풍우가 몰아치는 이상한 날에 구름 사이에서 풍경으로 떨어지는 한 줄기 빛을 바라보며 저 먼 곳에 무엇이 있을까 호기심을 느끼고, 이 호기심을 가지고 새로운 풍경을 그리는 것을 좋아한다.

소설 속 등장인물 중 한 명인 화가 K(주인공)는 상상의 화가들이 그린 상상의 작품들로 구성된 전시회를 열 예정이다. 소설『252점의 그림』은 서서히 252개의 프로젝트 혹은 상상으로 변해 가고 있다…….

부하리[33]가 그린 표지 그림

소설의 바탕이 되는 전시회에서는 K의 그림이 아닌 프로젝트를 전시할 예정이다. 그중 하나가 오스만 제국 **풍경화**의 출현에 관한 것이다. K는 지금 내가 하듯이 톱카프 궁전 보고(寶庫)에 있는 오래된 그림의 가장자리와 세부 묘사를 살피고 이스탄불/오스만 제국 화가들이 그린 풍경화들을 조명해야 한다……. 「그림이 있는 내 이름은 빨강」과 전시회에 사용할 그림을 톱카프 궁전에서 고르던 중 나도 이 그림들에 관심이 갔다. 레브니의 후계자/서양의 영향을 받은 부하리가 겉표지에 그린 이 그림이 내 관심을 끌었다. 정원이 있는 이 궁전은 무엇일까? 상상의 장소일까, 아니면 실제 장소일까? 아마도 실제 궁전에서 영감을 받아 그린 상상의 궁전일 것이다!

갈라타사라이에서 열린 야프 크레디 출판사 전시회 「그림이 있는 내 이름은 빨강」, 그리고 다른 많은 곳에서 사용하기 위해 톱카프 궁전(또는 이곳과 연계된 국립 궁전 관리국)에 소장된 수많은 책과 도록을 검토하면서 목록에 점점 더 많은 책이 추가되고 있다. 새로운 책과 박물관을 꿈꾸는 몽상가이자 수집가적인 나의 면모가 전면에 등장한다. 그런데 이 꿈이 이루어지지 않으면 실망할 것이다.

요즘 내 머릿속에는 여러 가지 상상과 프로젝트가 서로 연관되어 동시에 돌아간다: 1. 이 공책의 그림 페이지를 바탕으로 『먼 산의 기억』에 들어갈 페이지를 골라 새로운 순서로 재배치해 출판 준비하기, 2. 이 공책의 페이지를 골라 야프 크레디 출판사 전시 준비하기, 3. 내가 이 공책들에 그리고 기억해 온 상상/그림/페이지 중 적절한 것을 더 큰 그림으로 그릴 수 있을지 고민하기, 4. 카드놀이/카드놀이를 하는 사람들이라는 제목의 소설을 상상하고 구상하기, 5. 나의 야심작이 될 『화가의 소설』(이전 제목은 '252점의 그림')을 위해 줄거리와 결말, 그리고 주인공들의 모험을 생각하고 찾아내기.

내가 일종의 지적 위기를 겪고 있는 걸까? 일을 너무 많이 해서 정신이 혼미해지나? 어제 드디어 톱카프 궁전 도서관에서 디지털 형식으로 받고 싶은 그림 목록을 **된다르** 씨에게 보냈다. 비흐자드에 관한 책을 보고 있는데…… 어쩌면 톱카프에 비흐자드의 펜이 닿은 그림은 없을 거라고 생각했다. 한두 번의 불분명한 붓 터치를 제외하고는. 하지만 『왕서』, 역사, 흥미로운 페이지, 그림. 이 세상은 나를 기묘한 형태로 흡수했다.

나무들의 그림자를
주목하세요.
원근법 문제

아슬르가 세데프와 전화 통화를 하는 동안 나는 에드헴 엘뎀[34]과 통화하며 이전에 생각해 왔던 것들을 말했다: 우리는 역사/문학 같은 주제에 대해 매우 유익한 대화를 나눈다. 사실/ 허구/새로운 역사주의 같은 주제에 대해—오스만 제국의 왕자들, 무라트 5세 등에 대해 예를 들어 가며 이야기한다.

나는 톱카프 궁전에 있는 세밀화와 『왕서』의 페이지들을 들여다보고 다양한 책에 수록된
오스만 제국 회화를 검토하며 하루를 보낸다. 그림들이 묘사하는 세계에 서서히 빠져든다.
그림 속에서 길을 잃는 것보다 더 좋은 일이 있을까? 어쩌면 내가 이 사라진 세계에 가장 가
까운 사람일지도 모른다.

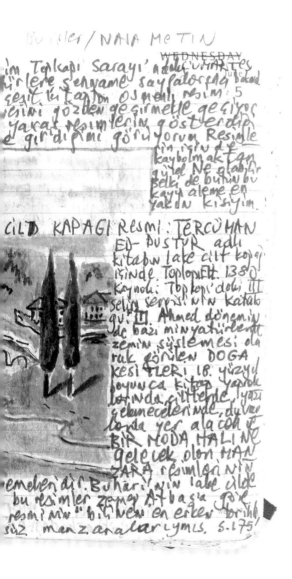

부하리가 그린 다른 표지 삽화: 테르주만 에드―뒤스투르라는 제목의 옻칠한 표지 중, 톱카프
1380번 기록 보관소: 톱카프에서 열린 셀림 3세 전시회 도록: 아흐메트 3세 시기에 일부 세
밀화의 배경 장식으로 사용된 **자연의 단면**은 18세기 내내 책 페이지, 제본, 책상, 벽에 그려
져 **하나의 유행이** 된 오스만 제국 **풍경화** 최초의 실험이다. 제이네프 아트바쉬에 따르면 부
하리가 옻칠한 책 표지에 그린 이 그림들은 '튀르키예 회화'에서 가장 오래된 인물 없는 풍
경화다, 175쪽.

『페스트의 밤』은 이렇게 시작되어야 한다.

구름을 그리는 화가는 사실
    먼 산 뒤에 있는 구름을 보여 주고
        뭉게 구름은 더 뒤에 있다고 말한다

    나는 어떻게 그림을 마무리할지 몰라 그 위에 글을 쓴다

물

모든
물방울은

어느 섬 앞바다를 항해하는 배에서 바라본 육지 풍경. 바위투성이 가파른 산 뒤에 완전
히 새로운 세상이 있다.

물

물

하나의 단어

단어

침대에서 일어나 꿈의 마지막 파편이 여전히 머릿속에 남아 있는 상태에서 해안으로 내려가 부두에서 바다로 뛰어든다……. 그러면 꿈과 바다가 뒤섞이는 것 같다…….

저녁에는 엑상프로방스에서 삼십오 년 동안 문학 축제를 주최한 애니 테리어 뷔워아다 섬을 찾아왔다. 귄터 그라스, 필립 로스 같은 작가들에 대한 기억…… 애석하게도 그녀는 영어를 할 줄 몰랐다. 나는 10월 11~13일에 세잔의 작업실을 보게 될 것이다. 내 머릿속의 어둡고 우울한 생각들. 추억이 내 영혼 속을 상어처럼 서성거린다

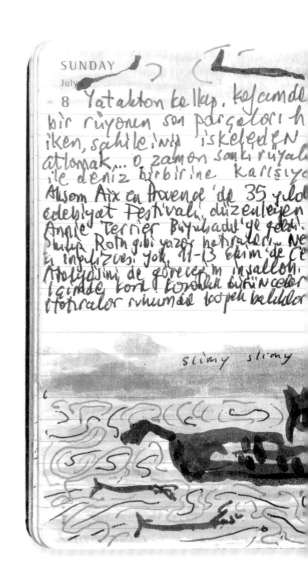

끈적끈적한   끈적끈적한   끈적끈적

바다에서 수영을 하고 있다. 문득 상어가 나를 지켜보고 있다는 느낌……. 상어를 머릿속에서 없애면 상어도 나를 잊을 것이다. 하지만 우리는 서로를 잊을 수가 없다……. 그리고 내가 헤엄치는 동안 끔찍한 상어들은 나를 기다리고 있다. 꼬리가 보인다, 돈다……. 내가 어렸을 때 투즐라에서 한 다이버가 상어에게 잡아먹혔다: 존경받는 의사였던 다이버는 안타깝게도 다이너마이트로 낚시를 하고 있었다. 그의 기억 속에서 바다는 끈적거렸다…….
끈적끈적한 바다. 점성?

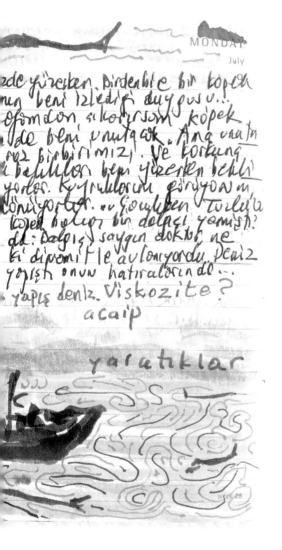

이상한

생명체들

그림을 그리고 싶은 욕망은 마치 성욕과도 같아서 내 마음속에 그런 것이 존재하지 않는 것처럼 살다가 갑자기 솟구쳐 오르고, 그러면 당장에 연필과 물감을 잡고 그림을 그린다.

저 멀리 또 다른 삶과 세계가 있다는 상상, 멀고 거친 풍경이 암시하는 다른 삶에 대한 생각은 나의 모든 삶을 정의하고 항상 나를 사로잡았다.

나는 쉬지 않고 일한다. 이상하다. 마치 뭔가 증명해야 할 게 있는 것 같다. 하지만 나는 내가 머릿속에 담고 있는 소설을 좋아하고, 그것들을 써야 한다. 사람들이 그 소설에서 내가 세상을 바라보는 방식으로 세상을 볼 수 있으면 좋겠다, 그렇다. 그리고 렌틸콩 수프, 세르민이 항상 만드는 가지가 들어간 닭요리, 화이트 와인. 하지만 아직 이른 저녁이다. 갑자기 그림을 그리고 싶은 충동을 느꼈다.

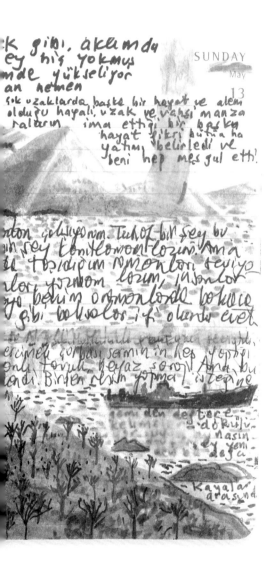

배에서 공책으로 단어들이
쏟아지고 물의 거울에서
모든 것이 다시 이 산으로

바위 사이에 있는

영혼의 게으름을 피하세요

왼쪽 길이 더 반듯하다

계에 숨겨진 또 다른 세계를 감지하는 데 달렸다.

풍경은 내 안의 폭풍이다

바람이 많이 부는 땅

너는 더한 바람이다

하루를 시작하며 커피를 마시러 테라스에 가는데 이 풍경이 가장 먼저 눈에 들어왔다: 바로 물감을 가져다 그림을 그렸다. 아침에는 거의 그림을 그리지 않기 때문에 매우 예외적인 경우다. 사람은 모든 시간을 모든 그림으로 기억할 수 있다. 하루의 모든 순간을 그림, 그리고 약간의 글과 함께 보낸다. 이것이 하루의 첫 번째 순간이다. 그다음에 두 번째 순간, 두 번째 그림이 온다. 이렇게 계속된다. 산다는 것은 보는 것이다.

이 페리보트는 매일 여섯 번 내 앞을 지나간다.

아무에게도 말하지 않는 편이
더 나았을지도 모른다

그림이 완성되었는지 판단해

세상은 이렇게 단순하다
사실 모든 것은 이렇게 단순하다

모든 순간을 담은 그림 한 점! 그림을 순서대로 배열하면 하루, 일 년, 인생의 그림이 있는 이야기가 된다. 인생은 일련의 그림으로 구성된다. 사람은 그림 뒤에 오는 그림을 궁금해한다. 그다음 그림이 궁금하기 때문에 죽고 싶지 않다. 우리가 죽으면 아름다운 그림은 끝나고 어둠이 시작된다. 내 생각에 모든 그림은 아름답다, 왜냐하면 항상 보고 싶기 때문이다.

완성된 그림을 수정해서
망치고 후회하기

먼 산

글을 쓰고 싶은 충동

3월 15일: 이메일// 클라우디오// 파리?

알리 베틸// 바리코// 로팍

셀주크 데미렐에게 사인한 책들, 감보니가 오누르에게 보낸 문자, 로팍

– 9번 급여// 크리스티나//

–『더 펙 샤나메』/ 심슨

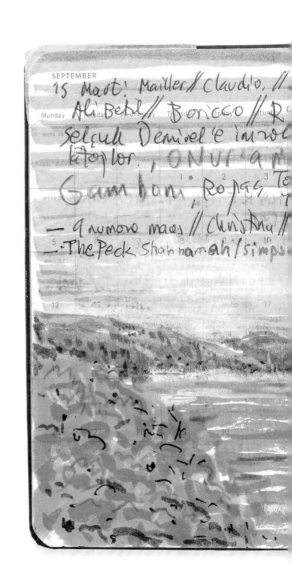

빌렌트 씨, 진, 소피
센터/ 토리노/ 밀라노
에롤 = 이것// 필리즈 부인
『비밀의 얼굴』

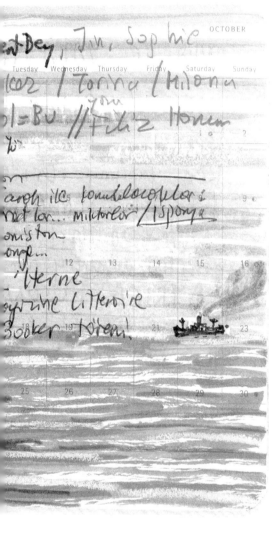

4월 15일 − 사라와 논의할 것들:
− 계약······ 금액/ 에스파냐
− 그리스
− 독일
−《레른(L'Herne)》
−《매거진 리테레르(Magazine Littéraire)》
부커 시상식.

K 씨는 혼란스럽고 불안했던 어린 시절 자기 모습을 꿈에서 보고 속상했다. 죄책감도 들었다. 마음속에서 아이에 대한 연민과 이해를 느꼈다.

내 안의 화가와 작가의 상상의 대화…….

독자들에게 아흐메트 으식치라는 화가를 소개해야 할 듯하다. 튀르키예에서 대부분의 사람들은 그의 이름조차 모른다. 언젠가 서점에 그의 작품에 관한 책이 나올 것이다. ─ 그렇다. 어쩌면 내가 쓸지도 모른다.

– 무소륵스키: 「민둥산에서의 하룻밤」

– 모차르트

– 차이콥스키

– 말러, 죽은 아이를 기리는 노래

– 페피노 디 카프리

– 옛 친구들

– 밥 딜런

– 에이미 와인하우스

내가 선택한 것들: BBC―문학과 음악

BBC에서 당신이 좋아하는
노래들과 대화!

나는 젊었을 때 점묘화를 그렸다! 고등학교와 대학교 시절에 쇠라의 영향을 받아 점으로 그림을 그렸다. 점과 붓 터치로 그림을 그리는 것은 얼마나 짜릿한지. 점들을 그릴 때 내 손은 저절로 움직였다. 붓놀림은 용감한 점묘화가들의 몫이다. 소심한 점묘화가는 자신을 점에 묶어 둔다. 그러면 머릿속이 혼란스러워진다.

그는 혼란스러워한다.

옛 거장들, 중국인 거장들

포

한 번의 붓놀림, 한 번의 터치로 옛 거장 같은 느낌을 받을 수 있다……. 형태가 잡혀 가는 그림을 수정해 망쳤다는 생각에 사로잡힐 수도 있다. 나는 미친 듯이 붓을 놀리며 한참 고군분투하다 몇 발짝 뒤로 물러난다.

불안

저 이곳을 본다   바다가 스스로 섞이고 있다

소용돌이=포

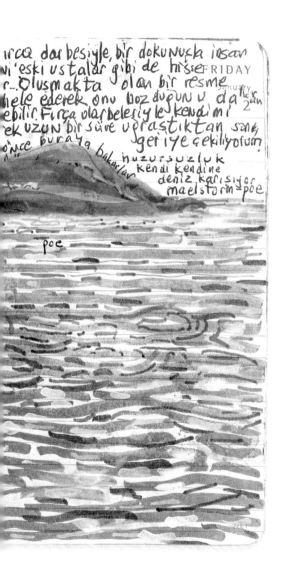

포

진정한
점묘화가는
자신을

사이에

눈

풀

그림자

애벌레

물

작은

긴다

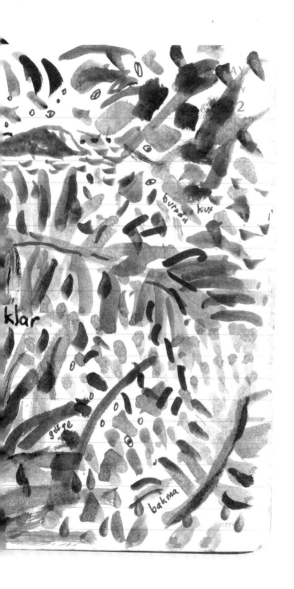

여기에

새

그림자

보지 마

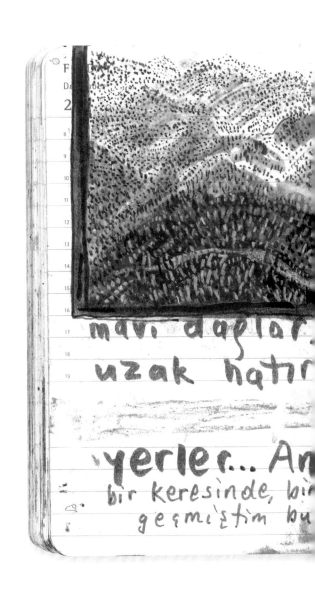

푸른 산, 낯선 봉우리

아득한 기억, 안개가 자욱한 곡선, 한 번

어떤 소설을 구상하며 언젠가 한번 이곳을 지나갔다

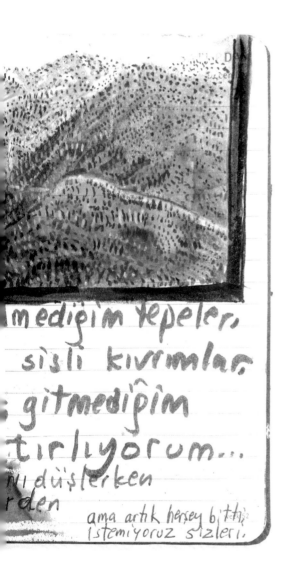

본 적 없는 곳······. 그러나

억한다······

하지만 이제 다 끝났다.

우리는 당신들을 원하지 않는다.

들라크루아의 『일기』를 읽고 있다. 진지하고, 부지런하고, 열정적이며, 박식하다. 약간 권위주의적이고……. 유머 감각은 없다. 반면 나는 그가 모든 것에 호기심이 많고 열정적인 점이 마음에 든다…….

아슬르는 아침 일찍 출근한다. 나는 내 예전 원고를 천천히 읽고 있다. 쓰레기 수거선, 비행기, 엔진 소리를 들으며 소설을 쓴다.

종일 아슬르와 세르민과 통화를 한다. 그런 다음 글을 쓰고 또 쓴다.

날씨가 더워졌다. 11시부터 11시 30분까지 수영을 했다. 소설이 또 내가 원하는 것보다 길어진다는 생각에 고민했다.

무라트 세츠킨 가족이 우리를 집으로 초대했다……. 에드헴 가족, 뉘케트 가족, 아슬르 차부쇼을루, 나는 이 친구들과 함께해서 행복하다. 아슬르 차부쇼을루와 잠깐이나마 예술에 대해 이야기했더라면 좋았을 텐데…….

오랫동안 쓰려고 했던 소설의 한 부분을 썼다. 총독 파샤의 근대적인 교도소 개혁 환상에 대한 내용이다. 격리 장소를 선정한다는 구실로 말이다. 나는 압될하미트가 퇴역 군인과 부사관을 교도소 감찰관으로 임명했다는 것을 어디선가 읽었다.

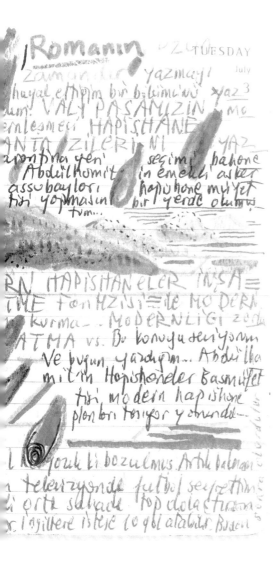

근대적인 교도소 건립의 환상과 근대 사회 건설……. 근대성 강요 등등……. 내가 좋아하는 주제다. 그리고 오늘 내가 쓴 것은……. 압될하미트의 교도소 감찰관은 근대식 교도소에 대한 청사진을 가지고 있다…….

안타깝게도 축구는 부패했다. 더는 보지 않는다. 오늘 밤 텔레비전으로 축구를 봤다. 미드필드에서 선수들이 계속 공을 주고받았다. 영국은 마음만 먹으면 열 골을 넣을 수 있었다. 그런데 한 골을 넣고 멈췄다.

뷔윅아다섬에서

단어들

새 바

새들

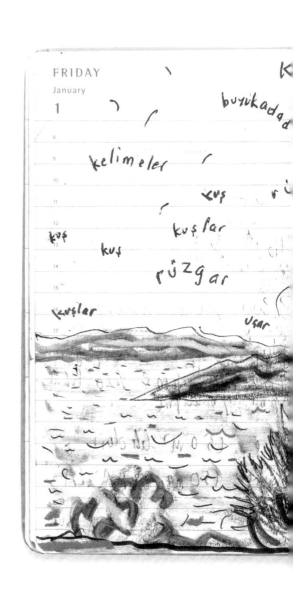

새

　새

　　바람

새들이

　　난다

새 한 마리

물/식사/택시 3.886
7000
그리고   11.000

난다
새
새들

바람에 시끄럽게 바스락거리는 나뭇가지와 나뭇잎 사이로 단어들과 글자들이 나타날 거라고 생각하며 한참을 기다렸다.

저녁에 엘리프 바투만과 그녀의 친구 린지를 메트로폴리탄 박물관에 데려갔다. 내가 좋아하는 그림들을 보여 주었다. 나는 파니니의 고대 로마와 **현대 로마** 회화들; 이른바 카프리시오 스타일; **과르디와 카날레토, 엘 그레코**(아슬르와 함께 여행한 톨레도) 등에 대해 장황하게 이야기했다. 몇몇 그림 앞에 멈춰 풍경화의 역사에 대해 아는 척하며 설명하기도 했다. 어떤 그림들 앞에 서서는 우리 다 오로지 그림을 보는 즐거움과 흥분을 느끼며 바라보았다. 이 그림에서 무슨 일이 벌어지는 까? 이 역사적인 풍경화의 어느 부분이 '실제'이며, 우리가 풍경에서 보았던 것 중 얼마만큼이 상일까? 이후 그들을 이슬람 전시관으로 데려갔다. 샤 타흐마스프의 왕서, 「새들의 회의」;[35] 오만 칙령들, 카누니 술탄 쉴레이만의 인장; 무굴/바부르 시대의 회화; 동인도 회사 직원들이 으한 식물 및 동물 삽화,

살인자, 도둑, 폭군, 그리고 **모든 나쁜 놈들**이 소년을 쫓고 있었다. 너무 많았다. 땀을 뻘뻘 흘리며 그들을 피해 도망치던 카 씨는 도망칠수록 뒤따라오는 사람들이 늘어나는 것을 보았다. 꿈에서 본 소년이 자신인 것을 깨달은 그는 죄책감을 느끼며 더 빨리 달렸다.

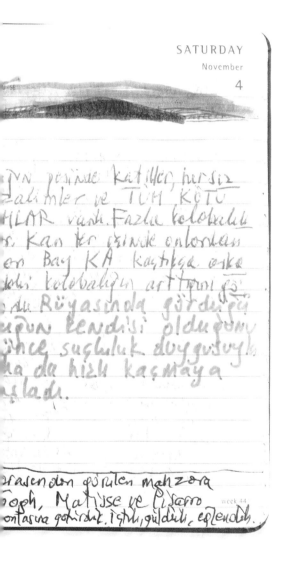

가 박쥐. 황새의 다리 사이로 보이는 풍경. 물론 마지막 삼십 분은 세잔, 반 고흐, 마티스, 피사로 작품을 감상했다. 이후 우리는 오르세 레스토랑으로 갔다. 우리는 술도 마시고, 웃고, 즐거운 간을 보냈다.

그림 위에 글을 쓰거나 글과 **그림**을 동시에 생각하는 작가 중 가장 위대한 거장은 물론 윌리엄 블레이크다. 나도 그처럼 글을 쓰고 싶어 하는지는 모르겠다. 하지만 그처럼 평생 글과 그림을 같은 페이지에서 생각하고 보는 사람이 되고 싶다.

동시대 화가 중 그림과 글을 동시에 시각화하는 화가를 생각하면 레이먼드 페티본과 사이 톰블리가 떠오른다. 나도 그들처럼 그릴 수 있으면 좋겠다. 그렇다. 아니, 아니, 나는 나처럼 그리고 싶고, 그들처럼 그림에 평생을 바치고 싶다. 단어와 그림을 같은 페이지에 놓고 생각하면서.

항상 섬이 있다……

당신은 그곳에 자신만의 세계를 건설하고 악으로부터 멀리 떨어져 있다고 스스로를 설득한다. 아무도 악이 섬에 왔다는 사실을 알고 싶어 하지 않는다. 나쁜 소식에 귀를 닫는다.

마구잡이인   수평선 저 멀리
    얼룩들   섬이 있는 한
                             만사가 잘될 것이다.

내가 어렸을 때 여름이 끝날 무렵 가끔 남서풍이 불었다. 그러면 배 운항이 멈춘다. 모두가 폭풍에 대해 이야기하는 동안 나는 남서풍이 계속되어 한동안 섬에 발이 묶여서 학교에 가지 않아도 되는 상상을 했다. 1973년 건축가가 되기를 포기하고 이스탄불 공과 대학을 그만두기로 결심한 어느 겨울날 부르가즈섬에 갔다.

기억해 봐.

나는 세데프섬에서
『내 이름은 빨강』의
대부분을 썼다.

The Met   The Met   The
The Met   The   Met   Met

스웨덴 문화원

게르하르트 슈타이들 →
(오후)

산과 풍경

절

귀의 통증이 심해졌다. 아침에 정말 우울했다. 귀에 통증이 있으면 삶의 다른 모든 일이 힘 겹게 느껴진다. 어제 우리는 스페체스[37]에 있는 약국에서 안약과 수영할 때 착용할 실리콘 귀마개를 샀다. 아침에 바다에 들어갈 때 실리콘으로 귀를 막았다. 수영을 하니 기분이 좋 았다. 5장을 계속 썼다. 대학 등록 대기 줄에 서서 프루스트를 읽는 소녀들에 대해 썼다. 사 실 이 이야기는 나에 관한 것이지만 프루스트의 것인 편이 더 좋았다. 정오 무렵 피곤했다. 키란[38]에게 차를 타고 어디든 가자고 말하고 우리는 에르미오니로 향했다. 나는 매우 행복 했다.

에르미오니

내가 그린
에르미오니로
가는 길, 올리브
나무와 다른 모든 것이
내 어린 시절을,
바이람오을루—게브제
언덕들의 옛 모습을
생각나게 했다. 매미,
귀뚜라미, 텅 빈 도로, 미동조차 없는
광장, 더위, 우리는 저녁에 집에서
식사를 했다.

아침 8시쯤 키란과 꽤 먼 곳까지 수영을 했다. 이후 노턴 강연록 5장을 끝내려고 했지만 그러지 못했다. 어젯밤 키란을 위해 한 문장 한 문장 영어로 번역했다. 어떤 부분은 너무 가볍고 어떤 부분은 너무 개인적이라는 느낌이 들었다. 두 페이지를 찢어 버리고 다시 쓰기 시작했다. 밤에 이 페이지들을 생각하며 잠을 이루지 못했다. 불안, 페이지 찢기. 이런 것들은 나에게 내 소설 작법을 떠올리게 했다.

나는 글을 쓸 때 가끔 책상에서 일어나 칼비노(『새천년을 위한 여섯 가지 메모』); 보르헤스(『선집』)와 T. S. 엘리엇(『엄선된 산문』)을 몇 구절 읽는다.

오전 11시 35분, 책상에서 일하는데 펑, 쨍그랑 소리가 들렸다. 키란이 비닐에서 꺼내려고 만지작거리던 탄산음료 병이 그녀의 얼굴 앞에서 터졌다. 나는 위층 방으로 올라가 키란을 위로했다. 콧등에 상처가 살짝 났다.

우리는 귀마개를 하고 바다에 들어갔다. 쓰고 있던 장을 여전히 끝내지 못했다. 귀의 통증이 덜해졌지만 병원에 가야 한다. 저녁 8시 십 분 전이다. 우리는 크라니디 마을에서 이비인후과 의사를 기다리고 있다. 내 귀에 바이러스가 있단다. 이비인후과 의사가 처방전을 쓰며 내 이름을 물었다. 그가 알아보자 나는 스텔라가 내 통역자라고 말했다. 크라니디에서 포르토 헬리로 돌아가는 길은 게브제에서 바이람오을루로 돌아가는 길과 비슷하다. 포르토 헬리에서 귀에 넣는 물약과 실리콘 귀마개를 샀다. 그런 다음 좋은 선술집에서 케이퍼를 곁들인 정어리를 먹었다.

소설을 쓰느라 너무 바빠서 이 공책에 글을 쓰며 인생에 대해 생각할 시간조차 없다.

가장 큰 행복은 소설 속에서 길을 잃는 것이다. 항상 등장인물들과 함께 사는 것. 나는 내 소설에 매우 만족한다.

별들

시냇물이 열리고
바다처럼 흐르고
검은 물이 다가오면

밤이 가득하다. 강은 어둡다.
내 안의 밤을 본다

우르비노에서 『페스트의 밤』을 생각했다. 전성기에 우르비노 성의 인구는 약 5000명이었다. 나의 페스트 성은 그런 곳이어야 한다. 나의 성에는 십자군 시대의 가톨릭 신자들, 고고학자 팀;

이상적인 도시

셰이크[39]와 충성스러운 신자들, 청년 튀르크당원[40]의 아들; 철도 건설업자와 노동자들이 있다. 가장 쓰고 싶은 부분에서 **글쓰기를** 시작해야 한다……

나는 이것이 『페스트의 밤』
을 위한 사례—상상이
될 수도 있을 거라고 느꼈다

밤에는 완전히
다른 장소가 될 것이다

마치 실제 장소가 아니라
『페스트의 밤』을 위해 상상했던 어딘가인 듯했다

만토바
두칼레 궁전

세상은 아주 평온했다

모두   모두
우리는 바로 여기에 앉았다

광장은 조용했다

암베르 요새에 대한 인상. 나는 『페스트의 밤』이 이런 실제—상상의 성에서 진행되어야 한
다는 생각을 해 왔다. '나의 낭만적인 상상력'이 암베르 같은 요새에 닿으면 나는 이내 이 장
소를 이야기의 일부로 재구성하며 들뜬다.

원숭이 두 마리

암베르 요새 안을 걸으면서 『페스트의 밤』을, 한 명은 눈멀고, 한 명은 다리를 저는 두 등장 인물을 떠올렸다. 눈먼 이는 성의 복도를 걸어갈 때 자신이 어디에 있는지 열심히 생각하며 머릿속에 미로의 지도를 그리고, 우리도 그것을 보게 될 것이다.

뭄바이: 아침에 타지 호텔 수영장 옆에서 키란과 식사하며 달콤한 수다를 떨었다. 따뜻한 공기, 기둥, 수영장, 야자나무, 행복. 내가 마신 망고주스. 키란은 위층으로 올라갔다. 나는 혼자 앉아 생각한다. 박물관을 만든 것은, 만드는 것은 **잘한 일이다.** **바르셀로나**에도 꼭 가져가야 한다고 생각했다. 10시에 오래된 호텔 건물에 있는 방에서 인터뷰를 시작한다. 《힌두스탄 타임스》, 《더 힌두》 등 3대 신문과 두 시간 삼십 분 동안 인터뷰했다. 방으로 올라가 침대에 누워 『내 이름은 빨강』의 새 서문에 한 페이지를 추가했다. 키란은 호텔 방에 앉아 소설을 쓰고 있다. 밖에서 뭄바이의 소음, 냄새, 공기가 들어온다. 2시에 제리가 우리를 뒷골목과 오래된 동네, 저수조 등으로 데려갔다. 그런 다음 우리는 오래된 서점에 갔다. 먼지와 곰팡이 냄새 나는 오래된 에브리맨 도서관 책들.

저녁 식사

밤에 후르시드의 집에 저녁 식사 초대를 받아 갔는데 식사가 도무지 나오지 않아 바르셀로나에서 그랬듯이 화가 나고 부루퉁해졌다.

우리는 사막 한가운데에 멈췄다: 낙타 시장. 부족들이 낙타를 가져와 이 넓은 공터에서 팔았다……. 자동차가 사막을 질주하는 동안 나는 실러의 『소박한 문학과 감상적인 문학에 관하여』를 읽고 있다……. 사막의 광활함…….

저녁 무렵 조드푸르에서 남쪽으로 65킬로미터 떨어진, 1930년 우마이드 왕의 명령으로 지은 기괴한 사냥 오두막에 갔는데 우리는 그의 거대한 궁전에 들어가지 못했다. 가느다란 다리를 가진 전설적인 새들과 펠리컨들이 돌아다니는 호수가 있었다. 호수는 해가 지면 이상한 색으로 변했다. 몇 년 동안 이러한 **정적**은 느껴 보지 못했다. 몇 킬로미터 떨어진 곳에서 두 사람의 대화가 들렸다. 지구, 모든 행성, 곤충, 새의 존재가 공포스럽게 느껴졌다. 세상이 얼마나 거대한지도. 그러더니 하늘에 가느다란 달-별이 나타났다…….

아그라. 거리를 돌아다니는 즐거움…… 우리는 끈질긴 가이드와 상인들로부터 벗어나기 위해 긴 계획을 세운다…….

나는 지금 타지마할 안에 있다. 한두 문장을 써야겠다고 생각했다: 희미한 빛. 우아함. 케말은 타지마할에 대해 더 많이 생각했어야 했다.

건물의 힘과 섬세함이 내 마음속에 스며들었다…… 연무가 가득한 날씨. 대부분 현지 관광객들…… 사랑 이야기는 오늘날 사람들로부터 건물의 어마어마한 거대함을 감추기 위해 과장되었다. 그럼에도 타지마할은 독특하고 특별한 보석이다. 대륙 전체에 위엄을 부여한다. 경외감! 보는 즐거움. 우리는 경건한 마음으로 천천히 다가간다.

팔각형/
팔각형 구조는
오스만 건축에는
그다지 흔하지 않았다.

우리는 오후에 아그라 요새 주변을 산책한다. 멀리서 타지마할을 바라본다. 분홍빛이 도는 주황빛 저녁 햇살이 그 위에 떨어진다. 아그라 요새는 서로 얽힌 방들, 수많은 뒷방, 하렘, 디완[41] 건물이 있는 톱카프 궁전과 매우 닮았다! 악바르와 그 아들들의 가공할 권력에 놀랄 따름이다. 이 부와 권력, 우리가 거리에서 본 빈곤과 혼돈…….

호텔 방에서의 생각: 메블루트는 『전쟁과 평화』의 피에르처럼 철학적이고, 『이상한 나라의 앨리스』처럼 기묘하며, 초현실주의적이고 상징적일 수 있다. 사나흘 전 자이푸르에서 "제 책은 쉰여덟 개 언어로 번역되었습니다. 튀르키예에서 첫 책을 출판하기가 가장 힘들었습니다."라고 말한 바 있다. 젊은 작가의 익히 알려진 고난에 대한 언급이었다. 하지만 고국의 거짓말쟁이 우익 신문들에서 이 발언이 "그는 자신의 책을 튀르키예에서 출판할 수 없다고 말하며 외국에서 우리나라에 대해 불평했다."로 바뀌었다…… 이런 일에는 이제 익숙하다…….

인도의 거대함, 모순, 엄청난 규모, 문화적 풍요, 다양한 색채의 향연은 내가 메블루트의 이야기를 생각하는 데 도움이 된다.

아그라 외곽에 있는 악바르의 무덤, 그의 거대한 영묘에 갔다. 광대함과 광활함, 고요함. 정문의 타일, 벽화, 이스파한을 연상시키는 거대하고 웅장한 문들……. 밖에서는 달리는 오토바이의 끝없는 소음과 아그라의 교통 체증.

우리는 델리로 향했다. 지금은 델리로부터 100킬로미터 떨어진 길가의 관광 식당 주차장에서 차 안에 앉은 채 기다리고 있다. 우리 운전기사가 차를 마시고 있다.

우리는 5시에 델리에 도착했다. 키란이 어린 시절을 보낸 곳과 가까운 타지마할 호텔에 짐을 풀었다. 멀리 국회 의사당과 정부 청사 타워가 보인다. 안개, 연무, 대기 오염이 심하다. 감기 때문에 기침이 나는지 모른다.

신문들은 튀니지에 이어 카이로에서도 반정부 시위가 벌어졌다고 보도했다. 이슬람 세계에 민주주의가 도래한다는 것은 멋지다: 하지만 서구화된 세속주의 독재 정권이 이슬람 독재 정권으로 바뀌는 것은 두렵다…….

그러다 《헤럴드 트리뷴》과 《뉴욕 타임스》를 읽었다. 이 신문들조차 거리로 뛰쳐나온 반란군이 이슬람주의자가 아니라 비정치적인 청년들이라고 쓰고 있다. 나는 튀니지, 이집트, 이슬람 세계에 민주주의가 실현되기를 간절히 바란다. 민중의 의로운 반란이 또 다른 독재로 이어질까 걱정하지 않을 수 없다……. 두고 볼 일이다.

화요일이 이어졌다. 어떤 작은 웹사이트에서 퍼뜨린 가짜 뉴스가 파시스트 독자들을 흥분시켰다. 머리부터 발끝까지 완전히 가짜다. 《휘리예트》 신문 웹사이트에 내가 조국을 팔아 책장사를 한다는 끔찍한 글이 실렸다. 내 저녁을 완전히 망쳤고, 분노와 고통을 잊기 위해 와인을 마시고 취했다.

9시 15분에 일어났다. 이런, 늦었다. 10시에 축제 텐트에 도착했다. 개막 연설, 정치인들. 연설하는 것을 즐기는 사람들, 옆에서 지켜보며 책에 사인을 받는 사람들……. 컬럼비아 대학의 셸던 폴록은 인도 고전 도서관의 편집장이다. 그는 자신이 생각하는 고전은 생트뵈브나 T. S. 엘리엇과는 다른 것이라고 말한다. 셸던이 그 이야기를 꺼내서 기뻤다. "고전은 죽어 가는 언어처럼 물론 보호해야 할 것이지요. 하지만 박물관만 아니라 거리에서도 살아 숨 쉬어야 합니다."라고 나는 말했다. 셸던은 고전을, 잊혀진 텍스트를 그 '보편성'(생트뵈브, T. S. 엘리엇) 때문이 아니라 다른 이유로 보호해야 한다고 말했다. 1. 고전은 우리에게 인간이 되는 다른 방식을 떠올리게 한다고 그는 말했다.(그는 Different ways of being human, 즉 '인간이 되는 다양한 방식'이라는 표현을 사용했다.)

2. 다른 아름다움—스타일을 위해.(그는 Possibility of a new type of beauty, 즉 '새로운 유형의 아름다움의 가능성'이라는 표현을 사용했다.) 고전에 대한 이 공리주의적 근거는…… 그렇다, 이해할 수 있고 T. S. 엘리엇식의 '보편성' 수사학보다는 낫다. 하지만 여전히 '공리주의자!'다. 나는 우리가 고전을 그 유용성 때문이 아니라 시를 위해, 우리가 오래된 것들의 연속이라는 느낌을 위해 읽는다고 생각한다. 내가 쓴 것들을 '우리는 왜 고전을 읽는가'라는 글을 위한 메모…… 라고 생각해야겠다.

11시에 낭독과 인터뷰는 잘 진행되었다. 관중도 친절하고 진지했다. 키란이 왔고, 수닐 세티와 TV 인터뷰를 했다. 《타임스 오브 인디아》는 키란과 함께 찍은 내 사진을 1면에 실었다.

내가 스리랑카에 가는 것을 반대하는 단체들……. 그러나 우리는 이미 가지 않기로 결정했었다. 이 상황은 튀르키예 신문에도 실렸다. 나는 일레티심 출판사와 펭귄 출판사가 성명을 발표하기를 원했다. 오후에는 끔찍한 인도 궁전 투어! 우리는 호텔로 돌아왔다. 홀로 소설을 쓰고 싶다.

어젯밤 키란과 함께 람바그 호텔에서 저녁을 먹으며 쿳시[42] 부부와 만났다. 오늘 아침 식사 자리에서 또다시 만났다. 나는 그의 소설을 좋아하고, 이 사실을 그에게 말했다. 신문은 축제 소식으로 가득했다. 하지만 나는 축제 가십이나 존 마킨슨과의 고전 이야기에 관심이 없다. 키란은 어느 토론회에 갔다. 나는 호텔 발코니에 앉아 12월 12일쯤 마지막으로 쓴 소설을 사십 일이 지나 다시 쓰려고 한다. 우리가 스리랑카에 가지 않았다는 기사가 신문에 났다. 신경 쓰지 말고 소설을 쓰라고 스스로에게 말했다.

키란이 12시에 와서 점심을 먹으며 이야기를 나누었다: 펭귄과 일레티심의 고전 공동 작업에 대해 존 마킨슨과 합의했다. 4월에 이 상황을 아수만에게 전할 예정이다……

오후 3시에 궁전에 있는 축제 천막으로 갔다.

키란의 발언을 들었다. '아웃 오브 웨스트'라는 제목의 패널은 내 아이디어였다.

암베르 요세―디완

서양인이 아닌, 혹은 전적으로 서양인이 아닌 작가들의 상황에 대해 조금 이야기할까 했다. 잘되지 않았다. 질문하는 사람들이 너무 오만했다. 유감이었다. 청중이 너무 많았다. 그런 다음 끝없이 밀려드는 군중을 위해 한 시간 동안 책에 사인을 했다. 엄청난 인파, 기자와 독자들의 과도한 관심은 나에게 이상한 죄책감을 주었다…… 인파, 사랑받는 것, 관심을 좋아하지만 동시에 책임감이 두렵고 죄책감을 느꼈다. 나이지리아 작가 치마만다와 그의 남편과 이야기를 나누었다. 치마만다는 지적이고 똑똑하며 자신감이 넘친다. 군중, 신문, 언론인, 소음, 관심, 끝없는 서명―이것들이 내 안의 소설을 죽일지도 모른다. 하지만 나는 인도를 사랑하고 이곳에서 사랑받게 되어 무척 기쁘다……

자이가르 요새에서 바라본 풍경. 자이푸르-암베르를 둘러싼 산, 요새, 풍경은
상상력을 자극한다: 나는 이런 풍경의 일부가 되고 싶다. 그래서 이러한 실제

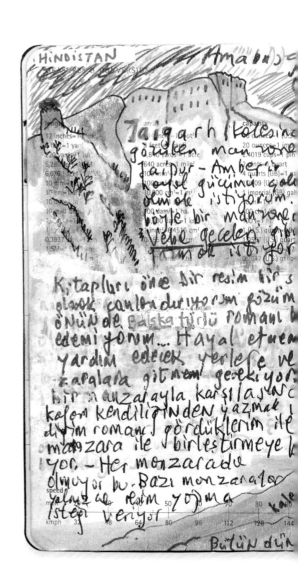

나는 먼저 책을 그림이나 장면으로 눈앞에 떠올린다. 달리 소설을 상상할 수 없으니까…….
상상에 도움이 될 만한 장소와 풍경을 찾아가야 한다. 그런 장면을 마주하면 내 머릿속은
자동적으로 쓰고 싶은 소설을 내가 본 것, 그러니까 풍경들과 결합하기 시작한다.—모든 풍
경에서 이런 일이 일어나지는 않는다. 어떤 풍경은 그저 그리고 싶은 욕구를 자극한다.

상상의 풍경을 배경으로 한『페스트의 밤』같은 소설을 쓰고 싶다…….

그래서 이 풍경들을
배경으로 하는 장면을 쓰고 싶다

나는 자이가르가 마음에 들었다.
상상하는 것은
사랑의 한 방법이다.

요새의 미로에서

2011
상에서 멀리 떨어져

우리는 아침에 늦게 호텔을 나서면서 카메라를 깜빡 잊었다. 팔 년 전에 방문했던 암베르 요새에 다시 왔다. 오스만 제국 페르시아(이란) 무굴 문화의 거대한 디완 방들; 그림으로 장식한 문; 내부 정원! 알람브라 궁전처럼 정원에 있는 작은 분수―물 흐르는 소리.

암베르 요새의 미로에서 내가 왜 그렇게 행복할까; 알면 얼마나 좋을까! 회랑, 계단, 방, 돔, 기둥, 모든 것이 마치 내 마음속의 깊은 기억을 불러일으키는 것 같다.『페스트의 밤』같은 소설을 구체적으로 상상하려면 암베르 요새, 방, 디완, 하렘 같은 장소를 아주 세세한 부분까지 상상해야 한다! 이러한 생각이 카메라를 챙겨 왔으면 좋았겠다는 아쉬움을 더욱 부채질했다. 뒤쪽 회랑, 숨겨진 창문, 좁은 계단……。

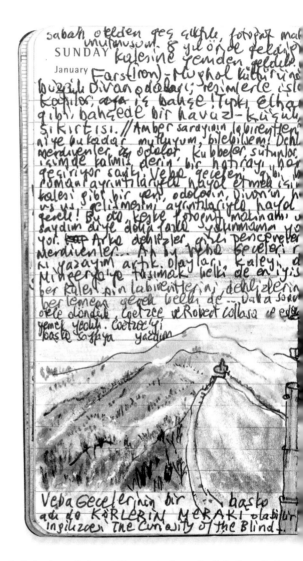

아,『페스트의 밤』을 이제 써야겠다. 사건과 성을 민게르섬[43]으로 옮기는 게 최선일 듯하다. 암베르 요새의 미로와 회랑을 외워야 할지도 모르겠다……. 이후 우리는 호텔로 돌아와서 쿳시와 로베르토 칼라소[44] 부부와 함께 저녁을 먹었다. 쿳시에 대한 이야기는 다른 페이지에 썼다.

『페스트의 밤』의 또 다른 제목은 '눈먼 자들의 호기심'이 될 수도 있다. 영어로 The Curiosity of the Blind……。

나는 파테푸르 시크리에 있다. 멋지다. 눈물이 날 만큼. 『페스트의 밤』이 이곳에서 전개된다고 상상한다. 오후 4시경 우리는 이 유령 마을에 들어왔고, (자이푸르에서—운전기사와 상인들의 언쟁. 우리는 네 시간 만에 도착했다.) 황홀경에 싸여 두 시간 동안 수백 장의 사진을 찍었다. 먼저 우리는 델리의 마스지드와 매우 유사한 모스크와 그 안뜰을 돌아다녔다. 악바르가 1569년부터 1585년까지 십오 년 동안 지었는데 전혀—거의 살지 않고 떠나 버렸다. 버려진 이유를 『페스트의 밤』에 대입할 수도 있다. 2003년 인도를 처음 방문해 처음 본 순간부터 내 영혼을 떠나지 않았던 어떤 소설, 내 상상 속 『페스트의 밤』의 이상적인 배경이 될 이 장소를 일종의 경외감을 가지고 거닐었다.

『페스트의 밤』에 등장하는 누군가 악바르가 체스와 비슷한 파치시를 했던 파테푸르 시크리와 유사한 장소의 역사를 쓰고 있다. 목적이나 용도가 분명치 않은 이상한 건물들……

19세기에 관광객에게 이 장소들을 보여 주면서 악바르가 가장 좋아한 아내들, 철학적 토론, 디완이카스,[45] 악바르의 방, 정자, 악바르의 서재에 대해 이야기한다……. 문맹인 악바르는 어디를 가든 5만 권에 달하는 필사본을 가지고 다녔다고 한다……. 그리고 **저녁에** 그에게 책을 읽어 주었다. 악바르의 민게르섬 원정 같은 무언가를 상상하고, 비슷한 장소를 상상하고, 세부적인 모형을 만들 수 있다고 생각했다. 이 모형을 보며 소설을 상상하고……. 일렬로 늘어선 규방 건물들……. 서로 뒤엉킨 하렘들은 서로를 향해 열려 있다. 가이드들은 이 건축물이 인도와 무굴 중 어느 쪽의 영향을 더 많이 받았는지 논쟁한다. 저수조, 악바르가 파테푸르 시크리를 포기한 이유가 물이 없었기 때문이라는 설이 있다. 사암으로 된 분홍색—붉은색 벽. 여기서 나는 얼마나 행복한지…….

『내 이름은 빨강』! 에브리맨 서문.

1인칭 단수로 시작하거나 끝내거나…… 혹은 둘 다 해야 한다.

웨일스 왕자 박물관에서 세밀화를 보다가…… 2004년 이곳을 처음 방문했을 때 기억이 난다. 세밀화 옆 설명문에 매료되었었다……. 그림들의 대화를 듣는 느낌이었다.

아침에 타지마할 호텔의 수영장이 있는 뜰에서 예닐곱 개 주요 신문사들과 인터뷰. 하지만 내 머릿속은 내내 세밀화로 가득했다. 『내 이름은 빨강』을 완성하고 출판한 지 십 년이 지났다. 16세기 바부르 시대 헤라트, 즉 이란 세밀화, 아니 더 정확히는 그림을 볼 때마다 내 상상력이 다시 작동하기 시작한다. 마치 지금도 같은 소설을 쓰고 있는 것 같다.

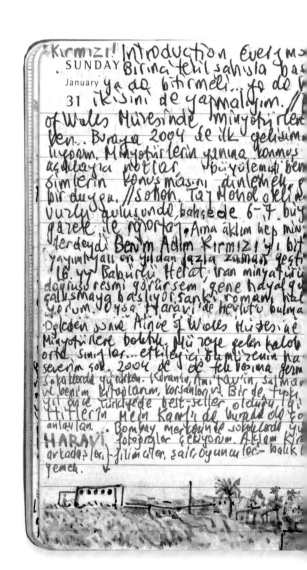

다라비

하지만 다라비[46]에서 메블루트를 찾아야 한다. 오후에는 웨일스 왕자 박물관에 갔다. 세밀화를 보았다. 박물관에 오는 사람들은 중산층이다…… 인상적이다. 나는 이 박물관의 분위기를 좋아한다. 2004년 혼자 이곳에 왔었다. 거리를 걷다 키란, 아미타브,[47] 살만, 그리고 나의 책, 해적판 등을 보았다. 몇 년 전 튀르키예에서 베스트셀러였던 히틀러의 『나의 투쟁』이 이곳에서도 많이 팔리는 듯하다……. 나는 뭄바이 중심가를 돌아다니며 사진을 찍는다. 영화감독, 시인, 배우 등 키란의 친구들과 생선 식당에서 저녁 식사.

타지 호텔의 수영장이 있는 뜰에서 키란과 아침 식사.《타임스 오브 인디아》는 절제되고 존중하는 태도로 나와 키란에 대한 기사를 썼다. 튀르키예 신문들은 내가 2010년 재단에 돈을 돌려주고 계약을 해지했다고 썼다.(나는《휘리예트》와《밀리예트》기자들이 보낸 질문지에서 이를 알았다……. 내가 해외에 있어 이런 일을 겪을 필요가 없어 다행이다.) 박물관에서 일하는 사람들과 건축가들이 느슨해지지 않기를 바랄 뿐이다. 인도 뭄바이에서 긴장을 풀고 휴식을 취해 매우 기쁘다. 앞으로 쓸 소설 계획: 1. 보자 장수/ 2. 댓글 작성자(웹사이트 댓글을 다는 사람)/ 3. 우물/ 4. 252점의 그림과 화가의 일대기/ 5. 큐레이터/ 6. 눈먼 자의 회고록(역사 소설; 비역사 소설)/ 여섯 편의…… 장편 소설! 이것들을 십 년 동안 쓰고, 완성할 수 있고, 평온하게 산다면 얼마나 행복할까.

고아

고아로 가는 길: 거기서 할 일/ 1. 에브리맨—『내 이름은 빨강』서문/ 2. 노턴 서문/ 3.『제브데트 씨와 아들들』후기/ 마무리=총 20쪽 정도. 나흘 만에 끝내고 곧장 보자 장수 집필을 시작하고, 다섯 주 동안 100쪽을 쓰며 소설 내부로 들어가야 한다. // 고아에 왔다. 짐 풀기 전 넵튠 시장에서 쇼핑. 책상을 정돈했다. 사십오 분간 수영. 7시에 책상에 앉았다. 큰 행복. 여름 날씨. 바다. 정적. 글쓰기. 책……. 내가 쓰고 싶은 다른 소설들: 7. 우물/ 8.1인칭 여성 화자 9. 옛 좌파들이 마을을 습격하러 왔다가 동창들을 만난다. 10. 상상의 나라 — 삽화가 있는 노프 가이드 (Knopf Guide) 스타일의 책.

아침이면 고층인 뭄바이 트라이던트 호텔의 그림자가 바다에 드리운다. 연무가 자욱한 아침. 고아에서 알게 된 라훌의 친구 마티아스가 우리를 다라비로 안내한다. 다라비의 종교 공동체 지도자 바우는 이 지역의 새로운 현대화 계획을 비판한다. 그들은 우리에게 아무것도 묻지 않고, 다라비를 표밭으로 여기고, 모두 국가로부터 공짜 집을 받을 준비를 하고 있다. 사실 그들은 집과 일자리가 다 있다. 이제 다들 직장을 그만둘 것이다! 그의 말이 맞다. 그 후 우리는 다라비 거리로 나섰다. 오 년 전만 해도 훨씬 가난해 보였다. 지금은 부유해진 것 같다. 물론 바우는 우리에게 성공 사례와 부를 보여 주고 싶어 한다. 헌신적인 가톨릭 신부의 교육 활동, 거리, 니샨타시의 빈민가 모습: 뒷골목, 1층은 직물 상점, 2층은 집. 아주 비참한 환경은 아니고 일하는 사람들과 다라비가 일하는 방식을 보았다. 성공한 셔츠 제작자는 가난할 때 처음 이곳에 왔단다. 바우가 태어나고 자란 집과 동네. 어부들. 학교.

뭄바이 수산시

우리는 키란이 다닌 대성당과 존 코논 학교 앞에서 사진을 찍었다. 나는 뭄바이 거리를 무작정 걷는 것을 좋아한다. 노점상, 교통 체증, 공해, 소음은 1970년대 이스탄불과 비슷하다. 나는 세계에서 가장 크고 엄청난 슬럼가인 다라비 지역만 아니라 키란이 어린 시절을 보낸 부유한 지역에서도 메블루트를 떠올린다. 나는 뭄바이 기차역을 도무지 떠나지 못하고 있다. 이 역은 뭄바이가 세계 최대 도시 중 하나라는 증거다. 아침 시간의 엄청난 인파에 휩쓸려 갈 수도 있다.

오늘이 바람처럼 지나갔다. 우리는 자비에르[48]가 모는 미니버스를 타고 12시에 집을 나섰다. 아름다운 고아에서 차로 몇 시간 동안 길을 갔다.

나는 고아의 이 풍경을 몹시 사랑한다. 야자나무, 논, 식민지 시대 가옥, 강, 습지, 수많은 상점, 버스, 노점상, 다리, 녹지, 불탄 땅, 길고 텅 빈 평야를 경계 짓는 야자나무……. 자비에르가 운전하는 동안 창밖으로 보이는 모든 것, 사람들, 초록빛 자연을 들뜬 마음으로 바라본다. 창문을 통해 들어오는 공기조차 나에게 행복을 가져다준다. 염전, 병아리콩과 땅콩을 파는 사람들, 자전거, 녹지와 논 사이에서 사라지는 강이 보인다. 조선소로 인해 오염된 더러운 하천, 남쪽에서 온 노동자, 작고 허름한 간이식당과 매점들.

이후 우리는 살라자르 시대에 포르투갈 의회에 입성한 옛 고아 지주 출신의 부유한 가톨릭 신자 여인의 집을 박물관으로 개조한 기념 행사에 참석했다.

카사 뮤지우 비센테 주앙 데 피게이레두. 피게이레두 가문의 마지막 세대, 고아의 엘리트들, 내게 명함을 건넨 고등 법원 판사, 작가들, 부유한 사람들: 고아의 엘리트들은 음악을 들으며 멋진 식민지 시대 저택에서 식사한다.

이후 비벡[49]은 여전히 옛 전통 방식으로 운영하는 제빵소로 우리를 데려갔다. 에클레어 케이크, 크루아상. 제빵사인 남자는 어떤 홍보도 하지 않는다. 모두 그의 제빵소에 와 크루아상과 케이크를 산다.

거기서 나와 우리는 일종의 민족지학 박물관으로 갔다. 이상주의자 지주는 전형적인 동양인 수집가처럼 수년 동안 모은 농기구, 가정용품, 주방용품 들을 자신이 만든 박물관에 전시해 놓았다. 그다음에 우리는 고아 남부의 해변과 동네들을 보았다.

아침에 보자 장수에 관한 소설을 썼다.

종일 이 색과 이 풍경을 바라보며 글을 쓴다. 글을 쓰다가 고개를 들고 이 색들을 본다. 사람
들이 가끔 해변과 우리 집의 붉은 벽 사이에서 쓰레기를 태운다. 푸르스름한 안개가 피어오
르고, 갑자기 까마귀 수백 마리가 비명을 지르며 날아오른다. 멀리서 어선 한 척이 안개 속
에 나아가고 있다.

어젯밤 잠자리에서, 그리고 아침에 두려움과 걱정의 덫에 갇힌 기분이었다. 집에 있는 경비원에 대한 불신, 도둑 이야기, 정전 사태는 삶에 대한 깊은 두려움을 불러일으켰다. 나는 수면제를 먹었다. 키란은 나의 이런 상태를 놀리며 심각하게 받아들이지 않고 웃어넘겼다. 나는 어렸을 때 셰브케트한테 그랬듯이 그녀에게 "놀리지 마!"라고 말한다. 박물관이 표적이 되는 등 튀르키예의 적대 행위도 나의 두려움을 유발한다. 수면제의 영향으로 11시까지 잤다. 바다, 수영, 『내 이름은 빨강』의 서문을 떠올리며 다시 기분이 좋아졌다. 네 쪽을 썼다. 저녁때 키란에게 요리를 해 주었다: 오믈렛, 샐러드 등. 그런 다음 함께 로베르토 사비아노의 동명 소설을 모티프로 만든 영화 「고모라」를 보았다. 이탈리아-나폴리 마피아에 관한 영화다. 살인을 아름답고 매력적으로 그리지 않은 최초의 마피아 영화. 평화롭고 행복한 날이었다.

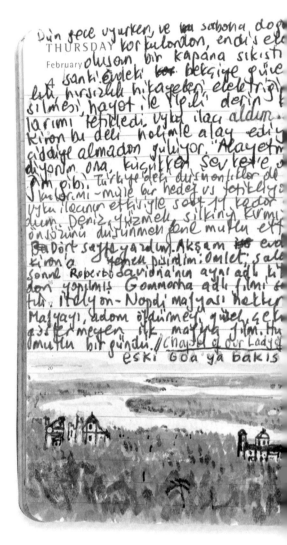

산 위의 성모 예배당에서 바라본 옛 고아의 전

나뭇가지에 있는 까마귀 한 마리를 보고 이 모든 까마귀를 하나하나 그렸다. 나뭇가지의 까마귀는 부두 산책로 널빤지 위에서 아침을 즐기며 뛰어노는 두 마리 개 머스티와 서스티를 호기심에 가득 차(아침 7시 40분) 내려다보고 있었다. 고아와 칸돌림에서의 아침의 행복…… 고아는 나에게 새를 보는 법을 가르쳐주었다. 때때로 까마귀들은 한곳에 모여 있다 갑자기 수백 마리가 한꺼번에 비명을 지르며 날아오른다. 거의 무서울 지경이다.

아침에 한 시간 정도 수영을 했다. 바다의 빛깔, 해변, 포효가 아름다웠다. 그림을 그리고 싶었다. 사진을 찍었다. 오랫동안 그림을 안 그렸는데 다시 그리고 싶은 마음이 간절하다. 비벡과 함께 『내 이름은 빨강』을 읽은 고아 출신 예술가들이 내가 여기에 온 줄도 모르고 저녁에 전시회를 열었다. 그리고 옛 고아의 한 교회에서 콘서트! 이 풍경을 감상하며 비벡과 저녁을 먹었다.

165

다행히 에브리맨 클래식 『내 이름은 빨강』의 서문을 방금 완성했다. 그 아래에 2010년 인도 고아라고 날짜를 자랑스럽게 적었다. 쉽지 않은 일이었다. 하지만 글을 쓰고 싶은 충동을 얼마나 강하게 느꼈던지 애정과 열정을 다했다. 마침내 책에 걸맞은 좋은 글이 되었다. 전 세계 어디에서나 책 뒤편에 후기로 넣어야 한다.

그 후 바다에서 생각했다. 소설책 서문 제목을 '순수하고 감상적인'에서 튀르키예어로 '순수하고 사려 깊은'으로 바꿔야 할까? 수영하면서 서문 생각을 했다. 오후에는 더위 속에서 푸른 나무 아래 먼지 날리는 붉은 흙 위를 걸어 인터넷 카페로 가 메일을 확인했다. 사십오 분! 작년에는 매일 한 시간 삼십 분이 걸리기도 했다. 올해는 짐이 덜어진 것 같다…… 아마 여행이나 다른 일을 줄여서 그런

모양이다…….

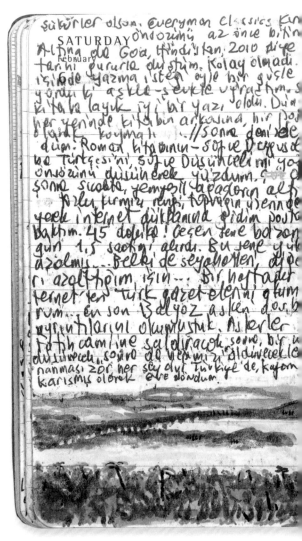

일주일 동안 온라인으로 튀르키예 신문을 읽지 않았다. 마지막으로 읽은 것은 발요즈[50] 군사 쿠데타 계획에 관한 폭로였다. 군인들은 파티흐 사원을 공격하고, 그다음에 우리 비행기 한 대를 격추하고, 그다음에는 우리 모두를 죽이려 했다. 튀르키예에서 무슨 일이든 일어날 수 있다는 게 믿기지 않았고, 혼란스러운 마음으로 집으로 돌아갔다.

나는 계속해서 고아 풍경, 평원을 그린다. 이상하다, 이 풍경을 소설의 일부로 만들 수는 없다. 어젯밤과 오늘 아침에는 언덕에서 바라본 고아의 풍경을 행복하게 그렸다. 프란스 포스트[51]의 풍경화를 떠올리게 한다. 나는 프란스 포스트의 풍경화를 굉장히 좋아한다.

그는 17세기에 브라질의 네덜란드 식민지 풍경을 그렸다……. 그리고 그곳 '토착민들'을 관찰했을 것이다. 오렌지, 초록색 같은 것들 말이다. 풍경화를 즐기기 위해 사람을 알 필요는 없다. 카스파르 다비트[52]는 사람을 보는 데 능숙했다. 나는 고아를 보는 것을 좋아하지만 고아를 배경으로 소설을 쓸 수는 없다. 고아 사람들을 모르니까. 소설은 사람에 관한 것이다. 멀리서 모터보트 소리가 들린다. 바다를 누비는 작은 모터보트 소리는 어린 시절의 행복한 여름을 떠올리게 한다.

키란이 눈을 커다랗게 뜨고 달려왔다: 정원사 라나가 정원에 거대한 코브라가 있다고 말했기 때문이다. 코브라는 아무에게도 해가 되지 않는 신성한 동물이라고 했다. 성일이면 라나는 코브라에게 비스킷과 우유를 주었다. // 나는 소설의 서문을 계속 썼다. 마치 혼잣말하듯 아주 편안하게 글을 쓴다. 그런 다음 우리는 바다에 들어가 수영을 했다. 하루의 끝에 자비에르가 차로 우리를 데리러 왔다. 히피로 유명한 안주나 해변 북쪽의 리틀 배거터에서 아미타브 고시 부부와 함께 저녁을 먹었다. 경치가 정말 멋졌다. 아미타브 부부는 좋은 친구다. 나는 밤의 심연을 본다.

메블루트 이야기와 지금까지 쓴 글이 자랑스럽지만 소설을 어떻게 계속 이어 나갈지 도무지 모르겠다. 두 가지 선택지가 있다:

1. 소설을 카프카식 형이상학적 서사로 바꾸기: 개와 동일시하는 이야기로 바꾸는 것.

2. 메블루트와 도시 노점상들의 지난 삼십 년간 베이오을루—무허가촌의 역사—그리고 이스탄불 파노라마의 형태로 만드는 것.

후자가 더 매력적으로 다가온다.

나는 집에서 혼자 **플롯**을 구상한다—키란은 점심을 먹으러 리나 이모네 갔다.

물론 1에서 형이상학-개-종교 및 보호 이야기를 소설에 많이 넣고 싶다.

내가 찾은 주된 이야기—줄거리—는 메블루트가 개에게 공격받고 성공적인 사업을 잃은 후 그의 주요 관심사가 돈을 버는 일이 된다는 것이다. 그는 좋은 임대 주택에 살고 있다.

한밤중 2시 30분에 아래층 소파에서 잠이 깼다. 몇 시인지 모르겠다. 바닷소리가 들린다. 모기장 뒤에서 경비와 개들이 나를 발견하고…… 정중한 소리를 낸다. 나는 위층으로 올라가 용감하게 메블루트의 모험을 읽는다. 그런 다음 4시에 잤다. 7시에 일어나 차와 커피를 준비했다. 그런 다음 메블루트 이야기에 열성적으로 매달렸다.

메블루트가 귀뮈쉬수유에서 내려오는 계단에 있을 때 뒤에서 강도들이 다가왔다. 이후 키란과 함께 바다에 가서 삼십 분 동안 수영을 했다. 집으로 돌아왔다. 그들이 메블루트의 앞길을 막아섰다. 보자 장수 메흐메트와 인터뷰한 메모를 보면서 메블루트가 강도당한 사건을 쓰고 있다. 나는 아주 쉽게 쓴다. 아무런 어려움 없이.

이 페이지의 그림은 화재로 발생한 연기를 묘사하기 위해 그렸다, 인도에서 태우는 쓰레기, 잡초에서 피어오르는 연무가 항상 내 머리에서 떠나지 않는다.

오후에 키란과 함께. 덥다. 우리는 침대에 나란히 누워 있다. 이런저런 가십거리를 이야기하면서. 이 모든 순간은 내 어린 시절의 여름 오후를 떠올리게 한다. 내가 고아를 사랑하는 이유는 어린 시절의 여름, 게으름, 몇 시간이고 바다에서 수영하며 보낸 날들이 떠올라서다.

어제 키란과 함께 컴퓨터 가게 차고에서 돌아오는 데 사람들이 바니안나무 아래에서 풀이 타는 것을 보고 있었다. 우리도 풀이 타는 모습을 지켜보았다. 나는 여기서 행복하다. 저녁에는 리터러티 서점에서 사진작가 다야니타의 책 독일 출간을 기념하는 파티를 열었다. 그후 그녀의 집에서 와인, 담소, 허튼소리들. 또 다른 세상. 그들은 유령에 대해 이야기하고 싶어 한다. 밤. 별들. 집에 돌아왔다. 메블루트의 강도 사건 이야기를 읽고 있다. 괴담이다!

소설에 집중하고 빠져드는 예전의 능력을 잃어버렸다. 그래서 오늘 나 자신에게 계엄령을 내렸다. 책상에서 절대 일어나지 않기, 정해진 시간 안에 정해진 분량 쓰기 같은 예전에 많이 했던 것들이다. 빈 페이지, 내 공책, 내 예전 글을 보고, 스스로 강요하듯이 소설을 쓰고, 그게 실제로 결실을 거두는 것을 보는 일은 큰 즐거움이다. 상상력을 발휘해 이 세계에서 소설의 세계로 도망칠 수 있다는 의미다. 그런데 오전에 키란과 내년에 이 집에 살지 다른 집을 빌릴지, 세는 얼마나 줄지 등에 대해 이야기하다 보니 정신이 산만해졌다.

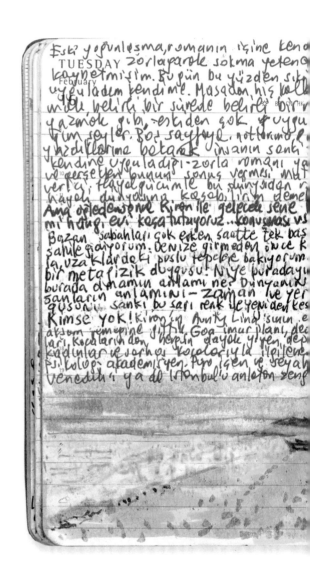

가끔 아침 일찍 혼자 해변에 갈 때가 있다. 바다에 들어가기 전에 나는 해변과 저 멀리 연무가 자욱한 언덕을 바라본다. 형이상학적인 심오한 느낌: 내가 여기 있는 이유는 무엇일까, 여기 있는 의미는 무엇일까? 세상과 사람의 의미—시간과 장소의 의미를 마치 이 노란색을 통해 재발견하는 것 같다. 아무도 없다! 키란의 리나 이모 집에 저녁을 먹으러 갔다. 고아 개발 계획에 대한 소문. 남편에게 매일 구타를 당하는 우울한 여성, 술에 취한 남편을 치료하는 영리한 심리학자-학자. 시가를 피우며 베네치아나 이스탄불 여행에 대해 이야기하는 부유한 부부.

과거를 배경으로 오랜 세월을 다루는 소설에서 가장 어려운 작업은 **시간**을 정리하는 것이다. 지금—바로 이 순간—소설의 길이가 수천 페이지까지 늘어날 수 있다. 시간, 매 순간을 배치하는 것: 지금은 메블루트가 귀네쉬 술집 나이트클럽에 간다는 구실로 베이오을루 뒷골목의 변화에 대해 쓰고 있다. 세 페이지를 쓰고는 멈추고 낮잠을 잤는데 그 후 정신을 가다듬고 계속 쓸 수 없었다.

고아의 가톨릭 가정 중 하나인 마리아 오로라의 집에서 저녁 식사. 외교관 남편이 얼마 전 세상을 떠났다! 런던에서 십사 년 동안 외교관으로 일했다고 한다. 그녀는 대학교수다. 멋지게 개조한 오래된 집에 영문학 서적, 인도와 고아에 관한 책이 가득하다. 그녀는 살만 루슈디와의 우정을 자랑스러워한다. 『무어의 마지막 한숨』에 나오는 오로라가 자기라고 했다! 구운 새우, 샐러드, 채소…… 와인. 해변과 관광객으로부터 떨어진 집 안의 고요함, 밖은 야생의 멋진 녹지, 나무, 그리고 악어가 사는 보이지 않는 아래쪽 강. 악어들이 계속 내 머릿속에서 맴돈다. 호기심의 방(Cabinet of Curiosities).[53] 밤새 악어를 생각하고 있다…….

미얀마 레스토랑 봄파스에서 아미타브 고시와 그의 아내 데비와 함께 저녁 식사. 튀긴 정어리를 먹는 동안 아미타브와 문학에 대해 좀 더 진솔한 대화를 나누고 싶었지만 그러지 못했다. 그렇다면 내 이야기를 하자 싶어 새 소설에서 전기세 징수 사기에 대해 쓰고 있다고 말했다. 그는 곧바로 내 말을 끊었다. 전기 도둑질로 벌어들인 돈은 어차피 '지역 사회'에 돌아가니 무슨 차이가 있냐고…… 인도와 튀르키예에서 매우 흔한 전기 절도 문제가 우리 모두를 '불편하게' 한다고는 말하지 않겠지만 적어도 나를 불안하게 만든다. 자국에 대해 걱정하는 제3세계인, 그리고 '서구에서도 성공한 지식인'으로서 우리는 항상 제3세계를 희생자로 바라보고 묘사하고 싶어 하기 때문이다.

이것은 특히 에드워드 사이드가 제3세계에서 어떻게 인식되고 읽히는지에 대한 맥락에서 내가 수년 동안 관심을 가져온 주제다!

……아미타브는 조국 인도를 비판하고 싶어 하지 않았다. 특히 개개인, 가난한 사람들을…… 진짜 돈을 벌고 큰 도둑질을 하는 것은 델리 사람들이라는 그의 말은 옳다…… 하지만 이 논리는 지역 사회의 부도덕성을 비판하지 말라는 뜻이기도 하다. 문제는 훨씬 더 복잡하다. 제3세계인이며 서구에 사는 작가들은 제 나라, 국민, 일상 문화를 비판해야 하고, 비판할 수 있어야 한다…… 그러나 이 주제에 대해 이야기하는 것조차 어렵다. 나는 아미타브를 좋아하고, 과격한 논쟁은 하고 싶지 않다!

하루 종일 키란과 함께. 날이 밝기도 전 아침 7시에 일어났지만 소설 속으로 들어가는 데 시간이 좀 걸렸다. 저녁 약속, 특히 사람들, 다른 사람들의 사소한 일이나 그들의 말다툼, 이 모든 것이 글쓰기에서 다른 곳으로 주의를 돌리게 만들 수 있다. 2시 30분에 키란과 나는 뒷골목을 통해 인터넷 카페에 갔다. 나는 오래된 식민지 시대 주택, 바니안나무, 몬순 바람, 그리고 비로 곰팡이가 핀 벽, 우리를 쫓아다니며 겁을 주는 개나 자전거를 타고 가다 멈춰 서서 우리와 이야기를 나누는 어린아이를 좋아한다.

글이 잘 써지지 않는다.

저녁에 키란을 위해 생선, 가지 샐러드 등을 요리하고 있는데 BBC와 CNN에서 아내를 두고 바람을 피운 유명한 골퍼 타이거 우즈(내가 한 번도 들어 본 적 없는 이름!)의 사과와 고백을 들었다. 권위주의적이고, 더욱이 전체주의적인 체제에서 억지로 자기비판을 강요받은 희생 제물! 인류학적 접근을 통해서만 이해할 수 있는 기묘한 의식.

키란과 함께 수영할 때 파도 속에서 그녀의 모습이 이렇다. 가장자리에 키란의 머리, 그녀의 머리카락……

저녁에 수면제 반 알을 먹고 밤 11시에 잠자리에 들었기 때문에 아침 일찍 일어났다. 행복하고 흥분되고 열망에 가득 찼다; 케밥 가게에서 오가는 메블루트와 그 친구의 대화를 열심히 쓰고 있다. 반짝반짝 빛나는 고아의 아름다운 아침. 삶의 기쁨과 글 쓰고 상상하는 즐거움! 메블루트와 친구의 대화를 다 쓰고 나서 저녁 7시쯤 글쓰기를 좀 쉬어야 하지 않을까 하는 생각이 들었다.

『검은 책』의 눈: 옛 고아의 풍경을 커다랗게 그릴까 고민하던 중 갑자기 시적인 장이 떠올랐다. 메블루트는 어떤 눈이 자신을 따라다닌다는 생각 혹은 상상을 한다. 나는 이 장을 쓰다가 눈 그림도 그렸는데 바로 이렇게 생겼다. [◉] 소설에서 메블루트의 서사와 머릿속 낯섦에 대해 쓰면서 동시에 이 눈처럼 글에 작은 그림을 넣고 싶다.

소설 속에 있는 것, 소설이 주는 의미로 하루하루를 살아가는 것……. 나는 이것 없이는 살수 없다. 세상은 텍스트 없이, 무엇을 써야 할지 가리키는 표상 없이는 살기 힘든 곳이다. 루소에 대한 존경심도 다시 불타오르고 있다. 글을 쓰고, 풍경을 바라보고, 타인의 삶 속으로 들어가는 것…….

omanın içinde olmak, yaşadığım
romanın bana verdiği
n ile yaşamak… Bu olmadan
amıyorum. Dünya bir metin
dan, yazılacak bir şeyin işareti
e gelmeden… yaşanması zor
er. Rousseau hayranlığım öl
en alevlendi. Yazmak, manze
a bakmak, başkalarının hayatı
e girmek…

TUESDAY
February
23

oa doğa manzarası resmi yapmak is
m. Bütün nehrin deltasını bir
, anakaranın içinden demirli toprak
basık tekneleri, ağaçları resme
tiyorum. Ama asıl resmetmek isted
nklerin verdiği duygu. Demirli topra
pruncusu, mavi sis ve belli belirsiz
ağlar. Yeşil rengin koyulukların
rılık ile kuştur. Bir noktadan
enkler kafamda bir duyguya dönüşüyor
O özel turuncu/demir rengini, yeşil
ri görünce bir sıcaklık, yada hr
fikri uyanıyor içinde Renkler-duygula
r sürekli yakıldığı için açak günül
nz arının üzerinde ona bir be
zlık veren mavimsi-sis var

고아의 풍경을 그리고 싶다. 삼각주 전체와 교회 한두 곳, 내륙에서 비옥한 흙을 나르는 납작한 배와 나무를 그리고 싶다: 하지만 정말 그리고 싶은 것은 색채가 부여하는 느낌이다. 주황색을 띤 비옥한 땅, 푸른 안개와 아득히 먼 산들. 푸르른 외딴 곳의 시원함과 새들. 어느 시점부터 색은 머릿속에서 느낌으로 변한다. 또는: 특별한 주황색/ 금속성 특유의 빛, 초록색 나무를 보면 따뜻함이 느껴지거나 어떤 움직임에 대한 생각이 떠오른다. 색채—감정. 쓰레기가 끊임없이 타면서 소박한 풍경에 푸르스름한 안개가 드리워 불확실성을 더한다.

튀르키예의 정치 상황이 무척 궁금하다.

청명한 아침이다. 7시에 일어났다. 10시에 키란과 사십오 분간 수영을 했다. 그런 다음 메블루트와 F의 첫 전기 요금 고지서와 수금에 관련된 장을 쓰기 시작했다. 쉽고 재미있게 잘 썼다. 그리고 내게 아주 재미있고 거대한 소설을 쓸 기회가 있을지 모른다는 생각에 무척 기뻤다. 백과사전적인 내 상상력이 갑자기 작동하기 시작했⋯⋯. 흥분! 일종의 취기에 빠진 듯 소설의 다음 장을 쓰기 위해 미친 듯이 메모했다. 내가 쓸 수 있는 파노라마는 너무나 방대했다.

집에서 인터넷 카페로 달려가 쿠데타를 일으킨 장군들에 대한 뉴스를 읽었다. 믿을 수가 없었다! 튀르키예가 민주 국가가 될 것이라고 말하지는 않겠지만 거리에서 사람들을 죽이고 작가를 표적으로 삼는 것은⋯⋯ 어쩌면 줄어들지도 모른다⋯⋯.

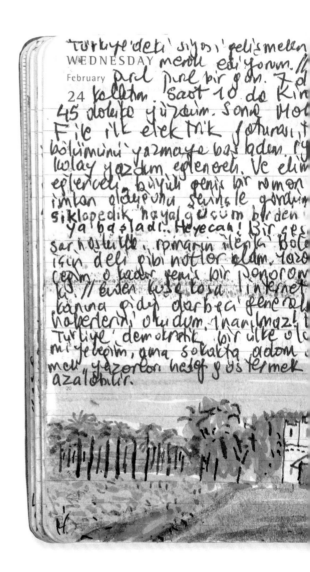

다른 할 일이 없다면 소설을 즐겁게 잘 쓸 수 있을 것이다……. 아침에 아주 즐거운 마음으로 한동안 수영을 하고 나면 피곤해진다. 인터넷 카페에서 에브리맨 서문을 스캔해 튀르키예로 보내는 데 한 시간이 걸렸다. 그곳에서 집으로 돌아오는 길에 다시 뒷골목에서 시간을 보냈다. 몹시 가난한 집들, 바닥에서 자는 사람들, 나를 보고 짖는 개, 싸우는 아이들, 너무나 더운 날씨, 그리고 갑자기 나타난 막다른 골목, 콘크리트 아파트에서 자는 유럽 노신사와 우산을 좋아하는 그 아내. 저녁에 비벡과 그 아내, 가족, 몇몇 친구들과 함께 판짐과 그 근처 강에서 보트 여행을 즐겼다. 오래된 고아를 바라보는 녹음으로 우거진 풍경은 장관이다. 하지만 관광 시설, 미시시피에서 가져온 배들, 카지노들은 판짐의 분위기를 망쳐 놓았다. 비벡은 강이 아라비아해로 이어지는 곳의 등대를 가리키며 그것이 아시아 최초의 등대라고 자랑스럽게 말했다.

아침에 잠을 자려고 수면제 4분의 1개를 먹었는데 소용없었다. 이번에는 정오까지 도무지 정신을 차리지 못했다. 생각하고 글을 쓰는 데 필요한 에너지가 고갈되고 있다. 수영을 했지만 여전히 깨어나지 못했다.

하지만 이 새 소설이 아주 재미있을 것 같고, 아주 즐겁게 쓸 수 있을 것 같은 느낌이 든다. 이스탄불의 휘스뉘에게 에브리맨 서문을 보내는 데 어려움이 있다. 기술적 어려움…… 어제 인터넷 카페에서 전송했다. 하지만 다섯 페이지가 전송되지 않았다……. 다른 이메일을 확인하고 튀르키에 신문들을 읽으니 타르칸[54]이 코카인 혐의로 구속되었고, 장군들은 구속되지 않고 풀려났다. 키란이 인터넷 카페로 찾아왔다.

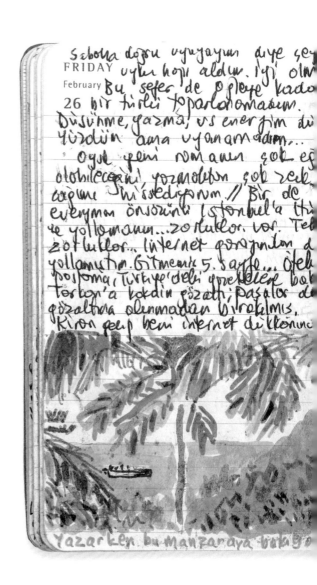

나는 글을 쓸 때 이 풍경을 본다.

집은 이 나무들 뒤에 있다.

바다에서 수영할 때 보이는 해안과 해변의 모습은 바로 이렇다…… 하지만 나는 수영할 때 이 경치를 보지 않는다.

나는 등을 대고 수영을 한다. 주로 눈을 감는다. 무엇을 쓸지 생각한다. 메블루트의 모험…… 오늘 이스탄불의 전기 요금 수금 역사에 대한 세부적인 것들을 쓰기 시작했다. 메블루트의 관점만 아니라 나의 관점에서도……. 이스탄불로 돌아가면 전기 일을 아는 사람과 이야기하고 글을 쓸 생각을 했지만 지금은 내가 쓴 것에 만족한다.

저녁에 해가 질 때 정원에 있는 까마귀 사진을 찍었다. 고아의 집과 정원, 그리고 이곳에서 생활하고 글을 쓰는 것은 항상 이 까마귀들과 합치될 것이다. 해가 뜨고 질 때면 까마귀 수백 마리가 순식간에 검은 우산처럼 몰려든다. 엄청난 소음.

한밤중의 생각: 소설 **큐레이터**에 세계의 정치에 대해 논의하는 부분이 있어야 한다. 제3세계 예술가들은 조국을 비판하기보다 '억압받는' 국가로 보는 것을 선호한다……. 혹은 세계 정부 설립의 필요성 같은 생각들, 그리고 물론 어떤 세계를 스케치한 그림, 파노라마.

밤에, 새벽 5시에 방금 쓴 소설의 페이지를 읽는다, 마음에 든다. 아주 광활한 세상, 세계가 있다…… 여기에…….

1. 메블루트의 기이함, 그의 머릿속, 종교, 형이상학.

2. 도시는 혼돈의 숲.

3. 다른 이스탄불의 역사.

4. 노점상의 역사…….

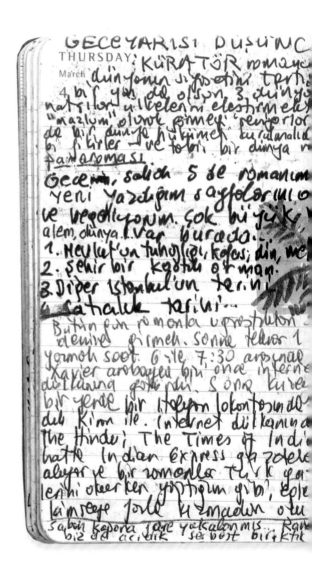

종일 소설을 쓰다가 바다에 갔다. 그리고 6시부터 7시 30분 사이에 한 시간 더 글을 썼다. 자비에르가 먼저 우리를 인터넷 카페로 데려다주었다. 그 후 북쪽의 한 이탈리아 식당에서 키란과 함께 저녁을 먹었다. 인터넷 카페에서 《더 힌두; 더 타임스 오브 인디아》, 심지어 《인디언 익스프레스》까지 사서 한때 내가 튀르키예 신문을 읽을 때처럼 즐겁게, 누구에게도 화를 내지 않고 읽었다……. 아침에 쥐 한 마리가 덫에 걸린 것을 보았다. 라나와 우리 둘 다 불쌍히 여겨 놓아주었다.

한밤중에 일어나서 새 소설 메블루트 이야기를 생각한다. **새 소설이 만족스럽다. 세상에서 누구도 말하지 않은 1000만 명이 사는 거대한 도시 이야기……**. 도시에 새로 이주한 사람들, 노점상, 무허가촌, 전기 요금 사기, 무허가촌 전쟁 등등…….

고아에서의 마지막 나날들, 그렇다고 너무 우울하지는 않다. 고아에서 보낸 다섯 주 중 가장 좋았던 부분은 이거다. 전혀 예상치 못한 방식으로 내 소설 메블루트 이야기로 되돌아왔다. 나는 지금 온전히 소설 속에 들어가 있다. 그렇다, 이스탄불에서 박물관 일을 하면 아마 지치고 피곤하겠지만 적어도 나는 **내 소설과 다시 만났다**. 나는 이 작품이 매우 멋지고 독창적이라고 생각한다.

고아에서 보낸 날들의 또 다른 좋은 점. 아마도 몇 년 만에 처음으로 낙담, 우울, 두려움, 불안 없이 다섯 주를 보낸 것 같다. 지난 삼사 년 중 가장 편안하고 행복한 다섯 주였다. 수영을 했고, 체중도 줄었다. // 오늘은 좀 쉬었다……. 두 주 동안 생각했던 옛 고아의 풍경을 종일 그렸다. 2월 4일부터 6일 사이에 이 공책에 그린 그림보다 훨씬 더 큰 그림이다. 큰 도화지 네 장을 나란히 놓고. 어렸을 때 그렸던 것처럼 작업하는 동안 노래를 흥얼거리며. / 저녁에는 비백과 함께 판짐의 오래된 집을 둘러보고 에르네스토의 집에서 저녁을 먹었다.

어젯밤 소설에 대한 새로운 생각. 간단히 말하면: 메블루트는 학창 시절부터 무허가 집 건설에 참여해야 한다……. 무허가 집 건설과 철거. 메블루트가 직접 경험하고 분투하는 이야기라야 한다. 그의 아버지가 들려주는 과거 이야기가 아니다.

고아에서 첫날 소설 속으로 들어갈 수 없었다. 처음 250페이지의 연대기와 줄거리를 다시 생각하고 수정해야 한다. **돌고래!** 드디어 물 밖으로 뛰쳐나오는 돌고래 한 마리를 포착하여 사진을 찍었다(10:15)

티라콜 요새에서
내려다본 풍경

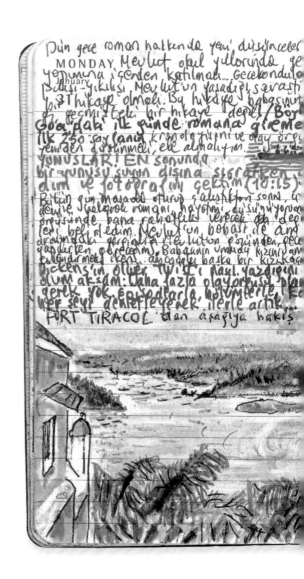

종일 책상에 앉아 작업한 후 멀리 바다를 바라보며 소설과 내 삶에 대해 생각한다. 플롯 면에서 내가 어려움 없이 쓰도록 변경할 부분을 정했다. 메블루트의 아버지와 큰아버지 사이의 긴장감은 무허가 집을 짓는 동안 메블루트의 눈을 통해 묘사할 것이다. 아버지의 희망은 딸을 사촌과 결혼시키는 것이지만 사촌은 다른 처녀를 납치한다. 저녁에 디킨스가 『올리버 트위스트』를 어떻게 썼는지 읽었다. 줄거리를 짜는 데 더 이상 시간을 할애할 필요가 없다. 이제 에피소드와 장별로 진행하고 머릿속으로 모든 것을 점검할 때다…….

아침 7시에 일어나 멀리 보이는 어선들과 숲속에서 피어오르는 안개를 바라보며 메블루트의 학창 시절을 상상한다. 나는 새벽 3시부터 5시까지 썼다. 침대에 누워 매 순간 메블루트와 그의 학교를 생각한다.

하지만 여전히 쓰지 못했다. 수정 중이다. 우리는 티라콜 요새에서 칸돌림으로 이동했다. 자비에르 형의 차로 우리가 자주 가는 뉴턴스 슈퍼마켓에서 먹을 것을 사고, 오는 길에 생선 파는 여자에게서 고등어, 도미, 새우를 샀다. 고아의 도로, 붉은 흙, 푸른 야자나무, 논, 찻집과 짙은 청색 집들, 하얀 가톨릭 성당, 학교에 가는 아이들, 자전거, 청과물 가게…… 이 활기찬 북적거림, 세상의 이 외딴곳이 나를 행복하게 한다. 일 년 내내 기다려 온 순간……. 시탈 부인과 인사를 나누었다. 그런 다음 우리는 곧 집에 가 자리를 잡고 나는 작업을 시작했다. 우리는 4시에 수영하러 갔다. 나는 집에서 고등어를 요리했다.

용기를 내 오르한. 이야기의 기이함과 메블루트의 상상에 대해 더 믿음을 가져. 더 너 자신이 되렴, 오르한. 어서, 더 많이 상상하고, 날개를 펴, 날아! 아, 메블루트! 다른 모든 세계를 잊고 메블루트의 세계를 상상할 수 있어야 해. 아침에 일어나 아래층으로 내려가 찻물을 데울 때, 문을 열고 개를 쓰다듬고, 시원한 아침에 집 정원에서 까마귀와 다른 새들의 지저귐을 들으며 나무 부두 위를 걷는 행복.

그런 다음 책상에 앉아 어제 쓴 글을 검토한다. 교실에서 메블루트가 뒷줄로 쫓겨난 사연, 앞줄에 앉고 싶은 욕망, 뒷줄에서 벌어지는 온갖 장난 등등……. 재미있다. 메블루트가 되어 보는 즐거움을 만끽하고 있다!

한편 메블루트의 학창 생활은 대부분 내가 다니던 앙카라 미마르 케말 학교, 발타리마느 베흐체트 케말 차을라 고등학교에서 경험한 많은 것을 바탕으로 하고 있다. 나의 상상력과 내가 겪은 일들을 나란히 배치했을 뿐이다. 이 이야기를 해 주면 키란은 내가 이런 일을 겪었다는 사실을 믿지 못했다. // 안타깝게도 그날은 안 좋게 끝났다. 메일을 확인하러 인터넷 카페에 갔다. 뉴스들.

고국 소식은 항상 나쁘니 보지 않는 편이 좋다. 누군가 당신을 위협하거나, 아니면 끔찍한 이야기를 해서 부끄러워질 테니까. // 밤에 열 시간 자고 8시에 일어났다. 오르한, 메블루트에 대해 써, 아침은 아름답고 너는 활기차고 강하잖아, 어서 써, 어서……. // 아름다운 바다에서 수영을 했다. 바다는 파랗다. 맑다. 깊다. 태양. 수영하는 동안 메블루트가 학창 시절에 학교를 얼마나 좋아했는지 보여 주는 목록과 단락이 떠올랐다. 이제 오늘 쓸 것이다. 내가 그것을 쓴다면 학교와 관련해 튀르키예 문학에서 가장 기이한 구절이 될 수도 있다. // 지금 목록을 작성하고 있다. 하지만 너무 과감한 건 좋지 않다. 나는 글쓰기를 좋아한다. 사실 메블루트는 나 자신이다. 방금 메블루트가 역사 수업을 좋아한다고 썼다. 그러다 속도가 느려졌다. 젠장. 가끔은 세부 사항이 너무 명확해서 전체를 놓칠 때가 있다.

바다

오늘은 책상 앞에 앉아 아홉 시간에서 열 시간 동안 썼다. 봄라스에서 저녁을 먹었다. 밤에 잠들기 전에 『검은 책』(일레티심 출판사 출간본)을 펼쳤는데 술에 취해 키란에게 말했다 "델리와 피루즈 샤가 이 책에 있어!" 그리고 151쪽 「우리는 모두 그를 기다린다」라는 장을 찾았다. 대단한 장이네! 놀랍다! 대단해 오르한……. 십이 년 전 출간된 이 소설 『검은 책』을 읽고서 영감을 얻으려고 가져왔다. 갈립이 밤에 이스탄불 거리를 걸으며 무슨 생각을 했을까? 비석과 벽 위에 낀 이끼와 글씨들이 눈에 들어왔겠지. 내 일은 도시를 텍스트로, 텍스트를 도시로 바꾸는 것이다. 나는 자연에 둘러싸여 이 작업을 하고 있다.

늦게 일어났다. 멋진 바다의 아름다움을 피부에 느끼며 사십 분 동안 수영했다……. 한편으로는 오늘 무엇을 쓸지 생각했다. 지금 11시 40분에 설렘-행복감을 느낀다. 메블루트의 학창 시절을 서술할 때 사서 아이셀이 책을 어떻게 읽어야 하는지 장황하게 이야기하는 것을 썼다. 정말 즐거웠다. 메블루트의 학창 시절에 대한 장은 매우 재미있고 다채로웠고, 다시 읽으면서 한참 웃었다. 이 밝고, 경쾌하고, 약간 시니컬한 목소리에 메블루트가 마땅히 받아야 할 연민과 그의 망상, 형이상학적인 세계를 더할 수 있다면……『내 마음의 낯섦』이 멋진 소설이 될 거라고 생각했다. 아주 길게 쓰고 싶은 열망이 있지만 400쪽을 넘으면 안 될 듯하다.『검은 책』보다 길어서는 안 된다. 내 책상 위에『검은 책』이 있다.—430쪽이다.

내 책상 위에 보르헤스도 있다:『알레프』.『검은 책』의 정신에 맞게 메블루트의 형이상학인 세계로 들어가고 싶다. 그리고 내 소설에 만족하는 열정으로 앞으로 십 년 안에 꼭 써서 완성할 소설을 하나하나 간절히 생각한다: 1.『내 마음의 낯섦』, 2.『페스트의 밤』, 3. 유럽인을 먹는 개의 기이한 이야기, 4.『우물』, 5. 252점의 그림. 모두 길고 충격적인 소설일 수 있다. 십 년 안에 이 다섯 권의 책을 완성하고 싶다. 박물관을 운영하면서 그림, 판화, 진열장의 복제품을 만들어 예술 세계에 약간 발을 담그고, 즐기고, 실험하며, 행복하게 살고 싶다. 일은 많겠지만 이 모든 일은 행복이다. 그런 다음 2시에 이메일을 확인하러 집을 나섰는데 하루를 망치고 말았다. 사소한 일 때문에……. 나쁜 놈들은 끝이 없다!

집 근처에 거대하고 인상적인 **바니안**나무가 있다. 그 옆을 지날 때면 어느 노현자처럼 나무에 존경심을 느낀다. 튀르키예에서 아주 크고 오래된 무화과나무를 볼 때 느끼는 경외감과 같다. 하지만 **바니안**나무는 반듯하고 멋진 나무가 아니다. 위축되어 있고, 분노하며, 고민이 많지만 굉장히 흥미로운 노인이다. 먼지 많은 길의 구석진 곳……

메블루트에 대해 제대로 쓰려면 나도 메블루트처럼, 어린아이처럼 되어야 한다…… 이는 '현실' 세계의 온갖 문제, 이 끔찍한 사람들 혹은 박물관 일을 완전히 잊어야만 가능하다. 어젯밤 어둠 속에서 바니안나무 옆을 지나가며 그 존재를 느꼈다. 전기가 자주 나간다. 메블루트는 글을 읽으면서 단어를 듣는다. 메블루트, 도서관, 그의 마음속에 계속 켜져 있는 라디오 등에 대해 쓰는 것은 나를 즐겁고 행복하게 한다. 나는 이 책을 믿고, 메블루트의 머릿속 세계로 들어갈수록 행복해진다…… 어제는 정오까지 잘 썼는데 해 질 녘에 속도가 느려졌다. 메블루트의 학창 시절 묘사가 길어졌다. // 아침에 집에서: 쥐 세 마리가 덫에 걸렸다. 피비린내 나는 학살 분위기. 그래도 여전히 집에서 식사하는 것이 더 좋다. 식당은 기다리게 하고, 빈속에 빵을 넣으며 시간을 죽이게 한다…… 식당에서 돌아오는 길에 이메일을 확인했다. 쥐들이 결국 소설에 등장한다.

작은 일에도 행복하고 종일 아무도 만나지 않고 일하는 것. 이것이 가장 큰 행복이다. 소설을 쓰는 동안 내 머릿속 한편은 책상까지 들려오는 소리, 새 울음소리, 개 짖는 소리 등으로 분주하다. 초록색, 주황색, 노란색 빛, 멀리 보이는 바다 색깔을 좋아하고, 그 존재를 더 많이 느끼고 있다. 사나흘이 지났지만 여전히 카르스, 사진, 그 거짓말들이 신경 쓰인다. 메블루트는 칠판의 수학 방정식을 '보고' 풀었다. 그러고 나서 메블루트의 전설이 탄생한다. 주제에 더 빨리 도달하고, 이 장을 더 빠르고 풍성하게 쓸 수 있으면 좋겠다. 한편으로는 이 풍부한 세부 사항을 보며 '메블루트의 모험'이 끝나지 않을 것 같은 생각이 들 때가 있다. 나는 아주 천천히 나아가고 있다. 이는 마치 바다를 가로질러 헤엄치는 것과 같다! **나는 메블루트를 아주 좋아한다……. 그를 보호하고, 모두가 사랑할 수 있는 존재로 만들어야 한다.**

인도의 오후

오늘 집을 나가지도 않았다. 나의 용사 메블루트, 나는 너를 위해서라면 뭐든지 한다. 올해는 집에서 시간을 보내는 것이 좋다. 나는 수영을 더 많이 규칙적으로 한다. 저녁에는 킹피시를 굽는다. 샐러드도 먹고……. 우리는 CNN과 BBC로 이집트의 민중 봉기 소식을 계속 보고 있다. 어느 정도 민중적인가? 《월스트리트 저널》에서 기사를 요청했다……. 오랜 세월 이슬람과 민주주의가 공존할 수 없다고 주장해 온 사람들이다! ……이제 그들은 민주주의가 오면 이스라엘이 화를 낼지 궁금해하고 있다. 무슬림 국가에 민주주의가 도래한다는 생각에 사람들은 행복한 흥분을 느낀다. 하지만 내가 이 글을 쓰면 메블루트에게 시간을 할애할 수 없을 것이다……. 「추운 나라에서 온 스파이」—리처드 버튼의 연기가 아주 뛰어나다. BBC—카라바조에 대한 프로그램. 저녁 식사 후 집에서 키란과 함께 DVD를 본다.

우리는 이탈리아 레스토랑에서 집으로 돌아와 저녁에 일찍 잠자리에 들기로 했다: 나는 텔레비전을 켰고, 이집트에서 **혁명**이 일어나고 호스니 무바라크가 카이로를 떠나는 것을 매우 행복해하며 보았다. 군중! 이제 군대가 권력을 잡았다. 어떤 군대도 믿을 수 없으니, 민중의 분노에 등을 돌릴 수 있고 권력 위에 군림할 수 있다……. 하지만 지금은 기쁨으로 충만하며 나 또한 커다란 기쁨, 흥분, 행복에 가득 차 있다. CNN과 BBC는 카이로 타흐리르 광장에 모인 군중을 보여 준다. 인터뷰에 응한 사람들은 커다란 행복감을 의식하며 이집트 국민들이 폭력에 의존하지 않고 위대한 혁명을 이루었다고 말한다. 우리는 광장에 모인 군중의 흥분, 흥겹게 춤추는 모습, 기뻐하는 모습을 한동안 지켜보았다. 머리에 스카프를 두른 소녀들, 사람들의 어깨에 올라탄 군인들, 그리고 행복한 군중의 엄청난 함성. 행복과 환희의 함성.

눈에 눈물이 어린다. 왜일까? 무슬림 국가에 마침내 민주주의가 도래할 것이다! 하지만 과연 그럴까? 아니면 군부나 무슬림 형제단이 새로운 독재 정권을 세울까? 지난해 알렉산드리아 뒷골목에서는 자유를 원하는 사람들이 아니라 억압받고 가난하고 보수적인 무슬림들, 머리에 스카프를 쓰고 수염을 기른 사람들만 보였다……. 사람들은 억눌리고, 즐거움이 없고, 침울해 보였다. 그렇다, 모두 무바라크를 증오하고 에르도안을 좋아하기 때문에(그의 가자 지구 캠페인[55] 덕분에) 내가 튀르키예인이라는 이유로 나를 축하해 주었다……. 그들이 에르도안을 좋아하는 데 놀랐다. 머리에 스카프를 쓰고 종교 의상을 입은 가난한 군중; 남자들, 남자들, 큰 소리로 말하는 공격적인 남자들은 나에게 튀르키예를 떠올리게 했다.

아침에 수영 같은 일상적인 일정을 포기하고 다른 일로 시간을 허비하지 않고 종일 메블루트의 모험에 대해 쓰기로 결심했다. 11시 30분이 되어도 여전히 첫 페이지에 머물러 있다. 고등학생 깡패에게 항상 얻어맞는다고 메블루트에게 불평하는 불쌍한 탈리프의 이야기. 그리고 메블루트처럼 영어 교사 에다와 사랑에 빠진 1573번 학생 함디의 이야기, 남자아이가 아닌 여자아이와 노는 걸 좋아하는 작은 아흐메트의 이야기. 도서관에서 《정신과 물질》을 훔친 두 형제 이야기…… 이 모든 이야기와 세부적인 것들은 어떤 식으로든 내 삶에서 비롯되었다. 예를 들면 도서관에서 책을 훔친 형제; 혹은 도서관에 온 학생들에게 무작위로 《정신과 물질》 같은 잡지를 주는 것 등. 1960~1962년 사이에 앙카라 미마르 케말 초등학교에서 있었던 일이다. 유니세프가 배포하는 분유와 생선 기름도 마찬가지였다. 혹은 쉬슬리 테라키 학교의 교감 선생인 해골, 장님, 무흐타르.

메블루트의 학창 시절 이야기는 사실 내 경험을 변형한 것이다. 하지만 장과 세부 사항이 너무 길어졌다…… 장을 더 간결하게 마무리하면 좋을 듯하다…… 그래도 오늘 세 쪽을 써서 마음이 편했다. // 저녁에 집에서 키란과 영화 「시티 오브 갓(City of God)」을 보았다. 2003년 뉴욕에서 엘리프와 함께 처음 보고 뤼야와 함께 DVD로 다시 한번 보았다. 슬럼가와 빈민가를 배경으로 한 매우 인상적인 영화로 갱스터—마피아—마약 조직이 합쳐진 영화다. 지나치게 피비린내가 난다. 하지만 경찰의 잔인함을 보여 주고 빈민가의 삶을 잘 드러냈기 때문에 좋아한다. 물론 내 소설을 쓰는 데 도움이 될까 싶어 이 영화의 DVD를 고아에 가져왔다. 가난한 사람들, 빈민가에서 전개되는 서사시적인 이야기. 이 영화에서는 폭력, 피, 도시 건설과 운영 등이 세부 사항들을 가리고 있다.

아침에 잠이 깨어 침대에 누워 생각한다. 메블루트의 학창 시절을 굉장히 장황하게 썼다. 내가 기대했던 대로 메블루트 이야기는 다큐멘터리적인 면만 아니라 뭔가 다소 기이한 부분이 있다…… 그런데 너무 길게 늘어놓는 건 아닐까?『강의 만곡』[56]을 생각해.

하지만 이런 책은…… 너무 1차원적이다. 단지 식민지 상황하의 억압과 신흥 계급의 분노, 거칢을 서술할 뿐이다. 매우 짧지만 삶의 광활함과 행복은 담기지 않았다. 거의 뉴스처럼 짧고 다큐멘터리적이다……. 역사적 깊이가 뉴스 차원에 속한다는 말인가? // 메블루트의 이야기를 너무 길게 끌고 가면 안 되겠다는 생각이 든다. 첫 200쪽과 플롯에 대해 새로운 계획을 세우고 각 장의 평균 분량을 찾아야 한다. 짧게 써 오르한―너무 길어지면 다음 장으로 넘어가. 안타깝고 우울하다! 며칠 동안 고심하며 쓴―지난 두 주간―이 장의 마지막 예닐곱 쪽을 다시 써야 할 것 같다. 최근 사나흘 동안 쓴 페이지 중 일부는 너무 상세하다; 처음부터 끝까지 학교를 배경으로 한 소설의 페이지처럼 읽힌다. 그렇다, 균형이 맞지 않고 지나치게 자세하다―학창 시절의 끝부분을 줄여야겠다…….

고아에서 프로이트와 꿈을 단어들로 설명하는 것의 불가능성에 대해

어젯밤 또 그 익숙한 악몽을 꾸었다. 결국 두려움에 떨며 깨어났지만 정확히 악몽은 아니었다. 글을 쓰는 방에 혼자 있었다. 내가 얼마나 비명을 질렀는지 모르겠다. 꿈은 여느 때와 똑같았다—하지만 다른 점도 있었다……. 무서운 것은 꿈의 '소재'가 아니라 어둡고, 흑백이며, 극적인 산 풍경이었다. 나는 그 풍경이 두려웠는데 동시에 계속 바라보고 싶었다. 그렇다, 꿈에서 또 깎아지른 듯한 절벽이 나타났고, 그다음에는 경사면, 삶의 의미, 그리고 높이 솟아 도저히 보이지 않는 무언가가 있었다. 그러나 그다지 중요하지 않았다! 이 꿈에 어떤 의미를 부여할지 모르겠다.

열아홉 살 여름, 프로이트의『꿈의 해석』과 실언에 관한 그의 다른 책을 읽었다. 매우 아름다운 문학적인 책들이었고, 평생 나는 이 책들에서 배운 것들을 믿었다. 하지만 프로이트의 체계가 그렇게 인상적이거나 설득력이 있다고 생각하지 않았다. 내가 꾸었던 꿈의 **의미**를 프로이트가 들려주었으면 좋겠지만 그러려면 내가 먼저 프로이트에게 **모든 것**을 말해야 한다. 하지만 문제는: 꿈을 다른 사람에게 단어들로 설명하는 것이다……. 헛된 일이다. 꿈은 말로 표현할 수 없으니까.(우리가「모나리자」혹은 카스파르 다비트의 어떤 그림을 단어들로 설명할 수 있을까?) 꿈은 보여 주기 위한 것이다.

밤에 자기 전에, 그리고 한밤중에 (아버지가 그랬던 것처럼 잠에서 깨어나면) 생각에 잠겨 한동안 잠들지 못한다. 단어와 그림들이 저절로 떠오른다: 나는 내 공책이 좋다. 자주 공책을 펼쳐서 읽고, 그 안에 그림을 그리고, 또 공책을 펼쳐서 그림을 보는 것을 좋아한다. 이 공책은 나에게 끊임없이 쓸 수 있는, 살면서 느꼈던 모든 것에 대해 글을 쓰는—나는 그러고 싶다—행복을 선사한다.

아침 8시에 일어났다. 온 세상이 죽은 듯이 고요했다. 수영복을 입고 해변으로 걸어갔다. 밖은 여전히 시원하다. 바다는 잔잔했다. 해변에 사람이 거의 없다. 몇몇 직원이 선베드에 쿠션을 깔고 주변을 쓸고 있었다. 나는 너무 무리하지 않게 수영을 했다. 바다와 세상, 아침의 아름다움을 만끽하며. 이제 책상에 앉아 있다. 과일을 먹고 차를 마시며 지극히 낙관적인 마음으로 소설가라는 것이 얼마나 멋진 일인지 생각하고 있다.

고아에서 자비에르의 차를 타고 여기저기 돌아다니며 본 거리의 모습을 부분적으로는 사진, 부분적으로는 기억에 의지해 행복한 마음으로 이 그림을 그렸다. 글을 쓰다 가끔 이 공책을 펼치고 그림 여기저기에 붓, 연필, 파스텔, 색연필, 잉크 등으로 터치를 더한다.

메블루트가 이스탄불에서 보낸 첫 며칠이나 메블루트와 아버지, 큰아버지, 그리고 무허가 집을 짓는 이야기는 수정해야 한다: 메블루트를 무허가 집 건축과 소유권 증서 등등 일상 속으로 던져 넣어야 한다. // 소설의 나머지 부분이 메블루트의 학창 시절만큼 재미있고 악마처럼 장난스러워야 한다. 시탈이 시장에서 다랑어, 킹피시, 고등어를 사 왔다. 망고, 파파야, 포도, 멜론, 배, 딸기, 오렌지, 수박, 파인애플도…… 전체적인 줄거리를 위해 고심을 거듭할 수밖에 없다.

어제도 한 글자도 쓰지 않았다. 소설의 전체적인 줄거리를 다시 수정했기 때문이다. 이는 책의 첫 40~50쪽 대부분을 다시 써야 한다는 의미다. 어차피 이 페이지들은 수정한 것들이었다. 몇 번이나 여러 장, 아니 모든 것을 다시 쓸 생각을 했다. 결국 다시 쓴다. 소설의 시작에서 이렇게 자주 마음을 바꾼 적이 없다고 말하지는 않겠다. 『검은 책』과 『내 이름은 빨강』에서도 시작 부분을 여러 번 다시 썼다. 그래도 이 첫 장들을 다시 쓰는 데 지쳤다…… // 어제는 이상하게 피곤했다. 열 시간이나 잤다. 지금 바다에서 수영하고 1960년대에 메블루트의 아버지 무스타파와 큰아버지 메흐메트[57]가 이스탄불에 온 이후의 사건 순서—연대표를 정리하고 있다.

소설을 구상하는 게 아니라 쓰기. 메블루트가 되고 싶다

집 앞에서 왼쪽으로 보이는 해안가 풍경

그래서 일주일 중 셋째 날인 오늘 여전히 소설을 쓰지 않는다. 종일 빈 종이를 바라보며 줄거리를 구상하고 있다. 가끔 천장을 쳐다보며. 이런 종류의 작업은 시간이 지나면 사기를 떨어뜨린다. 메블루트의 삶의 세부 사항을 외부에서 정리하는 것은 완전히 다른 일이고, 메블루트가 되는 것, 메블루트와 함께 학교에 가는 것은 훨씬 더 재미있는 다른 일이다……

"파도를 그리는 방식이 매우 독특하네요. 아무도 파도를 그렇게 그리지 않거든요. 처음 보는 건데, 정말 멋…

우리는 오늘 저녁 잘못된 조언을 따라 해변의 한 허름한 집에서 저녁을 먹었다.
나이 든 백인 유럽인들이 파도와 바다를 바라보며 발코니에 앉아 있었다.

오늘도 글을 쓰지 못해 몹시 괴로워하고 자책한 끝에 저녁 6시 30분 다시 소설 속으로 들어갔다……. 오래된 장에 추가와 수정을 하면서. 글을 못 쓰면 내가 나쁜 사람처럼 느껴진다. 『페스트의 밤』에 대한 아이디어. 성에 도착한 서양 대표단은 술탄 압뒬하미트의 허가를 받아 성의 돌들을 빼내(혹은 성 내부의 중요한 구조물, 신전 등등) 서양으로 가져가기 위해 그곳에 있다. 따라서 이 중에는 성의 예술사도 잘 아는 전문가, 건축가 들이 있는데……『페스트의 밤』의 중간 부분에 비무슬림—비종교인—기독교인, 서양인 등은 숙청되거나 살해되거나 납치되거나 이슬람으로 개종하도록 강요당했다. 나머지 극소수의 사람들은 이제 어디에서도 볼 수 없었다……!

『페스트의 밤』에서 반식민지적 분노, 반서구적 분노 등은 소재의 3분의 1을 넘어서는 안 되며, 줄거리 전개에서 절반을 넘지 않아야 한다. 중반부 이후부터 해방된 민중이 스스로 무엇을 하는지 보자. 먼저 자코뱅—세속주의—민족주의, 그다음에는 민중의 반란과 포퓰리즘. 내가 다음에 쓸 책은 『페스트의 밤』이 될 것 같다. 소재는 식민주의만 아니라 탈식민지 사회 또는 비서구 사회의 국가 권력과 근대성, 민중, 민족 등이 될 것이다.

" 라고 키란이 위의 그림을 보며 말해 나를 행복하게 주었다. "그림을 더 많이 그려요, 오르한!" 어릴 때부터 고 싶었던 달콤한 말이다.

결국 나는 다른 방식으로 시작했다.

두 바다와 바람을 향해 얼굴을 돌리고 앉아 있었다. 이상하게도 요양원은 느낌이었다. 『마의 산』[58]의 분위기.

책: 메블루트의 모험에 대해 결정을 내리지 못하는 우유부단함. 한편으로는 디킨스나 함순,[59] 스타인벡 같은 스타일의 사랑스럽고 사실적인 이야기를 하고 싶다. 다른 한편으로는 좀 더 재미있고, 상상력—플롯—드라마가 더 많은 지면을 차지하는 이야기를 생각 중이다. 하지만 나는 메블루트가 되는 것이 즐겁다. 뉴욕에 있는 뤼야에게 전화했다. 내가 다른 아무것도 생각하지 않고 메블루트가 되는 즐거움, 오로지 글 쓰는 즐거움을 위해 이 소설을 쓴다고 말했다. 디킨스처럼 가난하지만 사랑스러운 아이에 대한 이야기를 쓰고 있다고 말했다. 영리한 뤼야는 "계속해요, 아주 좋아요!"라고 말했다. 메블루트는 아주 잘될 것이다. 오후에 달콤한 잠에 빠졌다. 그런 다음 또 행복하게 썼다. 이후 여전히 메블루트를 생각하면서 수영을 했다. 그런 다음 또 썼다. 저녁 무렵 생선을 굽기 위해 오븐을 켜면서 메블루트가 이스탄불에 있는 큰아버지 집에 처음 갔을 때를 상상했다.

텔레비전에 나오는 리비아의 반란과 잔인한 카다피. 서방은 이 반란에 적절하게 대응하고, 중국과 러시아는 즉각 카다피 편을 든다. 비서방 국가들은 민주주의를 싫어한다. 아수만에게 전화를 걸어 펭귄-일레티심 출판사의 고전 협업에 대해 논의했다.

자정이 지나 여느 아침처럼 5시에 잠이 깼는데 불행히도 다시 잠을 이루지 못했다……. 하지만 나는 다시 잠을 자고 활기차게 일어나 사랑하는 메블루트를 상상하고, 그에 대한 글을 쓰고, 그를 살려내고 싶다. 어젯밤 불을 끄고 누웠을 때 이상한 생각이 떠올랐다: 억지로 침대에서 일어나 공책에 그 생각을 적어 놓았다: 한두 개의 장에서 메블루트의 **승천**, 그가 천사들의 영역으로 가 하늘에서 겪고 느낀 것들을 써야 한다.

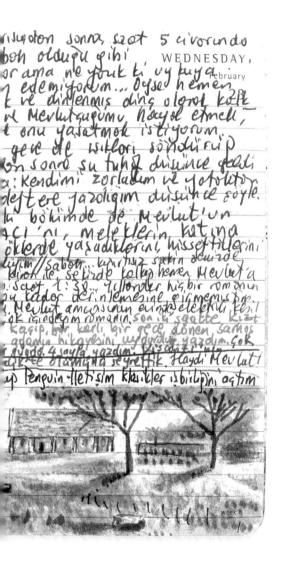

아침…… 키란과 함께 잔잔한 바다에서 수영을 했다. 8시에 일어나 당장 메블루트를 쓰기 위해 앉았다. 오후 1시 30분……. 오랫동안 소설에 이렇게 깊이 파묻혀 본 적이 없다. 행복. 메블루트는 큰아버지의 집에 있고, 전기가 끊겼다. 나는 완전히 소설 안에 있다. 두 시간 동안 나는 어느 눈 내리는 밤 딸이 눈 속에서 가출하고 혼자 술에 취해 돌아온 외로운 남자의 이야기를 지어냈다. 매우 행복한 하루였다. 네 페이지를 썼다. 우리는 비스콘티 감독의 「베네치아에서의 죽음」을 보았다. 힘내, 메블루트!

지난 삼 년 동안 꾸준히 일하고
오후에 때로 낮잠도 자고
자정이 넘어서 가끔 잠을 자던 방

2009년 우리는 저녁이면
발코니에 놓인 이 의자에
앉았다   침

팬

책상

수영복
타월

저녁에
BBC와 CNN에서
아랍 봉기와
DVD를 시청한
텔레비전이 여기에 있다

무스티

게으른 수스티

이 방에서 메블루트를 생각하고
그의 모험에 대해 쓰다가 가끔 재
미 삼아 이 글을 쓰고 그림을 그렸
다……. 위층 이 방에서 끊임없이

까마귀들은 매우 시끄러운 소리
내며 우리 과일을 훔쳐 간다

메블루트를 생각하는 것이 가장 큰 행복이다. 저녁에 비벡은 젊은이들이 가는 안주나(엔주멘
이라는 단어에서 유래했다, 말을 파는 아랍 상인) 해변의 우스꽝스러운 록 음악 디스코텍으로 우
리를 데려갔다……. 바닥에 앉아 휴대폰을 만지작거리며 서로를 바라보는 사람들. 차라리 집
에서 톨스토이를 읽을걸…….

가끔은 엉뚱한 지점에 갇혀 머릿속의 이야기를 이어 가지 못할 때가 있다. 예를 들어 지금처럼: 메블루트와 그 사촌이 잠시 두테페를 돌아다니게 하고 싶은데 도무지 그들을 어두운 밤으로 끌어낼 수가 없다. 이런 교착 상태는 소설을 쓸 때 가장 지치고 시간을 허비하는 부분이다. 어쨌든 지금 이 소년들은 밤거리로 나갔다.—메블루트와 알리. 하지만 이야기를 내가 원하는 대로 이끌 수 없었다…… 우리가 차를 타고 판짐 부두로 갔기 때문이다. 웬델과 제롬을 만나 그들의 모터보트를 타고 만도비강을 따라 물 위로 맹그로브가 가지를 뻗고 있는 강과 운하, 보호 구역을 돌아다녔다. 사진도 몇 장 찍었다. 강 내륙에서는 거대한 산을 치즈처럼 잘라 철광석을 트럭과 뗏목에 실어 중국과 전 세계로 보낸다.

키란의 파란색 비키니와
타월

키란이 컴퓨터로
소설을 쓴다

뒤에는
식탁과
주방이 있다

이 든 쥐딧

사람은 나다. 당신에게
을 흔들고 있다.
는 고아에서 메블루트를
각하고 이 그림에
현하게 되어 매우 기쁘다.

그림은 고아의 행복을 표현하고 있다! 이 코코넛 그린색, 정원, 개, 노란 모래, 나무, 커다란 집에서 함께 글 쓰는 기쁨, 아침에 먹는 과일, 태양, 글쓰기, 수영, 이 모든 것이 내 내면에 불러일으키는 기쁨! 낙관주의! 이 그림의 멋진 면은 우리가 사는 삶을 다큐멘터리 스타일로(우리가 집에서 하는 일들), 그리고 감정과 색으로 묘사한다는 것이다…….

알람브라: 아침에 기자 회견 등을 마치고 드디어 이 특별한 장소를 방문하게 되었다. 두 주 동안 건축에 푹 빠져 있었기 때문에 알람브라 궁전은 나를 완전히 매료시켰다. 내 관심은 역사가 아니라 건축의 세부 사항, 패턴, 무하르나스[60]를 보는 것이었다. 나는 어떻게 '순수 박물관'에 적용할지를 생각하며 이곳의 세부를 바라보았다. 고요함, 심오함, 세련됨. 역사의 잔인함을 생각하지 않는다면 이곳을 즐길 수 있다. 내 마음의 절반은 이스탄불의 박물관에, 다른 절반은 이 걸작이 부여하는 감정에 가 있다. 고전적인 이슬람 건축물과 '순수 박물관'을 어떻게 결합해야 할까? 나는 안내 책자를 보지 않고 술에 취한 듯 알람브라 궁전을 돌아다니며 내 눈에 모든 것을 담으려고 노력한다…… 또 와야지라고 생각하며…….

밖, 3시 30분에 식당에서 식사, 와인 한 잔. 호텔 방에서 잤다. 인터넷: 이메일: 박물관 작업…… 하버드의 집 사진들, 로비에서 인터뷰하고 싶어 하는 기자들. 호텔 테라스 같은 발코니에서 비크람 세스,[61] 후안(콜롬비아 소설가)과 함께 샌드위치를 먹었다. 와인을 마시고 페스티벌에서 나를 위해 마련한 저녁 행사에 갔다. 비가 와서 행사는 시내 극장에서 열렸다. 잘 진행되었다. 목이 살짝 따끔거렸다. 아주 긴 하루였다. 피곤하다.

아침: 아침 식사를 하러 내려가기 전 호텔 발코니에서……. 낙관적인 느낌. 태양. 키란은 샤워를 하고 있다. 나는 발코니로 열리는 욕실 창문을 통해 그녀를 바라보며 장난으로 놀래 주었다. 나는 그라나다의 알람브라 궁전에 있지만 마음은 이스탄불의 박물관에 가 있다……. 아침 식사: 우리는 라디오 프로그램에 출연했다. 신문들이 우리에 대해 언급했다, 하지만 파파라치의 언어가 아닌 정중함을 담아. 아침에 건축가 베레케트와 대화. 그는 좋은 사람이지만 행동이 느리다. 그런 다음 알람브라에 갔고, 탄프나르의 시 「부르사의 시간」을 떠올리게 하는 분수와 물 떨어지는 소리……. 사이프러스 나무. 1962년 가족 여행을 갔던 부르사, 예실 사원, 초기 오스만 제국 모스크들이 떠오르는 분위기. 사이프러스 나무와 물 떨어지는 소리에 어린 시절이 떠오른다……. 나는 이슬람 건축에서 가장 인간적이고, 가장 멋지고, 가장 기하학적이고, 가장 강력한 면을 한 번 더 본다. 자신감. 평온함, 편안함.

알람브라 궁전에는 역사의 야만성을 잊게 만드는 아름다움이 있다. 호텔로 돌아갔고, 뤼야가 전화했고, 나는 셰퀴레[62]에게 전화를 걸어 '어머니의 날'을 축하했다. 그리고 우리는 처음으로 도시로 내려갔다……. 그라나다의 피자집에서 생선을 먹었다. 거리를 돌아다녔다. 커피숍에 앉아 이 공책에 글을 썼다. 빈 페이지와 반쯤 채워진 페이지에도 썼다: 이곳에서의 날들을 잊고 싶지 않다. 잊는다는 것은 나에게 고통을 안겨 준다……. 이 이틀 동안 기억에 남는 것: 툴루스 문자의 아름다움, 무하르나스, 하얀 레이스 같은 툴루스 문자, 석고, 목재, 물: 모든 것이 우아하고 세련되었다……. 안달루시아 건축의 꿈 같은 아름다움…….

201

우피치[63]에서: 1. 화가 보티첼리는 그림 「동방 박사의 경배」의 오른쪽 아래 모서리에서 우리를 바라보고 있다. 퓌순의 새 그림에서 나 혹은 다른 사람들이 그렇게 할 수 있을 것이다. 2. 우피치 미술관을 거닐며 했던 두 번째 중요한 생각: 진열장 문, 벽, 천장, 그리고 빈 공간에 그림 그리기. 유약을 바른 나무 진열장 문을 절대 빈 공간으로 두지 않기. 이 모든 작업을 일 년 안에 끝낼 방법은 없으니…… 박물관을 개관하되 몇 년 동안 더 많은 그림을 그리며 계속 작업하기. 3. 박물관 1층에 비디오를 설치하고, 박물관이 아직 완성되지 않았으며 내 평생을 바쳐도 완성되지 않을 수 있음을 설명하기. 그러니까 내가 팔 분에서 십 분짜리 영상을 통해 관람객에게 박물관과 그 의미를 천천히 설명하는 것이다. 더불어 내가 화면이 있는 곳에서 박물관 공간과 세부 사항들, 그리고 세상을 가리킨다…….

퓌순의 그림 중 하나에는 무지개가 있어야 한다. 가늘고 우아한. 아침에 먼저 우리는 친절한 가이드 에마누엘라와 함께 베키오 궁전에 갔다. 그림으로 뒤덮인 작은 방 스튜디올로[64]는 사 년 전 뤼야와 처음 왔을 때와 마찬가지로 나에게 깊은 인상을 남겼다. 마치 '호기심의 방' 같다. 진열장 문, 천장 등 모든 곳에 그림이 있다. '순수 박물관'도 이럴 것이다. 그다음에 우피치로 이동했다. 보티첼리에게는 아마도 스칸디나비아 출신 모델이 있었을 거다. 나는 카라바조의 「이삭의 희생」을 오랫동안 바라보았다. 우리는 우피치와 서점에서 총 다섯 시간을 보냈다. 호텔 방에서 이메일 확인. 레스토랑에서 저녁 식사, 와인.

잠 못 이루는 밤. 악몽, 하지만 잠에서 깨면 무엇이 무서웠는지조차 알 수 없다. 여섯 시간 잤다. 한 시간 삼십 분 동안 천장을 바라보았다. 인생의 공허함. 깊은 두려움. 마치 우주에 있는 것 같다. 키란과 함께 일찍 일어났다. 아침 식사. 역까지 걸어갔다…… 세상에 존재한 다는 것은 좋지만 내 영혼과 핏속에 불안이 있다. 불면증!

로렌티안 도서관에서의 생각: '순수 박물관'에는 사슬에 묶여 천장에 매달린 책 등등 평범 하지 않은 아주 특별한 책이 있어야 한다. 그리고 그것은 박물관에서 판매해야 한다. 박물 관에 전시된 가장 뛰어난 물건 중 하나는 카드 한 벌. 도서관이나 박물관 선물 가게에서 판 매할 수 있도록.

아흐메트 외위트[65]는 텔레비전 에 나오는 유명인들을 청과물 장 수로 비유하는데 그가 나에게도 그럴 수 있다: 우리와 저녁 식사 를 함께하기로 했다.

ce uykusuzluk. korkulu rüyalar
ma uyanınca neden kork **FRIDAY** **May**
u ma bile tam çıkaramıyorum.
Saat uyudum. 1.5 saat de towna 15
tim. Hayatın boşluğu. Derin bir korku
Uzay dayım sanki. Kiran ile erken
kalktık. kahvaltı. İstasyona yürüyüş.
yaşlı olmak güzel ama ruhumda, ka
da bir huzursuzluk var. Uykusuzluk!

entian kütüphanesinde fikir:
üzesinde, zincirli kitaplar tavan
sarkanlar vs. o sıradan değil, çok
baskılar olmalı. Ve müzede satılmalı.
deki eşyalarının en seçmelerinden oyun
di destes. Kütüphanenin heoya da
ın hediye dediğin için (bakkal vs gibi)
met Öğüt TV deki ünlüleri birisine benze
n beni de yapabilir. Gece geliyor lokanta

çok içtik bu lokantada çok
la güzeldi. Türkiye'de faşistlerin
dığı dertler. Bizde Kiran ile içip
u ten ettik. Floransa da — Gece.

우리는 식당에서 많이 마셨다. 정말 좋았다! 튀르키예의 파시스트들이 일으키는 문제들. 키 란과 나는 술을 마시고 행복했다.

피렌체에서—밤에.

오늘 아침 또 두 시간 동안 소설과 씨름했다. 톰발라[66] 장이 조금 지루하고 지치게 만든다고 생각해 일부를 줄였다. 이 장은 긴 간격을 두고 2007년 가을 뉴욕에서 『다른 색들』을 홍보하며 조금씩 썼다. 간격을 두고 썼기 때문에 밍밍하고 느슨하다…… 정오쯤 집에서 나와 바포레토[67]를 타고 산마르코로 내려갔다…… 바포레토를 타고 베네치아를 가로지르며 여행하는 것은 가장 큰 행복이다:

모나 하툼[68]이 팔라초 퀘리니 스탐팔리아에서 열린 전시회를 안내해 주었다. 큐레이터, 그녀 남편, 키란과 함께 점심을 함께 먹었다. 나중에 모나와 나는 둘이 남아 스카피의 일본식 정원에서 일 이야기를 나누었다. 그녀는 분명 '순수 박물관'을 위해 무언가를 하고 싶어 한다. 우리는 집으로 돌아왔다. 피곤했다. 우리는 한 시간 더 소설을 수정했다. 우리의 사기가 높아지기 시작했다. 저녁에 다시 바포레토를 타고 시내로 갔다. 아르세날레[69] 앞에서 우리를 만난 아흐메트는 튀르키예관을 보여 주었다. 이렇게 익숙한 사물에서 시를 찾기는 어렵다!

우리는 여기에서 머물렀다

물관　　캄포　　　　　　　팔라초
라시　　디 산 사무엘레　　카펠로
　　　　　　　　　　　　　말리피에로

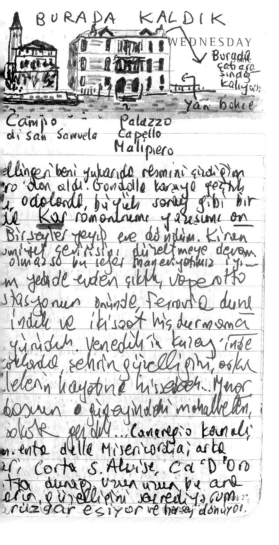

우리는 여기 지붕 층에
머물고 있다.

옆 정원

아침에 벨링게리가 위에 그린 말리피에로에서 나를 데리러 왔다. 우리는 곤돌라를 타고 건너갔다. 나는 거울로 된 방과 큰 궁전 같은 홀에서 소설 『눈』을 어떻게 썼는지 이야기했다. 나는 식사를 하고 집으로 돌아왔다. 키란과 함께 『순수 박물관』 번역본을 계속 수정하고 있다. 적어도 이번에는 우리의 사기가 높다……. 저녁 7시에 집을 나섰다. 바포레토를 타고 페로비아역에서 내려 두 시간 동안 쉬지 않고 걸었다. 베네치아의 북쪽 뒷골목에서 도시의 아름다움과 뒷동네의 삶을 느끼며……. 묘지 섬 남쪽 지역들, 모든 거리를 돌아보았다……. 카나레지오 운하, 폰다멘타 델라 미세리코르디아; 뒷골목들, 코르타 S. 알비세, 카도로 바포레토 정류장까지. 나는 이 뒷골목의 아름다움을 오랫동안 바라보았다. 그러다 바람이 불었고, 모든 것이 회전했다.

긴 하루. 아침: 8시에 일어나 번역 작업을 하고 마지막 몇 가지 질문에 대답했다. 그런 다음 잠피에로, 마리오, 야세민 등 우리 팀은 다시 대학으로 갔다. 노턴 강의를 떠올리면서 길게 이야기했다. 우리는 캄포 산타 마르게리타에서 함께 커피를 마셨다. 집으로 돌아왔다.

우리는 비엔날레에 두 번째로 갔다. 이번에는 깊은 우주, 영원 등을 연상시키는 이탈리아 예술가의…… 설치 작품의 어둠 속에서 아르세날레의 긴 복도 끝 바닥에 누웠고, 푹 잤다. 6시 30분이 지나 바포레토를 타고 칼레 도로에 가서 사진을 찍으며 한참 뒷골목을 돌아다녔다. 멋진 레스토랑에서 식사. 귀가. 이제 우리는 돌아가는 길에 술에 취해 길을 잃지 않는다.

새벽 4시. 베네치아 비엔날레에 대한 글을 쓰고 있다. 정오쯤 집을 나서 뉴질랜드관에 갔다. 팔라초가 더 흥미롭다…… 싱가포르관; 영화표, 로비 사진들을 수집한 한 젊은이는 튀르키에 사람 같다…… 그들은 싱가포르 고전 멜로드라마의 가장 전형적인 장면을 다시 촬영했다: 혹은 적어도 그런 척했다. 거울에 반사된 장면; 혹은 「화양연화」의 재촬영, 재생 장면은 매우 인상적이었고 '순수 박물관'의 분위기와도 들어맞는다. 영화 기념품, 포스터, 표, 그리고 비서구권 멜로드라마 문화 이해. 비서구권의 현대적인 중산층 '개인' 수집가들은 항상 영화 자료 수집에서 이 일을 시작한다.

리알토 근처 레스토랑에서 나와 바포레토를 타고 아카데미아[70]로 가 세관 건물에 있는 **푼타 델라 도가나**까지 걸어갔다. 현대적인 박물관. 그림 대부분은 지루했다. 지옥의 축소판이 있다! 마음에 들었다. 그리고 서점에서 디자이너—인테리어 전문가—화가인 포르나세티[71](특별한 인물이다)의 기이한 작업에 대한 멋진 책을 보았다. 내 박물관에 꼭 사용해야겠다.

밤에 우리는 궁전으로 초대받았다. 주인은 귀족적이고 예의 바르지만 여전히 1960년대 내 부유한 사립 학교 동창들처럼 어리둥절한 표정의 사랑스러운 사람이었다.

아솔로의 아침. 우리는 팔라디오[72]의 작품에 오늘 하루를 할애했다. 근처 빌라 바르바로에 갔다······. 크림색, 벽의 파스텔 톤 풍경. 전체가 트롱프뢰유[73] 양식······. 나는 튀르키예인 팔라디오가 되고 싶다. 그는 고전적인 그리스-로마 건축 양식을 르네상스 빌라에 적용했지만 자국화했다······. 빌라 양식. 내부의 부드러운 빛, 정원, 모든 것이 멋지다. 넓은 공간, 기하학적 구조.

바사노에서 점심을 먹기 위해 자리에 앉았다. 거리에서 느긋하게 산책을 즐긴 후. 도시의 양쪽을 연결하는 오래된 멋진 목조 다리, 팔라디오의 작품이다. 다리가 무너지고 재건되었다. 우리는 세세하게 음식을 주문하고 기다리는 중이다.

라 로톤다

빌라 바르바로

단눈치오의 비행기

그런 다음 우리는 비첸차에 갔다. 먼저 도시 외곽의 빌라 로톤다. 우아하다. 오래된 정원의 아름다움. 오백 년이 지난 지금도 여전히 건재하다. 놀라운 단순성과 기하학적 구조, 나무 사이에 자리 잡은 방식, 그 대칭성은 놀랍도록 눈을 행복하게 만든다. 팔라디오의 가장 빛나는 건축물. 계단, 기둥; 그다음 우리는 비첸차 거리에서 다른 모든 팔라디오의 작품을 일일이 찾아다니며 보았다. 모든 것이 얼마나 기하학적이며 단순하던지 보고 있는 것을 믿을 수 없을 정도였다. 빌라 발마라나, 팔라초 티에네······. 나는 **팔라디오**에 대해 더 많이 알고, 튀르키예인 팔라디오가 되고 싶다.

우리는 11시에 아솔로를 출발해 멈추지 않고 가르다 호수로 갔다. 가르다 호수 뒤에 가브리엘레 단눈치오가 무솔리니의 경제적 지원으로 인생의 마지막 이십 년 동안 지은 일종의 신전이자 자기애적 개인 박물관인 비토리알레의 모든 방을 정확히 네 시간 동안 돌아보았다. 박물관, 개인 박물관, 작가 박물관에서 항상 행복했던 것처럼 나는 매우 행복했다. 나선 계단으로 연결된 여러 층에 걸쳐 수직으로 펼쳐진 경치 좋은 아카이브, 특히 아카이브 진열장과 방의 분위기가 멋졌다. 장식품, 생활용품, 조각상, 그림, 석고 흉상, 라틴어 말들과 책들로 가득한 단눈치오의 집은 지극히 바로크적이며 꽉꽉 들어차 있다.

그가 글을 쓰던 서재, 책상, 주변 환경은 넓고 인상적이다. 외부의 찬란한 빛이 차단되었고, 무거운 천으로 어둡게 만든 방은 답답하면서도 매력적이다. 그리고 우리 반파시스트 작가의 군사 박물관, 그의 비행기, 군함, 그리고 가르다 호수가 내려다보이는 지나치게 호화로운 영묘. 가르다의 사이프러스 나무들로 뒤덮인 낭만적인 풍경, 산, 호수, 낙원! 저녁에 언덕의 농가 호텔에서 저녁 식사, 소나기.

오스만 제국과 튀르키예의 요소를 결합하여 컴퓨터와 포토샵으로 팔라디오 스타일에 의거한 가상의 건물, 집을 구상하여 이 모든 요소로 도시와 모형을 만들고, 이 장소가 배경인 소설을 쓰고 싶다.

여덟 시간 동안 푹 자고 행복한 기분으로 깼다. 어린 시절 불행했던 밤에도 옷을 갈아입지 않은 채 침대로 뛰어들곤 했다. 주로 셰브케트에게 두들겨 맞고 난 후. 너무 피곤했다. 이스탄불에서 지난 며칠 동안 대여섯 시간의 수면으로 버티고 있다. // 고통의 또 다른 징후이자 원인은…… 가슴과 복부에 나타난 붉은 종기. 나는 그것들을 세르민 부인과 뤼야에게 보여 주었다. 그들은 내가 너무 많이 일하고 불행하기 때문이라고 말했다. 키란에게도 보여 주었다. 나는 종종 죽고 싶고, 이 힘든 일에서 벗어나고 싶다. 아니면 예전에 그렇게 바랐었다고 말해야 할까.

포로스

포로스

포로스에 있는
방에서 바라본
전망

여기 펠로폰네소스반도 끝자락의 포로스에서 포르토 헬리까지 여행하는 동안 행복했다. 포르토 헬리에서 스텔라가 우리를 맞았다. 우리는 차를 빌려 포르토 헬리에서 5~6킬로미터 떨어진 곳에 있는 집에 짐을 풀었는데 얼마간 바이람오을루와 세데프섬을 연상시켰다.

포르토 헬리에서 4.5킬로미터 떨어진 이곳에서 빌린(열흘간) 여름 별장에서 이 풍경을 보며 글을 썼다. // 이상한 잠을 자며 오늘을 보냈다. 하지만 배에 난 종기와 귀의 통증이 없어져서 행복했다. 5장을 다 쓸 거라고 생각했는데…… 장이 점점 길어져서…… 아니면 정치에 대해 언급하기가 어려워서인지 다시 막혔다. 오늘날 1970년대 이스탄불과 정치를 기억하는 사람이 누가 있을까?

그 후 두 시간 동안 잤다. 어린 시절의 습관인 끝없는 낮잠……. 노턴 강의 책을 쓰다 막혔기 때문에……. 그 대신 박물관에 전시할 텍스트 중 하나인 제랄 살리크의 『사랑과 사설』에 관한 글을 쓰기 시작했지만 그만두었다. 저녁에 우리는 먼저 스텔라의 집에 갔다. 포르토 헬리에서 차로 십 분 거리인 언덕 위의 아름다운 전망과 저녁의 정취, 오랜만에 느끼는 고요함. 이후 포르토 헬리에서 1950년대에 문을 연 괜찮은 식당에서 저녁을 먹으며 스텔라는 그곳에 식사하러 온 부유한 사람들, 유명한 사기꾼 정치인들 이야기를 들려주었다.

아침 7시에 책상에 앉아 노턴 강의책의 마지막 장을 이어 갔다.

예술가에게 박물관 작업을 의뢰하지 마! 내 마음의 일부는 매일 박물관 문제로 한동안 분주하다. 와히트! 그의 작품을 사고 **그를 잊는 것이** 가장 좋은 방법이다.

뉴저지

허드슨

오후 2시쯤 키란과 함께 집을 나와 리버사이드 공원으로 갔다. 풀밭에 담요를 깔고 잠시 누웠다. 그러다 잠이 들었다. 뉴욕의 여름 마지막 일요일. 모두 롱아일랜드에 있는 별장으로 떠났고 내일도 공휴일이다. 거리는 텅 비었다. 잠시 졸았다. 그런 다음 공원을 돌아다녔고, 축구하는 사람들을 구경했다. 나는 지금 중심부 장의 시작과 중간 사이를 쓰는 중이다. 톨스토이의 『전쟁과 평화』에필로그에 대해 쓰고 있다. 다시 읽어 보니 톨스토이가 유럽을 **세계의 작은 구석**으로 언급하고 있다. 내 책상 위에는 몽테뉴, 도스토옙스키, 톨스토이, 보르헤스, 반 고흐의 멋진 편지들이 놓여 있다……. 나는 이런 세계에서 사는 것을 좋아한다. 저녁에 키란과 함께 80번가까지 걸어가서 브로드웨이의 레스토랑 야외 테이블에 앉았다. 날씨가 선선해질 때 피시앤칩스를 먹었다.

아침: 밖에 주룩주룩 비가 내린다. 소설에 관한 책을 쓰고 있다. 116번가의 일식—중식 식당에서 뤼야와 점심을 먹는데 밖에서 내리는 빗줄기가 옛 일본 석판화를 떠올리게 한다. 컬럼비아의 비. 뤼야와 함께한 시간. 박물관 걱정……. 이스탄불을 생각하며.

저녁에 우리는 여느 때처럼 메트로폴리탄에 간다. 뉴욕 생활의 가장 좋은 점은 금요일 저녁마다 그림을 보는 것이다. 모네(에트르타!74), 반 고흐, 중국 산수화, 피사로, 세잔 등을 항상 볼 수 있으며 그들과 영원히 단둘이 있을 수 있다. 그 후에는 빨리 집으로 달려가 그림을 그리고 싶다. 하지만 이것은 지나친 낙관주의며, 그럴 힘이 남지 않았다고 느낀다.

나는 내가 빈 페이지를 응시하며 살고, 빈 페이지를 응시하도록 강요하고 있다는 사실을 가끔 잊는다. 그 모든 수고 끝에 내 상상력이 작동하면 빈 페이지가 갑자기 살아난다……. 지난 이십 년간의 세계 소설에 대한 생각. 오늘 글을 쓰며 하루를 보냈다. 코르타사르[75]부터 줄리언 반스[76]에 이르기까지 일련의 소설-소설의 중심축 등에 대해 썼다. 세심한 생각과 엄청난 노력을 기울이며…….

종일 집 밖으로 나가지 않았다.

뉴욕

오후에는 에이버리 도서관[77]에서 소설을 쓴다. 매일 거의 같은 책상에 앉는다. 지하층 서가에 가까운 긴 책상 중 하나다. 소설을 쓰다가 어딘가에서 막힐 때면 가끔—자주 서가 사이를 서성거린다. 에이버리는 세계에서 가장 큰 예술과 건축 도서관이다. 소설을 쓰다가 갑자기 책상에서 일어나 몽유병 환자처럼 돌아다닌다: 서가에서 아무 책이나 집어 든다: 르네상스 건축, 클레; 원근법, 윌리엄 블레이크, 고야, 혹은 《파르켓》[78]의 오래된 호. 오래된 흑백 그림의 도록을 보는 맛은 또 다르다.

뉴욕의 나날들……. 집에서 아침 8시에 일어나 12시까지 일한다. 소설에 관한 책을 쓰고 있다. 그런 다음 사무실에 가거나 뤼야를 만난다……. 사무실에서는 이메일과 끝없이 쏟아지는 이메일, 그리고 박물관 관련 일을 한다. 이런 세부적인 일을 하다 지치면 인터넷을 검색하고, 뉴스를 좀 보고, 튀르키예에서 무슨 일이 일어나고 있는지 알아보려고 한다. 튀르키예 뉴스를 읽는 것은 언제나 숨이 막히고 사기가 떨어진다. 국가의 미래와 관련된 측면에서…… 저속함, 조잡함, 무지, 호전성으로 가득 찬 언론의 담론은 내 마음과 상상력을 더럽히고, 이 모든 무자비하고 끔찍한 정치 세계가 내 영혼을 짓밟기 때문이다…….

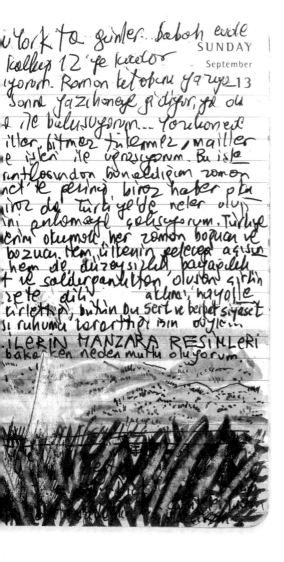

중국 산수화를 보면 행복해지는 이유는 무엇일까?

저녁을 먹은 후 책상에 앉아 다른 몰스킨 공책에 이상한 그림 두 점을 그렸다. 또 중국 화가와 인상파 화가의 혼합, 배, 바위, 내가 좋아하는 산과 바다. 그림에 『모비 딕』 87장 「웅장한 무적함대」의 첫 문장을 쓰고, 이 문장을 바탕으로 그림을 그렸다.

어느 날 아침 나는 불안한 마음으로 케임브리지 거리를 걸었다. 노턴 마지막 장의 마지막 몇 페이지들을 도무지 원하는 대로 쓸 수 없어 묘한 불안감이 밀려오고 불행해졌다.

케임브리지 144
브래틀가

6시 30분에 키란이 아래층으로 내려왔다. 그녀는 나의 세 번째 강의인 '소설 캐릭터'에 관한 내 글을 읽고 있었다. 강의 시작 부분에 대해 약간 의구심이 든다고 말했다. 그녀의 말을 주의 깊게 들었다; 매우 기뻤다—나도 비슷한 의구심을 품고 있었기 때문이었다. // 하지만 나의 이 의구심을 나 스스로에게 숨기고 있었다. 자신감 부족 혹은 게으름. // 사실 이 문제 때문에 어젯밤 잠을 설쳤다. 소설에 대해 쓴 이 책, 노턴 강연, 『소설과 소설가』가 소설을 읽는 행위에 새로운 의미를 부여하고, 우리가 하는 일을—소설가와 독자를 모든 사람이 이해하는 데 도움이 되기를 바랐다.

아침 동네 산책……. 뉴잉글랜드 집들 사이를 아침의 서늘함과 고요 속에 걷는다.

점심을 먹으러 교수 클럽으로 향하다…… 가던 길을 멈추고 지금 사는 이 순간을 세세하게 기록하려는 생각을 했다. 나는 하버드 뜰의 의자에 앉아 공책을 꺼냈다: 풍경의 색채, 분위기, 강의 진행 상황, 회색 구름, 뉴잉글랜드의 나무, 다람쥐, 책, 나뭇잎, 내 앞의 인생—이런 것들을 생각하니 잠시 행복해졌다. 하지만 곧 불행이 다시 찾아와 나를 끌어당겼다. 하버드 뜰의 푸른 잔디밭 위 의자에 앉아 글을 쓴다. 데이비드 담로슈와 몇몇 교수들과 점심. 나는 비교문학 수업에 참여했다. 한 시간 후 집에 돌아와 강의 준비를 했다. //스티븐 킨저[79]와 그 아내 마리안나와 보스턴에서 저녁 식사. 스티븐은 일을 많이 하지만 편안하고 행복한 삶을 살고 있다.

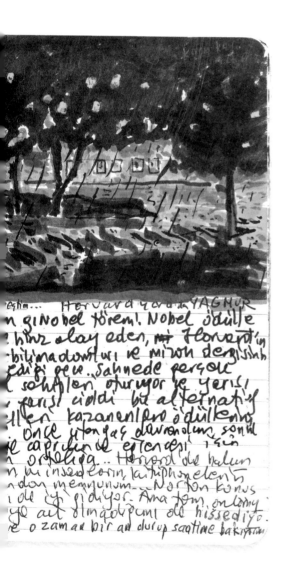

나는 달렸다……. 하버드 뜰에 내리는 **비**.

저녁에는 이그 노벨상 시상식! 노벨상을 조롱하기 위해 하버드의 괴짜 과학자들과 풍자 잡지가 주최하는 밤……. 무대에 실제 노벨상 수상자들이 앉아 있고, 반은 장난스럽고 반은 진지한 이 대안 노벨상을 수상한 사람들에게 상을 준다. 처음에는 부끄러웠지만 내 이름을 호명하자 재미 삼아 사람들 앞으로 나갔다. 하버드에 와서 기쁘고, 이곳 사람들과 도서관 분위기가 마음에 든다……. 노턴 강의도 잘 진행되고 있다. 하지만 내가 이곳에 완전히 속해 있지 않다는 느낌이 들면 잠시 멈춰서 시계를 본다.

리옹행 기차에서 모차르트를 들으며 공상에 잠기고 생각한다. 소설을 더 많이 써야겠다. 나는 더 독특해져야 한다. 내 마음속에 있는 모든 소재를 용기를 갖고 다루어야 한다……. 하지만 불면과 피로가 나를 서서히 끌어당겨 빠른 기차 안에서 잠들고 말았다. 피곤하다.

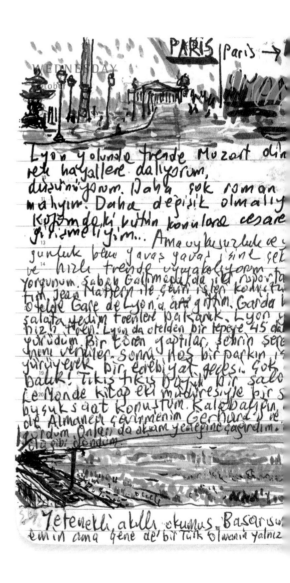

오전에는 갈리마르 출판사에서 두 번의 인터뷰를 진행했다. 호텔에서 장 매터와 번역 문제를 논의했다. 리옹 기차역에 갔다. 역에서 기차를 보며 샐러드를 먹었다. 리옹으로 가는 길, 고속 열차! 리옹의 호텔에서 언덕까지 사십오 분 정도 걸었다. 기념식을 거행해 나에게 도시의 명예 훈장을 수여했다. 그런 다음 멋진 공원을 걸으면서 문학의 밤이 개최되는 곳으로 향했다. 사람들이 정말 많았다! 크고 꽉 찬 홀! 나는《르 몽드》의 책 부록 여성 담당자와 한 시간 삼십 분 동안 이야기를 나누었다. 청중 속에서 나의 독일어 번역가 게르하르트 부부를 발견했다. 나는 그들도 저녁 식사에 초대했다. 호텔로 반쯤 죽은 상태로 돌아갔다.

재능 있고, 똑똑하고, 교육을 많이 받고…… 성공에 대한 확신이 있지만 여전히 튀르키예인이라는 외로움…….

리옹 → 밀라노: 아침 5시 30분에 일어났다. 씻고 옷을 입었다. 하루에 다섯 시간만 자도 충분할까? 모르겠지만 어떻게든 해 보려고 노력 중이다, 어떻게 될지 지켜보는 수밖에. 리옹의 마지막 아침 시간⋯⋯.

리옹 공항에 앉아 비행기 출발 시간을 기다리고 있다. 밀라노에서 클라우디오 마그리스와 인터뷰가 있다. // 비행기에 올라 대부분의 질문을 서면으로 답했다. 그러면서 한편으로는 비행기 창문을 통해 안개 속에 솟은 알프스산맥의 뾰족하고, 어둡고, 높은 봉우리를 사진에 담았다.

리옹

말펜사 공항에 있는 그랜드 호텔 밀라노의 멋진 방에 짐을 풀었다. 클라우디오 마그리스와 인터뷰. 나보다 열 살 위다. 독문학 교수. 지적이고, 자상하고, 친절하고, 교양 있는 진정한 지식인이다. 올해 그는 독일 출판 서점 협회 평화상을 수상했다. 식사하면서 그에게 곧 노벨상 발표가 있을 거라고 말하며 어쩌면 이번에 당신이 수상할지도 모른다고 놀리기도 했다. 다음 주에 발표할 거라고 그는 말했다. 분명 그도 노벨상에 관심이 있고 기대하는 것 같았다. 하지만 노벨상이 발표되었고, 헤르타 뮐러가 수상했다. 나는 기뻤다. 독일에서 그녀를 만난 적이 있다. 사려 깊고, 감성적이며, 심오한 여성이다. // 저녁에는 극장에서 『순수 박물관』 관련 모임이 있었다. 그리고 마르코, 야세민, 안드레아, 카를로 등 알고 지내는 사람들과 함께 스탕달 레스토랑에 갔다. 스탕달이 왜 이탈리아를 사랑했는지 이해할 만하다. 나는 이탈리아를 사랑한다.

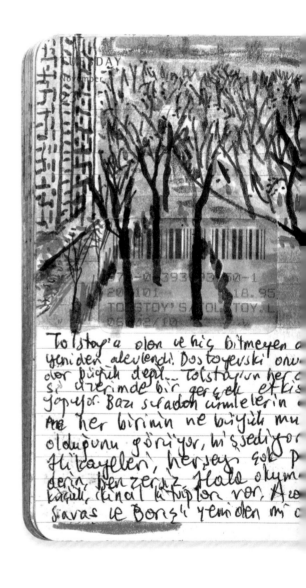

톨스토이에 대한 끝없는 사랑이 다시 불타올랐다. 도스토옙스키는 그만큼 위대하지 않다……. 톨스토이의 모든 문장은 나에게 진실한 영향을 미친다. 평범한 문장에서도 기적 같은 무언가를 보고, 느낀다. 그의 이야기, 모든 것이 너무나 훌륭하고 심오하고 독특하다. 내가 아직 읽지 않은 그의 작고 부차적인 저서들이 있다. 『전쟁과 평화』를 다시 읽어야 할까.

보스턴 공항에 일찍 도착했다. 비즈니스 라운지에서 이메일을 보냈다. 엠레에게 박물관 관장을 찾는 걸 도와 달라고 부탁했다. 그런 다음 게이트로 갔다. 티켓을 보여 주고 안으로 들어갔다: 탑승교의 줄은 아주 길었다. 나는 게이트에서 일하는 직원 한 명에게 티켓을 건네고 이스탄불에 전화해 무라트와 박물관 작업에 대해 이야기했다. 문득 승무원이 나를 잊어버렸을지도 모른다는 생각이 들었다. 그녀는 나를 보고는 비명을 지르며 비행기를 멈추라고 고함치기 시작했다.

우리는 뛰었다. 비행기 문은 닫혀 있었다. 그녀는 주먹으로 문을 두드리며 소리를 질렀다. 비행기 문이 열렸고, 나에 대해 일등석 승객이라고 알렸다. 내 잘못이 아니어서 많이 부끄럽지는 않았다……. 비행기를 놓칠 뻔했다. 비행기를 절대 놓치고 싶지 않았다.

샌타모니카 해변

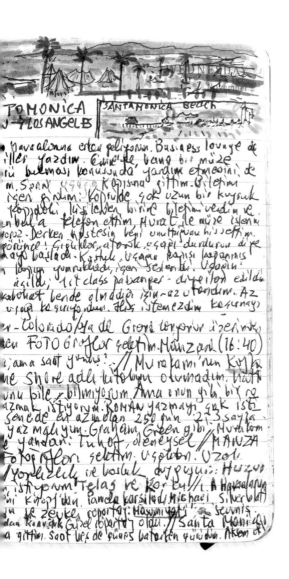

덴버—콜로라도/ 또는 그랜드 캐니언 상공을 지나갈 때 사진을 찍었다. 풍경은 (16:40)쯤, 그런데 사진의 시간이 틀리다……. // 나는 무라카미의 『해변의 카프카』를 읽지 않았고, 심지어 무슨 내용인지도 모른다. 하지만 그런 소설을 쓰고 싶다. 몹시 소설이 쓰고 싶다. 적어도 일 년 중 250일 정도는 하루에 두세 쪽의 소설을 써야겠다. 그레이엄 그린처럼, 무라카미처럼. 하지만 한편으로는: 이상하고 실험적인. // 풍경 사진을 몇 장 찍었다. 비행기에서. 먼 산들. // 고독과 공허. 나는 평온을 원한다, 원하고 있다. 불안과 두려움. // LA 공항에서 노프 출판사의 파멜라가 나를 맞이했다. 마이클 실버블랫과 길고 즐거운 인터뷰: 그는 『순수 박물관』이 마음에 든다고 말했다. 우리는 소설에 대해 이야기했다. 좋은 인터뷰였다. // 샌타모니카 해변에 갔다. 해 질 녘 5시에 산책을 했다.

아침: 호텔―베벌리 힐튼. 수영장 옆에서 아침 식사. 호텔 로비에서 네이선 가델스[80]와 인터뷰. 노프 출판사의 파멜라가 나를 로스앤젤레스 다운타운에 데려다주었다. 《LA 타임스》에 글을 쓸 비트 시인이 옛 LA를 보여 주었다: 프랭크 게리의 디즈니 콘서트홀, LA 타임스 빌딩. 「블레이드 러너」를 촬영한 브래드버리 빌딩. LA 도심을 걸어서 좋았다. 아르메니아 보석상, 히스패닉 군중→(참고 : 12시부터 1시 사이에 있었던 일인데 카메라 시계는 세 시간 앞선 뉴욕 시간을 보여 준다.) 그 후 패서디나에서 라디오 프로그램에 출연했다. 십일이 년 전 미국에서 첫 북 투어를 할 때처럼. 책을 읽지 않은 진행자의 질문에 나는 호의를 가지고 대답했다. 그리고 LA 언덕에 있는 게티 박물관과 연구 센터에 갔다. 커다란 행복. 박물관 관장 토커스가 세 시간 동안 안내해 주었다.

그는 『순수 박물관』의 독일어판을 주문했고, 사무실에 『내 이름은 빨강』이 있었다.

로스앤젤레스

독수리 둥지나 수도원 같은 이곳; 인도의 파테푸르 시크리를 연상시켰다. 박물관장 토마스 베른하르트는 분노에 가득 찬 세계 최대 규모의 예술사 도서관을 안내했다. 지하 수장고와 서고, 사진과 건축 설계도를 볼 수 있는 유리로 된 방, 연구원들의 방이 있다. 객원 작가-연구자를 위한 방들…… 연구와 집필을 하도록 나를 이곳에 초대했다…… 산 정상의 바위에서 해안 너머 멀리 연무가 가득한 태평양이 보인다. 삶을 벗어나 역사와 문서 사이에서 살 수 있는 낭만적인 수도원이다. 그 후 박물관을 둘러보았다: 전에 본 적 없는 샤르댕과 고갱을 보았다…… 아, 그림을 보고, 상상하고, 그리고, 내 그림이 사랑받고 멋지다는 것을 느끼는 것. // 어두워진 후 박물관을 나서면서 본 풍경은 카스파르 다비트 프리드리히의 풍경화 같았다. // 우리는 어둠 속에서 한 시간 만에 LA 시내로 내려갔다. 리틀 도쿄의 극장에서 관객 450명을 위해 『순수 박물관』을 짧게 낭독했다. 즐거웠다. 사람들이 웃었다. 마음이 편안하다.

피곤하다……. 한밤중이 훨씬 지나 5시에 깼다. 그러다 다시 잠들 수 있었다. 5시 이후 이 두 번째 잠에서 이상한 꿈을 꾸었다: 포르노 테이프. 작은 스파이 카세트[81]가 도자기 꽃병처럼 금이 가며 깨지면서 갑자기 끔찍한 **두려움**을 느꼈다.

로스앤젤레스에서 샌프란시스코로 날아가는 동안 멀리 이상하고 텅 빈 바위섬을 사진으로 찍었다. 13시—카메라 시계로는 16시일 것이다……. 이후 내가 그린 어두운 산 그림을 떠올리게 하는 사진을 몇 장 더 찍었다……. 풍경화에 관한 책을 쓰고 싶다. 에세이와 재현에 관한 책인 동시에 소설인. 비행기에서 먼 산과 뾰족한 바위, 어두운 산등성이를 바라볼 때 나는 풍경과 세상이 영원하다는 것을 느낀다. 13시 20분경(16시 20분) 험준한 산, 바다 구름이 어우러진 모습을 사진에 담았다.

사실 나는 절망적인 낭만주의자다. 죽기 전에—『먼 산』이라는 책을 쓰고 싶다. 먼 땅, 그 안개 자욱한 산 풍경을 그리고 꿈꾸는 것에 관한. 나는 이 낭만적인 갈망과 풍경의 설렘을 내 영혼 가장 깊은 곳에서 느낀다. 하지만 왜 그런지 모르겠다. 바위, 안개, 바다가 뒤섞인 아래 풍경을 바라보면 내 마음속의 두려움, 사람과 세상의 사악한 면들을 잊는다. 풍경을 바라보면 나는 행복해진다. // 샌프란시스코 공항에 마중 나온 1951년생 히피이자 음악가인 가이드가 책과 종이 냄새 가득한 예스러운 독립 서점 엠 이스 포 미스터리(M is for Mystery)로 나를 데려갔고, 거기서 사인회를 했다. // 친절한 정치학 교수와 함께 TV 인터뷰. // 에르다으를 만나 술집에서 이야기를 나누었다. 교회의 넓은 회의실이 꽉 찼다. 밖에도 줄이 길었다. 기분이 좋았다. 재미있고 성공적인 낭독회였다. 이제 내 소설의 어느 부분을 읽을지 안다. 사랑의 고통이 어떻게 퍼지는가/ 물에 등을 대고 수영하는 방법. // 뒷골목 그리고 영화인들 // 쿠르드인 남성이 나에 대한 호감과 존경을 열렬히 표현했다. 좋은 말을 많이 했다. 나는 기분이 좋았다.

마이애미에서, 아니 더 정확히 말하면 마이애미 비치의 로우스 호텔 해변에서 조용하고 편한 하루. 새 소설—**댓글 작성자**의 세부 계획을 세우고 있다. 해변에 앉아 있는 동안. 한편으로는 루소에 관한 레오 댐로시의 책도 읽고 있다. 어떻게 루소 같은 사람이 존재했을까? 산과 알프스 풍경에 대한 그의 관심……! 해변의 긴 의자에 누워 **댓글 작성자**의 많은 세부 사항을 생각하고, 소설의 뼈대를 눈앞에 그려 보았다. 새로운 소설의 줄거리를 구상하고, 이 소설을 상상하는 기쁨: 가상의 사람들, 분노에 찬 군상. K와 X의 만남, 분노에 찬 악마 같은 여성 **댓글 작성자** 등등.

마이애미 비치의 로우스 호텔

소설을 빠르게 구상하면서 한편으로는 당장 쓰고 싶다. // 노프 출판사에서 일하는 오랜 친구 실라, 벤 모저와 저녁 식사. 그들도 마이애미 도서전에 왔다. 벤은 클라리시 리스펙토르[82]의 전기를 썼다. 내가 그의 책에 대한 추천사를 썼다. 실라는 사랑스럽고, 마음씨가 곱고, 재미있다.

행사를 주최한 서점과 행사에 참여한 모든 사람이 정말 친절하고 좋았다. 나는 수백 권의 책에 오랫동안 즐겁게 사인을 했다. 에스파냐어 번역본. // 호텔로 돌아와 키란을 데리고 시푸드 그릴 식당에서 생선과 와인.

아침에 호텔 방에서 침대에 누워 신문을 읽듯이 레오 댐로시의 『루소의 생애』를 읽었다. 감탄하며. 아들에게 "아들아, 나라를 사랑해야 한다."라고 말했음에도 '반역자'로 낙인찍힌 아버지, 집이 파괴되고 나중에는 압류당한 사실을 떠올리던 중→(19쪽)…… 박물관 설립, 재단 설립 같은 나의 관심 이면에는 튀르키예에 발판을 마련하고, 내 집 철거를 반대하고, 시간을 견디고, 튀르키예에 진심으로 소속되고 싶은 바람이 있다는 것도 깨닫는다. // 아침 식사 후 키란과 함께 마이애미의 아르데코 거리를 걷다…… 아르데코 관광 센터와 기념품 가게에 들어갔다. 그리고 어머니가 쓰시던 수영모가 옛 향수를 불러일으키는 물건으로 판매되고 있는 것을 보았다. 보그 1950년대, 복고풍, 수영모라고 어머니의 수영모 위에 적혀 있었다.(사진 12:27 참고)

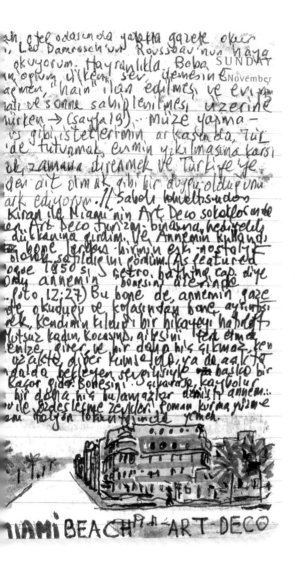

마이애미 비치—아르데코

이 수영모는 어머니가 신문에서 읽고 머릿속으로 수영모와 관련된 세부적인 것을 더해 가공한 이야기를 떠올리게 했다. 불행한 여성, 남편과 가족을 떠나기 위해 바다에 들어갔다 다시는 돌아오지 못했다. 멀리 다른 해변에서 혹은 나룻배를 타고 기다리는 연인과 함께 새로운 삶으로 도망치는 이야기. 어머니는 그 여자가 수영모를 벗었다면 길을 잃었을 테고 다시는 찾을 수 없을 것이라고 말했다……. 루소와 동일시하는 즐거움. 소설 구상, 수영, 이탈리아 레스토랑에서의 식사.

워싱턴의 팔로마 호텔 조찬장에서: 그레고르는 내가 12월 10일로 예정된 박물관 회의를 연기한 것을 못마땅해했다. 나도 마찬가지다. 오늘 아침 다이앤 렘의 라디오 프로그램에 출연했다. 작은 체구에 느리게 말하는 '특징'이 있다. 2004년에 소설 『눈』 홍보 때문에 이 프로그램에 출연했다; 기억이 난다. // 거기에서 워싱턴 레이건 공항으로 왔다. 구운 치킨 샐러드 등을 샀다. 푸드 코트 한구석에 앉아 글을 쓰고 있다. // 고백하자면: 나는 미국 공항, 여행, 도시에서 도시로 이동하는 것을 좋아한다.

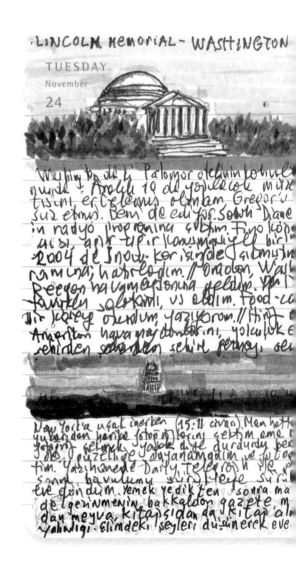

비행기가 뉴욕에 착륙할 때(15시 11분경) 하늘에서 맨해튼의 멋진 사진을 몇 장 찍었는데 승무원이 사진 촬영은 안 된다며 저지했다. 그래도 경치가 너무 아름다워 참지 못하고 사진을 찍었다. 사무실에서 《데일리 텔레그래프》와 인터뷰, 그 후 여행 가방을 질질 끌며 집으로 돌아왔다. 식사 후 동네를 산책하고, 구멍가게에서 신문을 사고, 청과물 가게에서 과일을 사고, 서점에서 책을 사는 소박한 즐거움. 나는 내 손에 들린 물건들을 생각하며 집으로 돌아왔다.

추수 감사절. 아침 대부분을 집에서 글을 읽고 생각하며 보냈다. 키란은 어머니 집에 갔다. 일종의 공허감. 아수만에게 전화했다: 우리는 박물관 작업이 더디게 진행되고, 아직 공사가 시작조차 되지 않았다고 불평했다. 무라트와 이야기했다. 공허함을 느꼈다. 아마도 소설—이야기—글을 쓰지 않아서. 새 소설이나 이야기를 쓰기 시작해야겠다. 노턴 강의록을 마지막으로 수정해 건네주어야 하고, 에브리맨의 『내 이름은 빨강』 서문도 써야 한다.

불이 켜져 있는
내 아파트

더니얄 뮈나딘[83]의 단편 소설들을 재미있게 읽었다. 전기 기사 나와브딘. 좋았다. 좋은 이야기를 읽는 것이 내게 행복을 안겨 주었다. 그후 잠시 나의 새 소설을 상상하고 생각했다. 5시에 뢰야가 아래층에 도착했다. 하늘이 어두워지기 시작할 때 나는 우리 아파트 사진을 찍었다. 내가 사는 곳만 유일하게 불이 켜 있었다.(17:01) 이후 뢰야와 함께 이야기를 나누며 리버사이드 공원을 따라 72번가까지 걸었다. 68번가의 로우스 영화관에서 표를 샀다. 식당에 가서 아버지와 딸은 행복하게 저녁을 먹었다. 그런 다음 아버지와 딸은 꼭 붙어 앉아 코맥 매카시의 소설 『로드』를 각색한 영화를 보았다.(아들이 영화에 출연했다.) 행복하고 즐거운 저녁이었다. 뢰야가 있어서 정말 행복하다.

샤르프-게르슈텐베르크 콜렉션, 슐로스스트라세 70. 11시에 그레고르와 브리기타를 만났다. 그레고르가 입구를 디자인하고 개조한 초현실주의 박물관을 아주 꼼꼼히 둘러보았다. 안드레아스와 안나 로베도 오전에 왔다. 고야, 피라네시, 막스 에른스트 등. 루소의 당나귀와 섹스하는 여자 그림, 낯섦. 이탈리아 레스토랑에서 점심, 그 후 그로피우스 박물관으로 갔다. 타스위르라는 이슬람 세밀화 전시회…… 내 글에서 발췌한 '의미'라는 글귀를 벽에 붙여 놓았다……『내 이름은 빨강』을 쓰고 수년이 지나 세밀화를 보니 좋았다.

흰색

사람

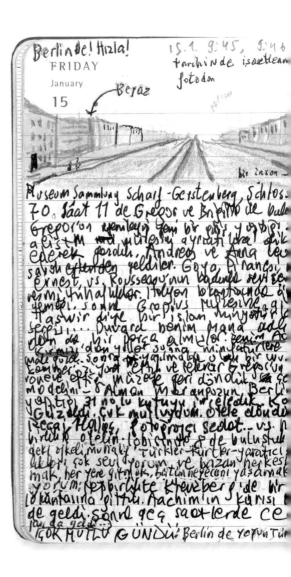

그 후 우리는 공사 중인 진품실을 방문하고 다시 그레고르가 개조한 박물관으로 돌아왔다. 독일 목수가 베를린에서 만든 31번 진열장 서랍 모형을 살펴보았다. 우리는 내내 이야기했다. 좋았다. 매우 행복했다. 우리는 호텔로 돌아왔다. 저녁 8시에 호텔 로비에서 레자이 할라치, 사진작가 세다트 등 모두 함께 만났다. 나는 베를린에 있는 분노에 가득 찬 반대파 튀르키예인—쿠르드인—창조적인 사람들을 매우 좋아하며, 때로 모든 사람을 만나고, 어디든 가서 모든 흥분을 직접 경험하고 싶다: 우리는 모두 크로이츠베르크의 에스파냐 식당에 갔다. 아힘의 아내 카린도 왔다. 그리고 밤늦게 젬과 다른 사람들도 왔다…….

아주 행복한 날이었다: 베를린에 튀르키예인이 이렇게 많다니! 모든 것이, 우정과 사랑이 나를 행복하게 했다.

베를린→바르셀로나

추운 베를린의 아침. 밤새 못 잤다. 하지만 묘한 행복감. 베를린의 거리, 공항, 모든 곳이 텅 빈 것 같다. 뮌헨을 경유해 바르셀로나로 갈 때 비행기에서 좋았고, 뮌헨 공항에서 뤼야, 키란, 박물관 보조자 무라트에게 전화했다. // 바르셀로나의 마제스틱 호텔 로비는 튀르키예 항공 직원, 승무원, 매니저로 가득하다. 순간적으로 놀랐다. 바슈킴 셰후[84]와 저녁 식사. 그의 아버지는 과거 알바니아에서 엔베르 호자 다음으로 권력자였지만 엔베르 호자의 의심과 편집증 때문에 처형당했다. 아들은 투옥되었다. 그 후 바르셀로나로 망명했고 현재 바르셀로나 현대문화센터의 자문이다. 담배를 피우고, 신경질적이며, 아주 좋은 사람처럼 보인다. 그에게 이상적인 전시 계획을 그려 보였다. 우리는 세상의 같은 지역에서 같은 문화를 공유하는 사람처럼 금세 친해졌다.

→전시 계획은 위를 참고.

바르셀로나 현대문화센터(CCCB)가 '파묵의 이스탄불'이라는 제목의 전시회를 제안했고, 나는 수락했다. 그들은 조이스의 더블린, 카프카의 프라하, 보르헤스의 부에노스아이레스 전시회를 개최한 적이 있다. 그래도 나는 아직 살아 있다. 나는 1973년부터 손으로 소설을 써 왔다. 드로잉, 낙서, 사십 년 동안 간직한 공책, 사생활, 그림. 초고, 손 글씨, 그림의 힘/위엄이 전시의 중심이 되어야 한다. 미로를 따라 이 중심을 향해 나아갈 때 이스탄불의 역사, 실루엣, 사진, 사물 등 도시의 이미지와 상징부터 나의 아카이브에 이르기까지 이스탄불의 모든 것을 볼 수 있다.

3시에 박물관 건물에서 그레고르와 만났다. 공사는 언제나 그렇듯 우리 계획보다 느린 속도로 진행되고 있다. 저녁에 그레고르, 여성들, 쳄…… 나는 그들을 지한기르의 사보이 해산물 식당으로 데려갔다. 박물관에서 일하는 사람들을 데리고 저녁 식사를 하는 습관. 식당은 손님들로 꽉 찼다. 다른 테이블에 앉은 사람들이 멀리서 내 사진을 찍자…… 명성, 외로움, 불안감이 불현듯 떠오른다. 나는 어느 시점부터 사람들과 인파를 견디지 못한다. 어떤 안 좋은 일, 어떤 평범한 안 좋은 일이 내게 일어날 것 같다: 그냥 그렇게 느낀다.

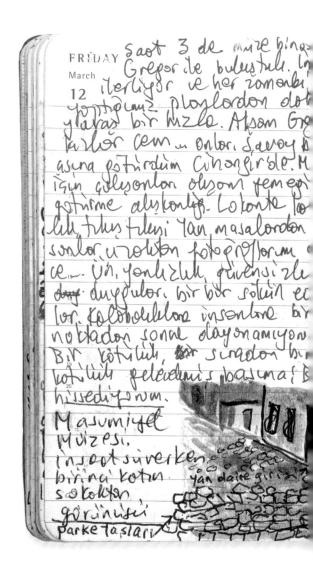

옆집 아파트 입구

판석

순수 박물관.
공사가 진행되는 동안 거리에서 바라본
1층 전경

소설을 한 단어 한 단어 써 내려가며 완성하듯 오브제들을 하나하나 배치하며 박물관을 완성하려 한다. 가장 어려운 부분은 평범한 사물에서 시를 이끌어 내는 것이다. 내 상상력이 느려지고 일상의 평범함이 모든 것을 더 어렵게 만든다. 안간힘을 쓴다. 아침에는 그림을 그린다.『내 이름은 빨강』서문을 마지막으로 한 번 더 검토하고 마무리하려 한다. 무의미하고 공허한 느낌…… 차라리 메블루트 이야기 속에 들어가고 싶다. 솔직히 말하면 튀르키예의 분위기, 신문 등도 내가 절망하는 또 다른 이유다. 지난 오 년은 언론이 나를 덜 괴롭히고 비교적 평온한 시기였지만 군사 쿠데타를 노리는 세속주의자들과 정치적 이슬람주의자들 사이의 끊임없는 다툼, 편협함은 나를 지치게 만들었다.『검은 책』을 집필했을 때처럼 혼자만의 시간을 더 많이 가져야겠다. 가장 중요한 것은 신문을 절대 읽지 말아야 한다는 것이다……

← 이전의
입구

이집트-카이로로 가는 길, 공항에서—몇 년 전 몇 번이나 이게 마지막이다 하며 담배를 피웠던 곳에 왔다. 나 자신을 억제하지 못하고 라흐마준[85]을 주문했다. 비행기가 프린세스 제도와 부르사 상공을 지나 남쪽으로 향할 때 사진을 찍었다. // 비행기에서 나는 큰 공책에 매일 예닐곱 쪽을 쓰기로 결심했다. 내가 인생에서 원하는 것······ 글쓰기······ 글쓰기에 대한 열정······ 행복과 욕망에 관한 주제······ 비행기에서 내 옆자리에 앉은 신사는 보수적인 인쇄업자. 카이로 공항에서 키란이 나를 맞이했다. 우리는 차를 타고 기차역으로 갔다. 피곤하다. 오래되고······. 가난하고. 카이로의 인파. 찻집에서 나는 파란색 공책에 글을 쓴다. 기차를 탔다. 카이로에서 알렉산드리아로 가는 동안 날이 어두워졌다. 이 풍경 속에 깊은 우울이 녹아 있다······ 빛······ 가난한 마을들······ 보라색 빛으로 사라진다. 알렉산드리아에서: 윈저 팰리스 호텔, 옛 분위기가 물씬 풍긴다. 하지만 우리 방은 얼음장 같다. 수산시장 레스토랑은 좋았다. 저녁 식사.

알렉산드리아만!

알렉산드리아. 밤에 호텔 방에서 바지를 입은 채 잤다. 추웠다. 방은 얼음장 같았다. 알렉산드리아는 춥고 바람이 많이 분다! 밤중에 일어나 키란에게 불평했다! 아침. 거리. 우리는 서점을 돌아다녔다. 금요일 인파. 나는 커다란 파란색 공책에 자세히 적는다. 카바피스[86]의 집, 텅 비었다. 슬프다. 박물관으로 바뀌었다. 관장이 전시를 새 단장 중이다. 서로 인사를 나누었다! 우리는 한참 거리를 돌아다녔다. 가끔 찻집에 들러 수첩에 메모하기도 했다. 알렉산드리아: 도시를 걷고, 찻집에 들러 글을 쓰고, 돌아다니고, 쓰고……. 키란과 나는 호텔 맞은편의 찻집에 왔다. 하도 걸어서, 차가운 망고주스를 마셔서 목이 아팠다. 몸을 따뜻하게 하려고 큰 잔에 차를 마셨다. 찻집은 남자들로 가득하다. 카드놀이, 그리고 다른 비슷한 게임을 하고 있었다. 물담배, 담배 연기……. 켜 놓은 텔레비전, 담배 냄새 등등 헤이벨리섬의 찻집이 떠오른다……. 우리는 세실 호텔에 갔다. 더럴[87]의 소설에 나오는 호텔. 나는 이 세상에 대해 써야 한다. 평범한 곳. 우리는 다시 이곳 수산시장 레스토랑에 왔다.

아침에 우리는 호텔 꼭대기 층의 조식 식당에 앉아 한 시간 동안 글을 쓴다. 한 달 동안 시작하지 못한 『제브데트 씨와 아들들』 번역판 '후기'에 좋은 시작이 떠올랐다. 『부덴브로크가의 사람들』보다는 니샨타시의 발전과 몰락에 대해 언급할 것이다…… // 옛 오스만 제국 시절의 마을, 유명한 알렉산드리아 등대 유적으로 지어진 성까지 산책. 마차를 타고……. 가난한 동네를 보면 기운이 빠진다. 알렉산드리아 도서관. 건축적인 관점에서 나쁘지 않다! 그러나 안에 있는 책들은 매우 빈약하다. 내부는 학생들로 가득 찼다. 전 세계에서 기증받은 책들이 있다. 편안한 공간, 책상, 컴퓨터……. 내가 어렸을 때 이스탄불에 독자들을 존중하고 이 정도의 책을 구비한 도서관이 있었더라면 절대 떠나지 않았을 것이다! 이후 마흐무디야 운하를 따라 가난한 지

역…….

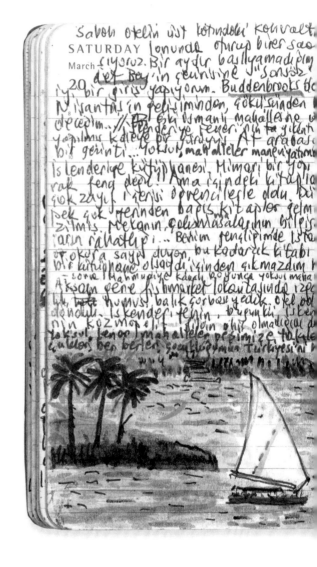

저녁에 우리는 다시 수산시장 식당으로 가 생선구이, 후무스, 생선 수프를 먹었다. 호텔 방으로 돌아왔다. 오늘 본 알렉산드리아는 국제적인 면모가 전혀 없다고 생각하며. 가난한 외곽 마을, 우리 뒤를 따라오는 아이들, 이발사들은 어린 시절의 튀르키예를 떠올리게 했다.

아침 6시에 일어났다. 우리는 호텔 꼭대기 층에서 아침을 먹고 알렉산드리아 기차역으로 갔다.(사진 몇 장을 찍었다.) 두 시간 십오 분의 여정에서 나일강 삼각주, 당나귀에 올라탄 마을 사람들, 주변의 모든 것을 인내심을 가지고 관찰했다. 푸른 들판, 가난한 마을, 관개 수로, 흙길, 트럭, 찻집, 밀밭, 소, 야자나무, 작은 마을, 아이들······. 전봇대, 운하, 푸른 들판, 시골길, 마을······. 정말 많은 것을 보았다. 그리고 모든 것을 이해하고 느끼려 애쓰면서 간절히 바라보았다. 그러다 기차가 들판 가장자리에 멈췄다. 마차에 채소를 싣는 농부의 사진을 몇 장 찍었다.(9:34) 7시 50분에 알렉산드리아역에서도 좋은 사진을 많이 찍었다.

렉산드리아 → 카이로 → 아스완

카이로역에서 공항으로 이동했다. 그리고 비행기를 타고 아스완으로 날아갔다. 먼저 엘레판티네섬에 있는 호텔 모벤픽 아스완에서 수영을 했다. 그 후 잎이 무성한 정원이 내려다보이는 책상에 앉아 『제브데트 씨와 아들들』의 후기를 쓰며 가끔 고개를 들어 앞을 지나가는 요트들을 바라보았다.

오늘 아침 일찍 젬 비조가 녹음해 보내 준 인터뷰를 들었다. 별로 좋은 인터뷰가 아니었다; 반복되는 내용이 있었다. 보드룸에서 레스토랑과 나이트클럽을 경영하며 성공을 거둔 사람의 이야기였다. 왠지 그 남자에게 화가 났다. 그의 성공 이야기가 전혀 마음에 들지 않았고, 동시에 내가 이런 세부적인 것에 관심을 갖는다는 데 기분이 나빴다. // 키란과 짐을 쌌다. 우리는 그리스로 휴가를 떠난다. 박물관 작업에 지치고 짜증이 났다. 튀르키예의 박물관 일을 뒤로하고 소설 세계로 들어가고 싶었다. 예실쾨이 공항에서 라흐마준을 먹었다.

우리는 아기오스 콘스탄티노스 마을에 도착했다. 먼저 예실쾨이에서 **아테네**까지 비행기로 갔다. 키란이 예약한 택시를 타고 저녁 8시에 이곳에 도착했다. 우리는 한 시간 동안 바다에서 수영을 했다. 이상한 벌레들이 우리를 물었다. 지중해의 아름다움, 바다의 어둠, 수영…… 이 모든 것이 내 고뇌를 덜어 주었다. 튀르키예에서 느끼는 끝없는 억압, 위협, 박물관 개관에 대한 두려움, 그 밖의 다른 문제들. 안 좋은 기억들. 파시스트들로부터 숨기 위해 머리에 모자를 쓰고 이스탄불에 사는 것…… 이것들이 익숙하고 지겹기도 하다. 나는 해외에서 편안하고 자유롭다. 더 창의적이고, 더 소설가가 될 수 있다. 억압과 살인은 예술과 자유로운 목소리의 적이다.

작은 마을 아기오스 콘스탄티노스의 아침. 에게해에서 불어오는 시원한 바람. 이 모든 것이 순식간에 내 마음에 명료함과 행복을 가져다준다. 지치지 않고 박물관을 끝내야 한다……. 하지만 나를 진정 들뜨게 하는 것은 새 소설이다:『내 마음의 낯섦』. 젊은 친구들이 수집해서 보내 주는 인터뷰도 모든 것이 나를 들뜨게 한다. 하지만 결국 이 책의 진정한 힘은 내 상상력에서 비롯하리라는 것을 안다. 다른 소설도 읽고 싶지 않다: 나 자신을 밀어붙여 이 소설을 위해 새로운 무엇인가를 발견을 해야 한다. 시원한 아침 공기 속에서 이 발견의 힘과 나 자신의 자유를 느낀다.

로니소스성으로 가는 길에 창문에서 바라본 풍경

알로니소스로 가는 페리에서 이어폰으로 모차르트를 듣다가 잠들었다. 아주 달콤한 잠이었다……. 거의 사십오 분. 작년에도 피렌체에서 토리노로 가는 길에 날아갈 듯 산길을 따라가며 모차르트를 들었고—안개 속에서 특별한 깊이를 느꼈다. 지금:『내 마음의 낯섦』의 플롯, 질감, 폭력성, 줄거리가 갑자기—자는 동안 해결된 것 같다. 문득 '내 소설이 내게로 왔다!'라고 생각했다. 나는 충분한 경험이 있다. 이것은 착각이다. 하지만 이 착각이 나를 행동에 옮기도록 자극한다: 인생 전체를 볼 수 있다고 생각하는 것과 같다! 이렇게 해서 나는 내 소설이 재미있고 아주 익살스러워야 한다고 생각했다. 잠에서 깨자마자 키란에게 이 모든 것을 이야기하고, 그리스의 바위섬들로 둘러싸인 페리에서 소설의 새로운 줄거리를 쓰기 시작했다. 페르하트를 죽여야 한다고 생각했다. 메블루트를 대신해서 혹은 실수로. 물결치는 바다에서 쌍동선이 천천히 움직인다. 알로니소스 부두에서……. 거짓말쟁이, 허접한 사기꾼 렌터카 서비스 중개인…… 어쨌든…… 결국 우리는 소나무 숲 사이로 아름다운 만이 내려다보이는 하얀 집에 도착했다.

모든 불확실성과 고통 끝에. 아침에 갑자기—10시경 우울한 기분 상태에서 조증 상태로 변했다. 이와 동시에, 아니 어쩌면 삼십 분 전에 다음과 같은 결정을 내렸다: **박물관을 완성하되 개방하지 마. 문에 자물쇠를 채우고 숨겨.** 너 자신을 **박물관으로** 파괴하지 마. 새로운 소설을, 메블루트의 모험을 써! 다른 모든 것은 잊어, 잊어, 잊어.

이 소설은 피카레스크 소설이다. 돈키호테-산초 판자-디킨스류의 유머 등이 형이상학적인 고민과 결합하여 전개된다. 토마스[88] 부부와 즐거운 오후와 저녁.

저녁에 바다에서 수영하고 활기차게 새로운 에너지로 책상에 앉아 소설을 쓰고 상상하는 것은 얼마나 큰 행복인가.

목요일에 이어 나는 내 소설을 좋아한다. T.와 마르가레타와 함께 저녁을 먹고(구시가지

9시에 일어나서 소설을 쓰려고 애를 썼다. 11시에 토마스와 마르가레타를 차에 태워 북쪽의 한 해변으로 갔다. 아기오스 디미트리오스. 사해를 떠올리게 하는 멋진 해변. 자갈들. 바다의 투명함, 멋진 푸른색은 믿을 수 없을 정도로 아름답다. 나는 어린 소년처럼 바다에 뛰어들고, 물속에서 공중제비를 돌고, 소설을 생각하며 수영했다.

그리고 한 타베르나[89]에서 맛있는 점심…… 태양, 지중해의 푸른색, 올리브나무의 초록색. 우리는 집으로 돌아왔다. 낮잠. 소설. 꿈. 저녁에 토마스와 마르가레타가 왔다. 나는 그들을 위해 구운 고추와 가지, 자즈크[90] 등을 만들었다. 와인, 대화. 토마스는 한트케에 대해 이야기했다. 밤. 모차르트. 5시와 7시 사이에 메블루트와 페르하트의 전기 검침-민영화 등의 이야기를 썼다. 이 장은 이미 한 번 썼다. 너무 교훈적이다. 시적인 면이 없다. 이 장 전체를 다시 쓰려고 한다. 하지만 어렵다. 소설 쓰기가 얼마나 어려운지 다시 떠올린다.

소설을 쓰지 않은 지난 넉 달 동안 글쓰기가 낭만적이고 달콤하다고 생각했다. 그리웠으니까. 그런데 필요하지만 골치 아픈 장에 갇히자 글쓰기가 얼마나 어려운 일인지 즉각 깨달았다.

(······서) 조금 걸었다. 그런 다음 나는 자동차로 그들을 알로니소스섬 내부의 바위가 많은 지(······)와 숲으로 데려갔다—구불구불한 숲길을 따라. 밤! 귀뚜라미. 우리 위의 별, 은하수. 우리(는) 황량하고 칠흑 같은 곳에 차를 세우고 깊고 짙은 푸른 하늘, 세상, 우주의 고요, 별들에 시(선을) 돌렸다. 메블루트도 이런 것들을 할 수 있다.

241

아침에 우리가 누워 있는 침대 위로 달콤한 햇살이 들어왔다. 잠시 후 일어나 9시부터 12시까지 세 시간 동안 글을 쓰며 소설 속으로 깊이 들어갔다. 메블루트와 페르하트는 쿠르툴루시의 한 식당에 앉아 있다. 페르하트는 식당의 불법 전기 사용에 대한 사례를 들며 메블루트에게 계량기 검침 일을 가르치고 있다. 내가 잘 아는 주제. 아기오스 디미트리오스에서 수영하고 스테니 발라에서 점심을 먹은 후 집에서 계속 소설을 썼다. 소설의 단순함과 가벼움이 나를 즐겁게 하고 불안하게 만들기도 한다. 하지만 지금 다시 쓰는 이 장은 앞으로 쓸 좋은 장을 위한 준비다―인내심을 가져, 오르한.

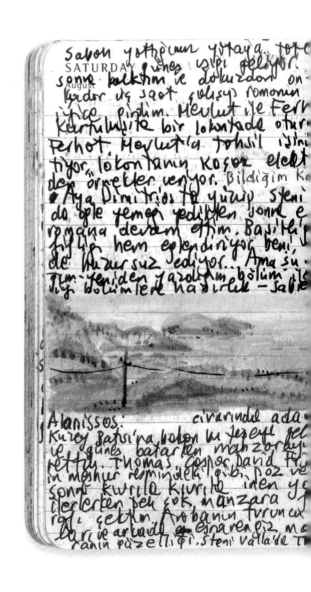

우리는 섬 북서쪽이 내려다보이는 알로니소스 근처의 이 언덕에 올라 일몰 풍경을 감상했다. 토마스는 카스파르 다비트 프리드리히의 유명한 그림 속 남자 같은 자세를 했다. 이후 구불구불한 길을 따라 내려오면서 많은 풍경 사진을 찍었다. 자동차의 주황색 헤드라이트와 우리 뒤에 펼쳐진 신비로운 풍경의 아름다움. 스테니 발라에서 토마스 부부와 마지막 저녁 식사. 진정한 친구들. 좋은 친구들.

아침에 소설의 가장 단순하고 평범한 페이지를 쓰며……. 모차르트의 피아노 협주곡 21번 2악장을 집중해서 듣고 있다. 메블루트와 페르하트의 전기 검침에 관한 대화는 마치 음악의 힘으로 살아나고 이 세상의 평범함에서 이탈하는 것 같다. 하지만 음악은 나를 오도하지 않는다. 이 음악이 내 소설에서 신성함, 사랑, 사후 세계에 속하는 심오한 무언가가 될 듯한 느낌이다. 이 심오함은 이스탄불에서 메블루트의 산책과 상상력을 통해 드러날 것이다.

어제 본 이 풍경을 공책을 가지고 다니며 언제든 펼쳐서 보기 위해 그림으로 그렸다. 오로지 소설을 쓰고, 모차르트를 듣고, 수영을 했던 요즈음의 아름다움이 항상 이 그림과 함께 내 곁에 있었으면 해서. 풍경을 그림처럼 보는 것은 잘못이다. 그림을 풍경처럼 바라보아야 한다. 저녁에 집에서 고추와 호박구이, 자즈크 등을 만들어 먹었다. 한편으로는 소설 생각을 하면서. 소설을 쓰는 것이 얼마나 어려운 일인지, 작가가 얼마나 절망적인지 잊고 있었다.

매일 아침 7시 30분에 일어나 소설을 상상하며 차-커피를 만들고 과일 깎기. 십오 년 동안 이렇게 살아왔다. 예전에는 새벽 4시에 잠자리에 들곤 했다. 지난 십오 년 동안은 11시에 잤다. 매일 아침, 전날 쓴 글이 마음에 들지 않을지도 모른다는 공포! 소설의 세계는 얼마나 섬세한가! 작가의 확고한 자신감이 요구된다……. 믿지 않더라도 믿어야 한다. 상상력이 작동하려면 작가가 자기 세계를 믿는 것이 필수다. 9시 30분에 주룩주룩 여름비가 내리기 시작했다. 키란과 함께 바다에 들어갔다. 청록색 바다, 납빛 하늘, 물에 비친 소나무의 초록색. 내 머릿속의 소설. 멀리 가 오르한, 물속을 헤엄치듯 다른 등장인물들의 삶 속으로 헤엄쳐나가. 바다에서 헤엄칠 때 내게 빗방울이 아니라 다른 사람들의 삶과 단어들이 떨어지는 것 같았다. 침대 시트, 책, 심지어 소설을 쓰던 공책까지 젖었다.

같은 장인 '메블루트—페르하트 식당에서'를 세 번째로 수정하며 다시 쓰고 있다. 오후가 되면 힘이 소진된다. 소설을 쓰다 막히면 자신감 결여와 불신이 죽음처럼 나를 압도한다. 나는 스스로에게 말했다. 주위를 돌아, 오르한, 침착해, 기죽지 마. 그리고 바다에서 한동안 수영했다. 바다에서 등을 대고 뒤로 헤엄쳐 갈 때 소설의 조각들이 내 상상 속에서 합치되어 하나의 전체를 이루었다. 저녁에 항구에서 인터넷과 형편없는 검색.

빗속에서 수영하며 본 풍경
물속 바닥은 투명하고 조약
하나하나가 반짝반짝.

아침. 새로운 장을 시작하기 전의 두려움: 이 소설은 어디로 가는 걸까? 잘될까? 두려워하지 마, 오르한, 나는 스스로에게 말한다. 나는 모든 소설을 이렇게 썼다. 낯선 미지의 나라. 『눈』의 카르스 혹은 『내 이름은 빨강』의 세밀화가들; 또는 『내 이름은 빨강』에서 에니시테의 영혼이 천국으로 가는 여정을 쓸 때 자신감이 넘쳤나? 이 두려움은 항상 존재했다. 그렇다, 설렘과 행복도 느꼈다. 내가 쓴 것들이 얼마나 독창적인지 느꼈으니까.

우리는 언덕에서 언덕으로 자동차를 타고 돌아다녔다

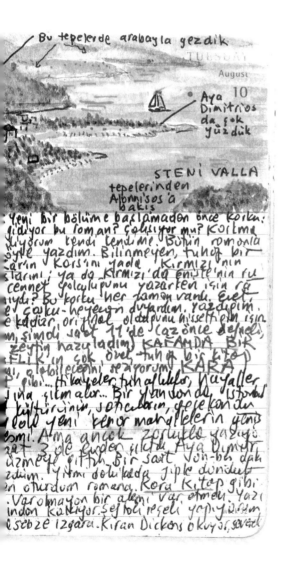

아기오스 디미트리오스에서
수영을 많이 했다

스테니 발라의 언덕에서
바라본 알로니스소스 전경

사실 지금 11시에(방금 월계수 잎과 백리향을 넣은 올리브를 준비했다.) 나는 『내 마음의 낯섦』이 특별하고 기이한 책이 될 것이며, 그럴 수 있다는 것을 감지했다. 『검은 책』처럼…… 이야기, 기이함, 상상들, 주제 벗어나기…… 동시에 이스탄불의 하위문화, 노점상, 무허가촌 혹은 새로운 변두리 마을에 대한 광범위한 그림이다. 하지만 글을 쓰는 데 어려움을 겪고 있다. 3시에 우리는 집을 나섰다. 아기오스 디미트리오스로 헤엄치러 갔다. 나는 한 시간 십오 분 동안 수영했다. 지프를 타고 이십 분 만에 돌아왔다. 『검은 책』처럼 힘든 작업. 존재하지 않는 세계를 존재하게 하는 것. 나는 책상에서 일어나 복숭아잼을 만든다. 그런 다음 야채 굽기. 키란은 즐겁게 디킨스를 읽는다.

어젯밤에 수면제를 먹어 아직 잠에서 깨지 못하고 몸과 마음을 빠르게 움직일 수 없었다. 아래에 있는 멋진 만에서 한 시간 동안 수영했다…… 너무 무리하지 않고. 소설에 대해 절망감을 느끼며. 하지만 지금 책상에 앉으니…… 갑자기 '조증' 상태가 되었다: 메블루트의 경제적 어려움에 대한 목록을 작성해야 한다. 내 머리는 소설을 마음에 들어 하며 낙관적으로 속력을 냈다. 그 후 어머니께 생신 축하 전화를 걸었다. "평생을 아무것도 하지 않고 살아서 안타까워……"라고 어머니는 말씀하셨다. "**아무것도 하지 않으면 시간은 아주 빨리 지나가지만 시곗바늘은 도무지 움직이지 않는 것 같아. 점심시간은 절대 오지 않아. 연속극 「금지된 사랑」을 세 번이나 봤단다……**" 메블루트를 감싸고 있는 외로움과 삶과 시간의 의미를 이야기하는 소설 속 인물이 바로 떠오른다……. 소설을 쓴다는 것, 당신이 쓴 소설을 좋아한다는 것은 당신이 경험하는 모든 것을 그 소설에 넣을 수 있다는 의미다…….

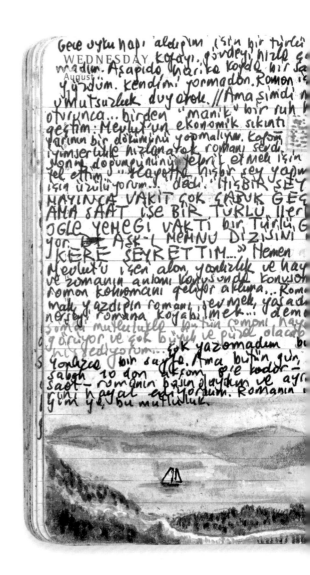

내 상상 속에서 행복하게 소설 전체를 보고, 그것이 아주 광대하고 멋질 것 같다고 느낀다……. 오늘은 글을 많이 못 썼다. 겨우 한 페이지. 하지만 아침 10시부터 저녁 8시까지—열 시간 동안—소설 앞에 앉아 세부 사항들을 상상했다. 소설 속에 있는 것 자체가 바로 행복이다.

어젯밤 스테니 발라에서 숭어구이-화이트 와인을 먹고 집으로 돌아왔다. 얼마 지나지 않아 정전이 되었다. 바로 잠들었다. 옆집 마초 남자들이 서로 싸웠다고 한다. 아침에는 전기도 안 들어오고 물도 나오지 않았다. 내 휴대폰도 배터리가 다되어서 어쩔 수 없이 부두로 내려갔다. 커피, 머핀, 인터넷, 전화 등도 해결하기 위해. 12시까지 전기가 들어오지 않았다. **소설 쓰기가 얼마나 어려운지, 어쩌면 몇 년이 걸릴지도 모른다는 생각이 강하게 들었다.** 소설을 완성하고 나면 마치 앉은자리에서 한 번에 모든 것을 상상했다고 생각하는 경향이 있다. 하지만 그렇지 않다. 나는 바늘로 우물을 파듯, 거의 내 손톱으로 파듯 상상하고, 구상하고, 끊임없이 수정하면서 이 모든 세상을 구축한다.

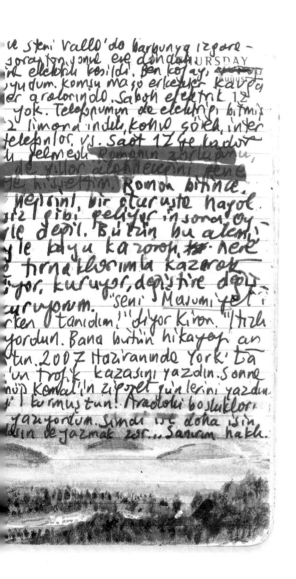

"나는 당신이 『순수 박물관』을 쓸 때 만났어요!"라고 키란이 말했다. "당신은 정말 글을 빨리 쓰더군요. 줄거리를 다 말해 줬어요. 2007년 6월에 요크에서 퓌순의 교통사고에 대해 썼죠. 그리고 다시 돌아가서 케말이 그녀의 집을 방문하는 이야기를 썼고요. 당신은 이미 모든 것이 준비되어 있었어요! 빈 부분들을 즐겁게 채워 나갔지요. 지금은 아직 시작 단계이니 쓰기 어렵겠지요……." 어쩌면 그 말이 맞다.

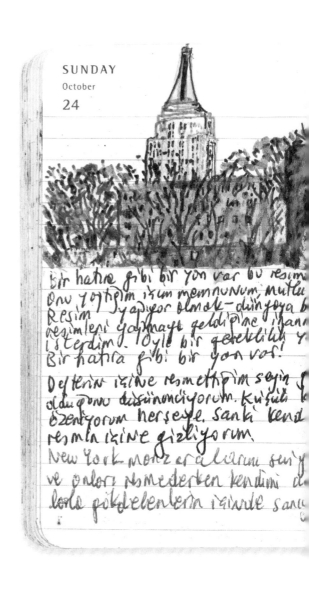

이 그림에는 추억 같은 무언가가 담겼다. 이 그림을 그려서 기쁘고 행복하다. 그림을 그린다는 것—이 그림을 그리기 위해 세상에 왔다고 믿고 싶다. 이런 것은 없다. 어떤 추억 같은 면이 있다! 나는 공책에 그린 그림이 아름답다고 생각하지 않는다. 작게 작게 세심하게 신경 써서 그린다. 마치 그림 속에 나 자신을 숨기는 것 같다. 나는 뉴욕 풍경을 좋아하고, 그림을 그릴 때면 나 자신이 고층 빌딩과 나무들 사이에 있는 듯한 착각이 든다.

나는 이 공책에 모든 것을 작게 작게 적는다. 마치 세상을 이 안에 숨기고 있는 것 같다. 마치 내가 살 수 없는 삶을 이 페이지에서 살려고 하는 것 같다. 내가 살고 싶은 삶=화가의 삶. 하지만 나는 그 삶으로 넘어가지 못했다! 글쓰기를 통해 삶을 재현하는 것이 얼마만큼 위로가 될 수 있을까? 이런 질문을 하지 않고 가던 길을 계속 가야만 한다…… 머나먼 산악 지대로의 여행. 결국 모든 비밀, 혹은 신이 이 문제를, 이 세상을 어떻게 보는지는 이 꿈에서 드러날 것이다. 하지만 마지막에 무슨 일이 일어날지 알기 전에 두려움에 떨며 깨어난다. 나는 그 꿈의 흔적을 풍경화로 기억한다, 그렇다.

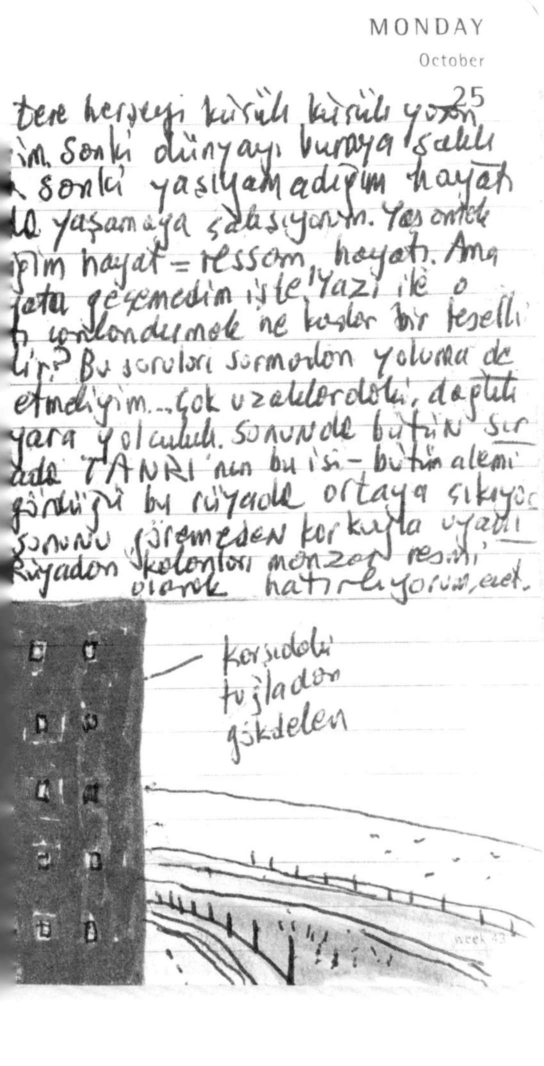

맞은편에 있는
벽돌로 된
고층 빌딩

249

아침이면 요즘 매일 아침 그랬듯이 리버사이드 드라이브를 삼십 분간 걸었다. 쌀쌀한 11월의 추위. 개를 산책시키는 뉴요커들. 가게에서 과일을 좀 샀다. 소설: 공허함. 사실 일을 제대로 하지 못했다. 오후에 사무실에 가서 이메일과 그 밖의 잡다한 일들을 하며 시간을 보냈다.

아침. 94번가에 있는 호텔을 살펴보았다. 기차를 타고 72번가에서 내렸다. 66번가의 반스 앤드 노블 서점에서 책을 뒤적거렸다. 날씨가 추웠다. 이제 코트가 필요한 계절이다. 하지만 뉴욕의 추운 아침에 가방을 들고 브로드웨이를 걷는 것만으로도 만족한다. 일찍 도착했다. 42번가. 타임스스퀘어와 브로드웨이 주위를 잠시 돌아다녔다. 뉴욕의 평범한 시간을 음미했다. 일, 책, 독서, 글쓰기……. 지금 뉴욕 거리를 돌아다니는 것이 너무 즐겁다……. 지금 카페에 앉아 브로드웨이를 오가는 사람들을 바라보며 이 글을 쓰고 있다. 조지 안드레우와 점심 식사……. 시간이 빨리 지나간다. 조지와 더 많은 시간을 보냈으면 좋았을 텐데.

눈-바람. 짙은 회색. 평온한 오르한은 집으로 가는 길에 104번가와 브로드웨이 모퉁이의 카페 피자에서 연어 샌드위치와 커피로 점심을 먹으며 손님이 두고 간《뉴욕 타임스》를 읽는다. 일요일 아침 거리. 식당은 사람들로 가득하다. 나는 버틀러 도서관에서 이메일을 확인하고 에이버리 도서관으로 왔다: 도서관에서 소설을 쓰는 행복……. 한편으로 수업 시간에 가르칠『안나 카레니나』를 읽고; 한편으로 보자 장수 메블루트의 모험을 쓰려고 한다……. 소설과 홀로 남는 것, 톨스토이를 읽고 내 소설에 대해 생각하는 것: 이러한 것들이 진정 커다란 행복이다. 저녁에 키란과 우디 앨런의 최신 영화를 보러 갔다.「환상의 그대」. 가볍고 쉽지만 항상 그랬듯이 이야기의 힘은 여전하다. 호기심을 가지고 관람했다.

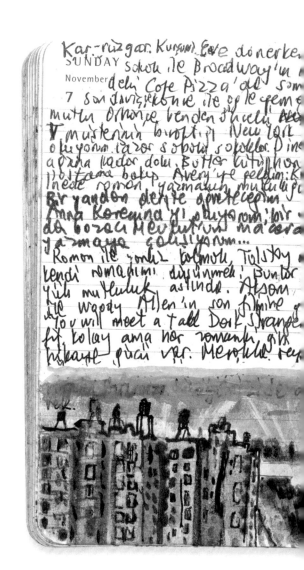

아침에 집에서 세 시간 동안 소설과 씨름했다. 좋다. 메블루트가 아버지와 함께 요구르트를 들고 가는 장면……. 그가 먹는 점심…… 등등. 바람이 많이 분다. 흐리고, 어둡고, 비가 내리는 날씨, 글쓰기에 적당하다! // 하지만 얼마 후 나는 갑자기 에이버리 도서관에 와 이스탄불에서 온 이메일을 확인하고 있다. 화가 머리끝까지 났다. 아주 쉬울 거라고 생각했던 숙련된 수공 작업이 어렵다. 끝없이 계속되는 박물관 문제에 지쳤다. // 화가 나면 내 머릿속의 멋진 소설 장면들이 바래고, 마음은 오염된다: 박물관 일로 속이 상해 지금 쓰고 있는 소설이 엉망이 된다. 암스테르담 병원 맞은편에서 점심을 먹었다. 바람, 눈 같은 비, 추위. 써, 오르한, 써. 나는 도서관 지하층에서 메블루트 이야기를 쓰려고 온 힘을 쏟아붓는다.

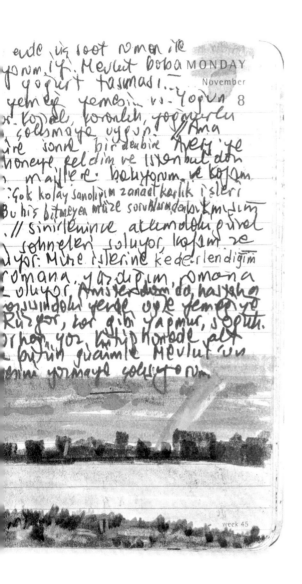

어두운 밤이 채 끝나기도 전에 나는 혼자 그림자처럼 깨어났다. 그림자처럼 우리는 에드먼턴의 춥고 조용한 거리를 지나갔다. 공항에서 기다리는 동안 나는 『안나 카레니나』의 마지막 장을 읽기 시작했다: 다시, 화요일에 있을 수업을 위해: 그러다 문득 『내 마음의 낯섦』의 줄거리, 즉 플롯에 대한 해결책을 찾았다. 메블루트는 유럽인들을 잡아먹은 개 이야기와 하이으르스자다섬 이야기를 잘 알고 있다……. 그리고 그의 목표는 이 주문을, 이 결정(그러니까 개들이 그를 공격하는 이유)을 제거하는 것이다. 이렇게 해서 나는 2007년에 이 소설을 처음 상상할 때 구상했던 이야기로 돌아갔다.

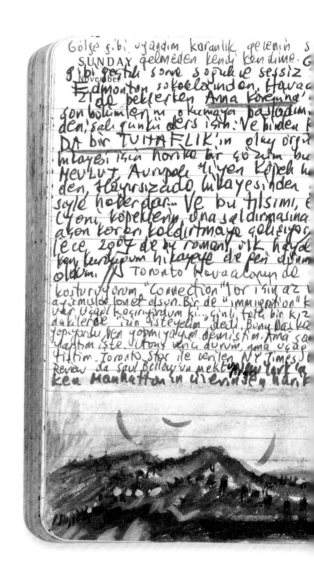

나는 토론토 공항을 다시 뛰어다니고 있다. 그들은 '연결편'에 충분한 시간을 할애하지 않았다, 제길. 게다가 '입국 심사' 대기 줄도 있다. 비행기를 놓칠 뻔했는데…… 친절한 중국인 소녀가 줄 선 사람들에게 '양해를 구하자'고 제안했다. 다른 사람들은 그러고 있었지만 나는 그러지 않기로 결정했었다. 하지만 결국 그렇게 했다. 부끄러운 상황이지만 간신히 비행기에 탔다. 《토론토 스타》와 함께 제공되는 《뉴욕 타임스》 북리뷰에 실린 솔 벨로의 편지들. 뉴욕을 향해 하강할 때 맨해튼 상공에서 멋진 비행.

어젯밤 뉴욕에서 나는 낯설고 우울한 에드먼턴에서 보고 경험한 것들을 공책에 열심히 적었다. 이것들을 공책에 적어야겠다고 여러 번 생각했다. 예를 들면 이런 것들: 토요일 점심시간에 고층 빌딩 사이를 연결하는 다리를 지나 '푸드 코트'에 도착했다. 가난한 사람들, 노숙자들. 그들은 값싼 패스트푸드를 파는 햄버거 가게 VJ 근처에 앉아 시간을 보냈다. 나는 되네르 케밥과 샐러드를 파는 아랍인 남자와 이야기를 나누었다. "어디서 오셨어요?" 내가 튀르키예와 뉴욕이라고 말했더니 그는 브롱크스에서 되네르 케밥을 팔았는데 장사가 잘 안 되어 여기로 왔다고, 여기는 돈도 많고 일거리도 많다고 했다. 나는 키란에게 내 책 사인회에 온 사람들에 대해 이야기했다. 또 언제부터인지 모르지만 내가 비서구권, 제3세계인 독자들의 작가가 된 것 같다고 말했다.

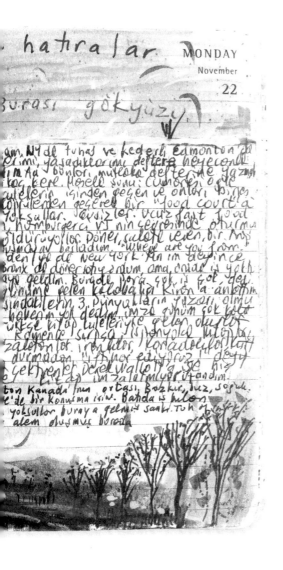

그리고 추억

이것은 하늘

내 책 사인회에 많은 인파가 몰렸다. 튀르키예어판 책을 잔뜩 들고 온 독자들, 아랍어, 루마니아어, 세르비아어, 에스파냐어판 책에 사인을 해 달라는 사람들. 이란인, 캐나다인, 쿠르드인, 그리고 계속해서 내가 자랑스럽다며 사진을 찍은 사람들. 데릭 월컷[91]에게 아무도 책에 사인해 달라고 요청하지 않았다. 나는 부끄러웠다. 에드먼턴은 캐나다의 한가운데에 있다. 대초원, 얼음, 추위. 나는 대학에 강연하러 왔다. 서양에서 일자리를 구한 모든 가난한 사람들이 이곳에 온 것 같다. 여기에 묘한 세계가 형성되었다.

108번가와 허드슨을 지나는······.

'유럽인을 잡아먹는 개'를 처음에는 볼테르류의 짧은 철학적 '콩트', 즉 우화라고 생각했다. 10월 초에 그렇게 생각하고 있었다. 이 책은 짧아야 한다. 볼테르류의 유머와 단순함, 그리고 볼테르의 『캉디드』, 『자디그』 등의 '빠른 서술'이 있어야 성공한다. 적어도 이 소설은 길게 쓰지 마, 오르한, 나는 스스로에게 말한다. 그러다 천천히 어떤 이야기를 생각하기 시작했다: 내가 생각했던 철학 소설이 그렇게 더욱 풍성해졌다; 백과사전적인 책으로 바뀌었다. 그때 내가 작업하던 본보기, 즉 내 상상 속의 본보기는 『캉디드』에서 『모비 딕』으로 바뀌었다. 일종의 동서양의 정신 상태, '유럽인을 잡아먹은 개'에 관한 이야기다. 브루스와의 수업은 잘 진행되었다. 지금까지 중 가장 집중적이고 훌륭한 수업이었다. 내가 주로 말하고 설명했다.

어젯밤 꿈에서 요구르트 장수들을 보았다. 등지게 끝에 달린 양동이에 요구르트를 담아 팔고 있었다. 아, 요구르트 양동이가 바로 이렇게 생겼구나라고 꿈속에서 생각했다. 아침에, 지금, 소설을 쓰면서 혼자 물었다. "내가 어디서, 어떤 사진에서 그 요구르트 양동이를 처음 보았지?" 키란과 정오 무렵까지 집에서 작업했다. 우리는 아니타[92]를 만나기 위해 125번가에서 오후 4시 기차를 타고 콜드스프링으로 갔다. 아니타의 무릎 반월판에 문제가 생겼다. 그녀를 위해 슈퍼마켓에 가서 장을 보았다. 그런 다음 집에서 토마토와 고추를 곁들인 생선 요리를 만들었다. 나는 아니타를 정말 존경한다. 이 마음을 더 많이 표현할 수 있으면 좋겠다. 방문하기를 정말 잘했다.

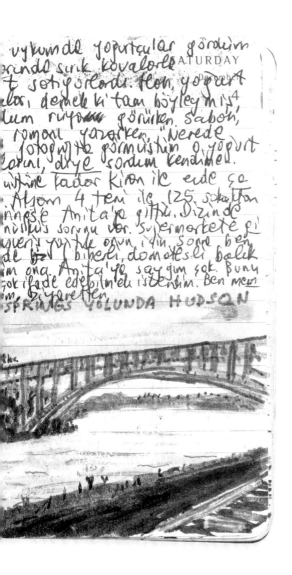

콜드스프링으로 가는 길의
허드슨강

우리 침실에서 바라본 조지 워싱턴 다리 모습이다.

아침에 집에서 메블루트를 상상하며 행복하게 소설을 쓴다. 메블루트와 몇 년 동안 친하게 지낼 것 같아 기쁘다. 일하는 즐거움, 글 쓰는 즐거움.
키란은 여전히 콜드스프링에 있다, 아니타 곁에. 뤼야와 점심 식사.

이 소설이 얼마나 방대하고—풍부하고—복잡할 수 있을지 다시 한번 생각해 본다. 가르시아 마르케스의 『백 년의 고독』을 다시 읽고 있다. 강력하고 풍부하며 가벼운 면이 있다. 읽을수록 내 안의 야망이 더 좋은 것을 써, 오르한이라고 말한다. 예를 들어 방금 나는 하퍼판 16쪽에서 "그들은 새로운 집시들이었……"로 시작하는 보르헤스식 단락을 읽었다. 훌륭하다. 멋지다. 영리하다. 나는 『내 마음의 낯섦』에서 더 잘하려고 노력해야 한다. 이 소설의 주제와 분위기는 시도할 가치가 있다……. 저녁에 막연한 허탈감에 빠졌다가 책상에 앉아 일을 시작한다. 메블루트와 그 아버지가 큰아버지 압바스 집을 방문했을 때, 큰어머니 사피에와 라이하를 처음 봤을 때 등등. 모든 것이 복잡하고 뒤죽박죽이다.

작가 엘리자베스 코스토바와 르 몽드에서 점심 식사. 베스트셀러 역사 소설 『역사가』의 작가다. 우리는 런던과 워싱턴에서 열린 도서전에서 만났다.

남편은 불가리아인으로 불가리아에서 문학 단체를 운영한다. 그녀는 나를 그곳에 초대했다. 지적이고 회화 예술에 관심이 많다. 친절하고 좋은 사람이다. 학교로 가는 길에 노점상들이 팔던 헌책으로 집에 새로운 도서관을 꾸몄다! 대부분 사망한 교수들의 오래된 책들이다. 예술 서적에 관심 있는 사람들을 위해 1950년대와 1960년대에 출판된 최초의 저렴한 컬러 삽화 서적, 흑백 사진 카탈로그. 르네상스, 유명 화가 등. 간혹 익히 아는 중국이나 일본 예술에 관한 책들……. 나는 생각한다. 글을 쓴다. 도서관. 책상, 책. 나는 평생을 이것들과 보냈다. 이야기로 들어가 그 안에서 세부적인 것들과 씨름하며 산다.

키란과 나는 25번가와 6-7번가 사이에 있는 벼룩시장에 갔다. 이곳에서 '순수 박물관'에 전시할 시대별 물품과 퓌순을 위한 선물을 많이 샀다……. 사실 키란이 가고 싶어 했다. 집에서 나올 때 나는 그다지 내키지 않았고, 박물관 작업부터 목수, 건축가, 페인트공, 예술가 등 모든 사람이 얼마나 느린지 지쳐 있던 상태였다.

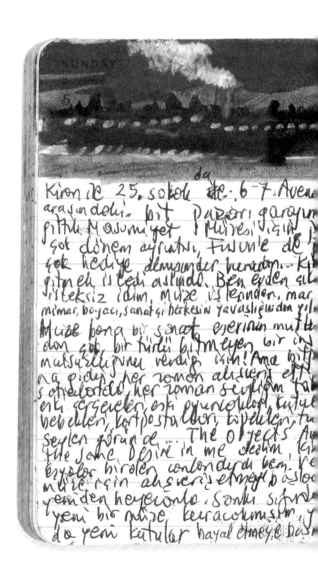

사실 박물관은 내게 예술 작품의 기쁨보다는 도무지 끝나지 않는 공사의 비참함을 가져다주었다! 하지만 벼룩시장에 가 항상 물건을 사던 상점에서 내가 좋아하던 액세서리, 오래된 액자, 오래된 장난감, 상자, 인형, 엽서, 개 인형, 그리고 이상한 물건들을 보자……. 물건들이 욕망을 일깨워 주었어라고 키란에게 말했다. 물건들이 갑자기 나에게 활력을 불어넣었다. 그리고 다시 즐겁게 박물관을 위한 쇼핑을 시작했다. 마치 처음부터 새로운 박물관을 만들거나 완전히 새로운 진열장들을 상상하는 것처럼.

나는 매서운 추위 속에서 동아시아 도서관으로 걸어갔다. 다리는 꽁꽁 얼어붙고, 안에는 잠옷을 입었고, 사기가 떨어졌다. 옷차림도 기분도 모두 엉망이다. 한 시간 삼십 후 같은 길을 따라 다시 걷는다. 헨리의 식당에서 로버트 핀과 점심. 그는 『고요한 집』을 잘 번역하고 있고, 잘할 것이다. 봄이 지나면 튀르키예 혹은 뉴욕에서 만나 함께 검토할 예정이다. // 학생들과 함께한 마지막 강의. 똑똑하고, 재기 발랄하고, 열심히 공부하는 학생들이 올해 나를 행복하게 해 주었다. 강의가 끝나자 학생 전체가 박수를 보냈다. 잘했어! 때로 어떤 학생들은 기발한 말들을 한다. 저녁을 먹기 전에 뤼야와 「백인의 것」이라는 영화를 보러 갔다. 뤼야는 정말 열심히 공부한다.

나는 **중국 산수화**에서 영감을 받아 그린 이 두 페이지를 특별히 『먼 산의 기억』의 바로 이 지점에 배치했다.

2011년 가을에 남미를 여행하던 중 여자 친구 키란 데사이와 헤어졌고 다시는 만나지 않았다. 나에게 매우 힘든 시기였다. 아슬르를 다시 만나기 전까지.

자정이 지나 새벽 2시 30분에 일어나서 소설 『내 마음의 낯섦』을 완성했다. 아침에 아슬르에게 이 사실을 알렸을 때 아슬르와 나의 첫 반응은 "믿을 수 없어!"였다. 우리 둘 모두에게 감격스러운 순간이었다. 아슬르가 아니었다면 『내 마음의 낯섦』이 지금과 같은 형태를 갖추지 못했을 뿐 아니라 소설을 완성할 수 없었을 것이다.

난데없이 아슬르는 메블루트가 라이하를 납치하는 장면을 소설 중간에서 초반으로 옮기자고 제안했다. 나는 이유조차 묻지 않았다. 그녀가 말한 대로 하고, 이에 따라 소설을 다시 썼다. 그리고 아슬르가 많은 부분의 압축을 제안했는데 이 역시 받아들였다. 특히 지난여름에 그녀가 말한 것들을. 그녀의 압축 제안 메모를 살펴보면서 그녀가 옳다고 생각했고, 약간 고민하고, 다시 담배를 피우기 시작하고, 다음 날 아침에는 끊었다. 영리하고 아름다운 아슬르가 그다지 아름답지 않은 라이하에게 공감하는 점도 좋았다. 나는 매일 아슬르에게 읽어 주고, 함께 상의하면서 책을 완성했다. 내가 운이 좋았는지 모르지만 메블루트도 운이 좋다……

구겐하임 미술관에서 발튀스의 유명한 거리 그림을 조용히 감탄하며 오래도록 바라보다가 나도 '이렇게' 그려야겠다고 생각했다. 커다란 유화, 이스탄불의 '거리'나 그 내부 혹은…… 즐거움: 그림을 상상하는 것. 초현실주의적 상상력과 구성을 결합하는 것……. 이 큰 그림을 몇 년 동안 공책의 작은 크기로 고민한 후 그려서 박물관에 전시해야겠다는 생각을 했다. 피에로 델라 프란체스카의 영향을 이제야 깨달았다. 아, 내가 두 번째 인생을 산다면 튀르키예 사람들이 삶을 사랑하게 하고, 그들에게 이야기할 수 있는 크고―새롭고―세부적인 것들로 가득 찬 그림을 그리고 싶었다. 이 그림들이 무엇인지 상상하고 단어들로 풀어낸 한 남자의 이야기?

FRIDAY

December

17

çok yazmam düşünmem gereken konu:
yazma heyecanım ile denize
bakma arasındaki ilişki. Uzak
bir motora, balıkçı teknesine te
bakan çocuk! O çocuk benim elbette.
mutlu oluyor o çocuk denizi görünce.
"deniz"i görmek evden, kalın
perde güneşten, insanlardan, arabalar
dükkanlardan - hayattan ayrılmış
mekandan çıkış hayatın çok
geniş, derin, eğlenceli ve mutlu
olacağını görmek! görebilmek!
Bu anlam da "deniz", ufuk
ile birlikte günlük hayatta
zak kaldığım bir genişliğin,
lüğün 'ifadesi' oluyor elbette.
Yerimde özgürüm, ama evin
bana bu duyguyu bir tek manza
onyor. Manzara hayata ve hayal
ve bir davettir de evet...

더 많이 쓰고 생각할 것들: 그림을 그리고 싶은 충동과 바다, 물을 바라보는 행위 사이의 연관성……. 멀리 모터보트, 어선, 배를 바라보는 아이! 물론 그 아이는 나다. 아이는 바다를 바라볼 때 너무 행복하다. '바다'를 보는 것은 집, 무거운 커튼과 햇빛, 사람, 자동차, 상점, 삶과 분리된 먼지 쌓인 공간에서 벗어나 훨씬 더 넓고, 깊고, 즐겁고, 행복한 또 다른 삶이 있으리라는 것을 본다는 의미이기 때문이다. 물론 이런 의미에서 '바다'는 수평선과 함께 일상에서는 경험할 수 없는 어떤 광활함과 자유의 표현이다. 상상 속에서 자유롭지만 집 안에서는 오로지 '풍경'만이 내게 이런 느낌을 준다. 그렇다, 풍경은 또한 삶과 상상으로의 초대다…….

오후. 카라쾨이에서 페리를 타고 카드쾨이로 이동. 덥다…… 카드쾨이 페리의 상갑판. 미동 없는 치명적인 여름 더위 속에서 이스탄불은 고요하다. 심지어 지방 도시 같다. 코슈율루 거리. 골동품 가게들. 벼룩시장. 오후 5시가 되면 도시는 인파로 가득 찬다. 모든 사람이 거리로 나온다. 감자와 홍합 튀기는 냄새. 토요일의 즐거움을 만끽하기 위해 나온 사람들. 이번에는 더위와 빛이 이스탄불에 완전히 다른 모습을 선사한다.

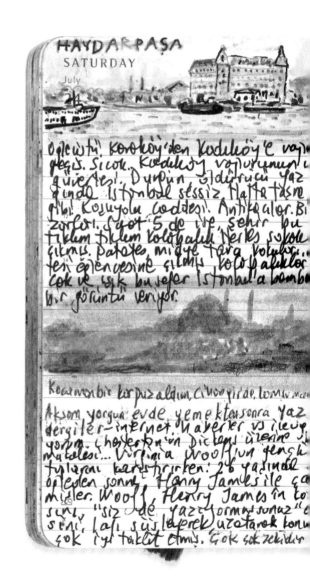

지한기르의 근처 청과물 가게에
서 커다란 수박을 사 먹었다.
저녁이면 지치고, 집에서 저녁을 먹은 후 글, 잡지-인터넷, 뉴스 등을 훑어본다. 체스터턴[93] 이 쓴 디킨스에 관한 에세이…… 버지니아 울프의 젊은 시절 편지를 훑어본다. 스물여섯 살이던 어느 날 오후 그녀는 헨리 제임스와 차를 마셨다. 울프는 제임스의 말투, "당신도 글을 쓰나요."라고 말한 것, 화려하고 장황한 화법을 매우 훌륭하게 흉내 냈다. 울프는 아주아주 영리하다.

비가 왔다

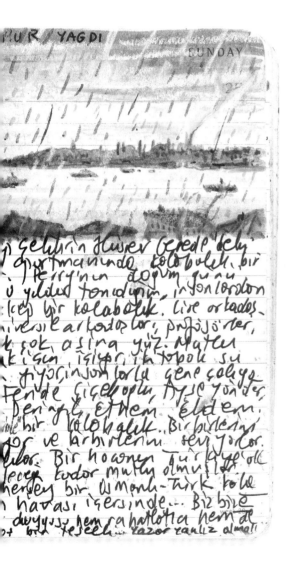

휘스레브 게레데 거리에 위치한 제이네프 첼리크의 우무르 아파트에서 열린 파티에 많은 사람이 참석했다. 페리의 생일. 사십 년 동안 알고 지낸 사람들이다. 고등학교와 대학교 친구들, 교수들 등. 대부분 익숙한 얼굴들. 나는 행복해지기 위해 술을 마시고, 수뵈레이[94] 두 접시를 먹고, 손님들과 수다를 떨었다. 페리데 치체코을루, 아이셰 윈데르, 셀림 데린길, 에드헴 엘뎀. 즐거운 사람들……. 모두가 서로 알고 존중하고 좋아한다. 그들은 튀르키예의 어느 학자들보다 행복하다. 그러나 모든 것이 오스만-튀르크인들 모임의 분위기를 풍긴다……. 우리끼리라는 느낌은 편하지만 공허한 위로이기도 하다……. 작가는 혼자여야 한다.

소설 『눈』의 에브리맨 서문을 마치고 이스탄불 구글 지도를 열어 경로를 확인했다. 누리 씨는 12시 30분에 왔다. 우리는 택시를 타고 에센테페로 갔다. 한 시간 만에 귈테페 시장에 도착했다. 그곳의 식당에서 이 글을 썼다. 글을 쓰다 말았다. 1시부터 4시 사이에 에센테페에서 아래로 진즈를리쿠유 공동묘지의 담을 끼고 내려와 지도가 텔시즈 마을 인근의 **데레보유** 거리라고 알려 준 길을 따라서 가파른 언덕을 올라 귈테페에 도착했다. 그리고 다시 내려와서……. 이 **지형**이 얼마나 가파른 언덕들로 이루어져 있는지를 소설에 꼭 담아야 한다. 계속 걸었다. 귈테페의 뒷동네! 숨이 막힌다. 좁디좁은 골목길. 인접하여 나란히 자리한 아파트들. 나므크 케말 지구! 나는 북쪽으로 걸어갔다. 이스탄불 '유럽 쪽'의 첫 번째 무허가촌……. 귈테페. 지금은 현대 도시 이스탄불의 일부가 되었다. 그러나 여전히 시골 느낌이 있다. 물론 무허가 건물은 더 이상 없다(한두 채를 제외하고는). 흉물스럽고 낡은 고층 아파트들.

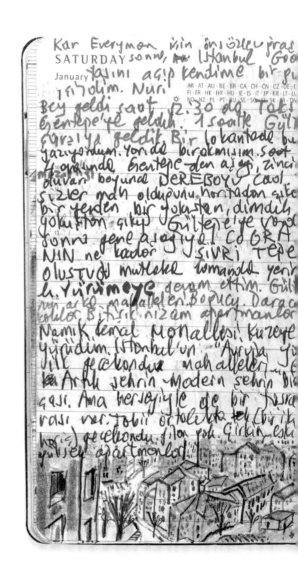

『눈』의 서문을 쓰다가 소설의 필사본을 서랍에서 꺼냈다. 소설이 들어 있던 십 년 된 골판지 상자가 내려앉았다. 페이지들, 공책들, 쓰다 만 페이지, 소설을 위해 적은 메모들……. 모두 사방에 흩어졌다. 소설을 쓰던 그 옛 시절. 마지막 몇 권의 공책과 페이지들을 훑어보았다. 수정한 부분이 거의 없었다. 작품에 몰두해 아주 빨리 썼던 듯하다……. 소설은 빨리빨리 쓰고, 여유 있게 수정해야 한다. 안타깝게도 서문을 완성하지 못하리라는 것을 깨달았다. 이번 새해 연휴는 작업하기 좋은 시간일 수 있었지만 충분히 쓰지 않았다; 쓰지 못했고, 나 자신에게 화가 난다. 일요일 오후의 평화! 고요함! 후회! 이 아름답고 조용한 사흘의 휴일 동안 일을 충분히 하지 못해 짜증이 난다. 그림을 좀 그렸지만 잘 그리지 못했다. 케말이 퓌순의 창문을 올려다보는 니샨타시의 밤 그림. 평범한 '인상파' 그림으로 발전하고 있다. 이 교착 상태에서 벗어날 방법을 찾아야 한다. 메블루트가 되어 다른 모든 것을 잊고 싶다. 다른 한편으로는 지금 박물관 상황이 만족스럽다.

아침에 뉴욕에서 쓴 『내 마음의 낯섦』의 첫 60쪽을 휘스뉘에게 보내 타이핑을 맡기기 전에 다시 한번 훑어보았다. 대체로 좋았다. 이 소설을 쓰고 싶은 욕구가 강하다. 저 박물관만 아니면. 박물관 문제에 대해서 **나는 침착해야 한다.** 나의 눈: 다부트 박사에 따르면 내가 그를 찾은 게 2005년 1월, 그러니까 육 년 전이다. 근시가 악화되었고, 이로 인해 원시도 진행되었다. 가족 중에 유전성 백내장은 없다! 당신 눈은 건강하다고 말하며 그는 나를 안심시켰다. 겨울날; 니샨타시 발리코나으 거리…… 내가 평생을 보낸 이 거리…… 이 거리를 더 좋아하면 좋겠다. 안타깝게도 니샨타시는 무미건조하고 지루한 곳이 되었다. // 아카바크 거리의 문구점에서 오일 파스텔과 아크릴 물감을 샀다.

은행에 들러 젬과 페리데에게 줄 현금을 인출했다. // 글을 쓰거나 아래층에 내려가 박물관 일을 하는 동안에는 세르민 부인과 시간을 보낸다. 세르민 부인은 매우 똑똑하고 올바르다. 집을 깔끔하게 정리하고 내 식사를 요리할 뿐 아니라 이제는 좋은 친구가 되었다. 그녀는 젬이 욕실, 주방, 마루 등의 리모델링 작업을 할 때 감독했다.

오후 2시에 페리데, 젬과 아파트 9호에서 만나 재단-박물관-비용-지불에 대해 논의했다. 결국 내 돈이니 집중해야 하지만 이 주제는 너무 지루하다. 책상에 앉아 소설을 쓰는 대신 이런 회의를 하니까. 하지만 페리데와 젬은 다정하다. 이제 젬이 수리를 제때 끝내면 좋겠는데……. // 가방에서 돈을 꺼내 그들에게 건넨다. // 그 후 니샨타시의 피부과에 갔다. 목과 가슴에 있는 작은 점들은 점이 아니라 다른 것이었고, 어느 친절한 여성이 모두 태워 버렸다. 잘되었다. 이 이상한 점들은 점점 커져 셔츠와 속옷과 피부 사이에 들러붙었고, 어떤 것은 쓰라리고 아팠다.『내 마음의 낯섦』을 위해 보러 갔던 이 장소들이 내 머리에서 떠나지 않는다……. 이 어머니, 이 아주머니, 이 아이들, 이 빛…….

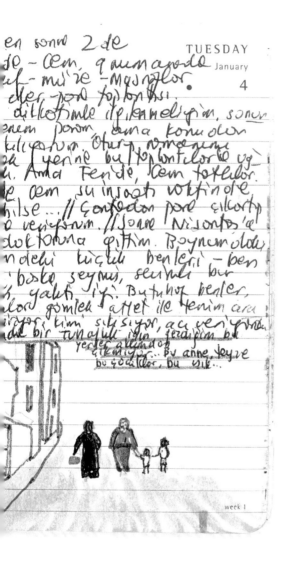

아침에 아래층 9호에서 그레고르와 토마스를 만나 진열장을 살펴본다. 그런 다음 박물관으로 이동한다. 젬도 거기 있었다. 젬은 모든 약속에도 불구하고 여전히 작업을 마치지 못했다. 일 년 동안 한 약속 중 단 하나도 지키지 않았다; 일종의 '이상함'이다. 그레고르와 나는 투덜거리는 것 외에 달리 할 게 없다. 우리가 박물관에서 논의하는 다른 세부 사항들은 그다지 중요하지 않다. 그렇다, 세부 사항들은 우리가 각별히 주의했기 때문에 잘되었다. 저녁에 우리는 토마스와 마르가레타와 함께 택시를 타고 아야 소피아 뒷문으로 갔다. 우리는 두 시간 동안 걸었다. 술탄아흐메트―잔쿠르타란의 뒷골목―술탄하맘, 베야즈트, 쉴레이마니예 사원, 미마르 시난의 무덤, 외즈네질레르, 외파 보자 가게…… 즐겁고 긴 산책이었다. 사진도 많이 찍었다; 즐겁게; 겨울밤 이스탄불의 한산함과 아름다움을 만끽하며. 이스탄불이 이토록 아름답고, 진실하고, 독특하다는 것이 나에게 일종의 자부심과 행복감을 선사한다…… 그리고 다른 사람들에게, 이를 이해할 사람들에게.

아침에 드디어 『눈』의 에브리맨판 원고를 완성했다. 토마스와 마르가레타와 나는 외투를 입고 카바타쉬에서 2시 페리를 타고 뷔윅아다섬으로 갔다. 비가 내리고 흐린 겨울날. 나는 즐겁게 사진을 찍었다. 3시 30분부터 6시 30분까지 뷔윅아다섬의 텅 빈 거리를 걸었다……. 여름 시즌에 집을 빌리기 가장 적합한 곳이 어딘지 살펴보았다. 그런 다음 우리는 알리바바 술집에 갔다. 다정하게 이것저것 맥락 없이 지껄이는 유쾌한 대화. 뷔윅아다섬 겨울의 우울. 이상한 정적. 해가 진 후 한산해진 거리……. 섬이 비면 신비로움은 사라지고 실제보다 더 작게 느껴진다. 이번 여름은 뷔윅아다섬에서 글을 쓰고 수영하며 보내고 싶다……. 뷔윅아다섬에 놀라운 고요함과 짙은 지방의 느낌이 있다. 이러한 분위기가 무척 마음에 들었다.

행복한 하루. 나는 열심히 소설을 쓰고 있다. 오후에 아슬르와 함께 에미뇌뉘까지 걸었다. 누리가 우리 뒤를 따라오며 경호했다. 이스탄불의 혼잡함, 활력. 18시 10분, 우리는 대부분의 관광객과 이스탄불을 사랑하는 사람들로 가득 찬 도시 노선 페리를 타고 보스포루스 해협을 여행했다. 나는 갑판 가장자리에 기대어 휴대폰으로 보스포루스 해협의 풍경을 동영상으로 찍었다. 카바타쉬, 베식타쉬, 오르타쾨이, 베베크……. 정말 멋진 여행이었다. 잠시 후 나는 이 모든 풍경의 시에 몸을 맡긴다. 칸딜리를 지나자 야흐야 케말[95]의 작품 속 보스포루스 해협이 여전히 그곳에 있고, 여전히 건재하다는 인상을 받았다. 나는 이 모든 풍경과 해안을 따라 늘어선 역사적인 저택과 해안 찻집 문화에 깊은 존경심을 가지고 있다.

나는 페인트가 벗겨지고 썩어서 검게 빛이 바랜 오래된 목조 가옥 주변에서 어린 시절을 보냈다. 우리 가족은 니샨타시에서 현대식 콘크리트 아파트에 살았지만 도시 대부분은 벽돌과 나무로 지은 허름하고 곧 무너질 듯한 건물이었다. 목조 건물의 90퍼센트는 페인트칠을 하지 않았다. 칠하지 않은 목재는 얼마 안 되어 갈색이 도는 잿빛으로 변했다. 마치 진흙빛 잡종, 무색 유기견들처럼! 도시의 일부 빈민가는 멀리서 이 진흙빛/잿빛 목재 색깔처럼 보였다. 이 도색되지 않은 목재의 색은 나에게 역사 그 자체, 결핍, 빈곤의 감정을 불러일으키고, 이는 이스탄불을 바라보는 내 시각의 중요한 일부다.

dökülmüş ve yer yer çürü-
kararmış, eski tahta - ahşap
çevresinde geçti çocukluğum.
Nişantaş'ta beton, modern
anlarda yaşarken şehrin çoğu
tuğla ve ahşap evlerde, kirli
-yıkılacakmış gibi duran ahşap
yozlarda yaşardı. Ah-
şapların %90 boyasızdı. Boya
az kısa zamanda kahverengi-
msi rengi bir kıvam alırdı.
-r renkli -mele-renkli sokak
köpekleri gibi! şehrin bazı yıkılma
len uzaktan bu çamur/kül
renginde görünürdü. Bu boyasız
renk bana Tarih'in tenddisi, ve
ve yoksulluk duyguları verir.
İstanbul hayalimin önemli bir parçasıdır.

시슬리 사원이 담긴 오래된 엽서를 보고 나 자신을 억누를 수 없었다. 그래서 이 그림을 그
다. 2차 세계 대전 말기에 건축이 시작된 이 사원은 콘크리트로 지었을 뿐 아니라 모든 면
서 오스만 제국 건축 양식의 모방이다.

지지 기둥

1. 어머니가 어린 시절을 보낸 할머니 집. 할머니는 혼자 살았다. 우리가 가면 할머니는 아
래층으로 내려오지 않으려고 열쇠를 길바닥에 던졌다. 셰브케트와 나는 누가 먼저 '열쇠를
잡을지'(할머니는 열쇠를 종이로 감쌌다.) 서로 경쟁하곤 했다.

크리트 건물에는 지지 기둥이 필요하지 않다고 쓴 팔리흐 르프크는 "그게 고전적인 방식
다!"라는 대답을 들었다.

추억으로 가득 찬 이스탄불의 다른 지역들도
이렇게 그림을 그려야겠다.

읽고 쓰는 법을 처음 배우던 시절 눈에 보이는 모든 글자를 큰 소리로 읽곤 했다. 처음에는 내가 모든 글자를 읽는 데 다들 감탄했다. 나는 아파트 건물 벽면의 광고도 소리 내어 읽기 좋아했는데 나중에 어머니와 다른 사람들이 이런 습관을 불편해했기 때문에 혼자 속으로 조용히 읽기 시작했다.

2. 여기에 **실제로는 이런 구덩이가 없다.** 하지만 할머니를 뵈러 가는 길에 길을 건다가(**다리가 아팠다.**) 지루해지면 가끔 땅에 이런 구덩이가 있다고 상상했다. 어머니가 열기구를 타고 도망치는 상상을 했던 것처럼.

3. 2005년 아르메니아 대학살에 대해 언급했다는 혐의로 이 법정에서 재판을 받았다. 나오는 길에 돌 세례를 받았다.

나는 경호원 누리와 오전 10시부터 오후 1~2시 사이에 베이오을루, 튀넬, 톱하네의 뒷골목을 한참 동안 빠르게 걸었다. 도안 아파트 뒤를 지나 톱하네 뒤편에서 이전에 한 번도 가 보지 않은 곳에 도착했을 때 멈춰 서서 조용히 거리를 바라보았다. 주변에는 아무도 없었다. 호기심 많고 조심스러운 고양이 한 마리를 보았다. 이곳은 하즈메미 골목이었다. 퇴창이 있는 이삼 층짜리 작은 집들. 이런 집들은 항상 나를 숨 막히게 했다. 하지만 이렇게 친숙하고 익숙한 곳에 처음 왔다는 것. 육십팔 년 동안 이 도시에 살면서 처음으로 이런 골목에 왔다……. 걸으면서 보니 베이오을루는 사실 아주 활기찼다; 이렇게 추운 겨울날에도 상점의 진열장, 식당의 유리 진열대, 거리에는 사람들의 발길을 붙잡을 만한 것이 많았다.

당신은 예전에 이곳에

예전에 예전에

온 적이 있지요

옆에 있는 벽의 벽돌을 하나하나 그렸기 때문에 이 문제를 생각해 보고 싶다. 나는 벽돌을 하나하나 배치하고, 그리고, 색칠하면서 어린아이처럼 행복했다. 한편으로는 컬러링 북에 색을 칠하는 기분이었다.

이스티클랄 거리, 윅세크 칼드름 거리, 갈라타 탑은 바로 저 앞에 있다.

이스탄불에서 뷔윅아다섬을 그리움에 가득 차 떠올린다. 굴뚝에 앉은 까마귀는 해 질 녘이나 이른 새벽에 오곤 했다. 귀뚜라미, 매미, 까마귀, 성난 갈매기…… 지저귀는 소리가 아름다웠던 이름 모를 다른 많은 새들. 한숨 쉬듯

하는 냉소적인 새와 걸걸한 까마귀 울음소리가 내 뒤편 언덕으로 사라지곤

다. 소설 『페스트의 밤』을 쓸 때도 마음 한구석은 이 소리들에 열려 있었다.

는 뷔윅아다섬의 꽃과 색, 까마귀를 민게르섬으로 옮겨 왔다…….

카르탈에서 돌아오는
세데프섬의 배

일요일에 세데프섬—
뷔윅아다섬 사이를
오가는 배에
휘발유를 판매하는 선박

2012년 7~8월
뷔윅아다섬과 세데프섬 사이의
북적거리는 일요일

바로 옆 나키 베이 해변으로
승객을 태우고 가는 배

세데프섬의 배

해상 택시

아야 니콜라 공공 해변까지 승객을
무료로 데려다주는 모터보트

금요일

텅 빈 이스탄불 거리를 자동차로 돌아다니는 것은 형이상학적인 생각을 불러일으키는 무언가가 있다. 오후 2시에 아슬르의 운전기사 젠기즈가 나를 데리러 왔다. 병원 차량이라 빈 도로에서 돌마바흐체 검문소의 (경찰) 그 누구도 우리에게 아무것도 묻지 않았다. 나는 휴대폰으로 한산한 거리를 영상에 담았다. 2시 30분에서 6시 30분 사이에 **모다**에서 에드헴과 세데프 에드헴과 함께 식사, 와인, 즐거운 수다. 우리는 처음에 지붕 층에 있었다. 그러다 해가 저물었다. 감염, 환자, 높은 사망자 수가 우리 모두를 두렵게 한다. 그들도 첫 백신 주사를 맞았다. 우리는 백신을 맞아 더 안전하다고 느낀다. 이후 우리는 모다에서 페네르바흐체, 페네르부르누, 뒤에 있는 섬들, 그리고 놀랄 만큼 잔잔한

바다를 바라보았다.

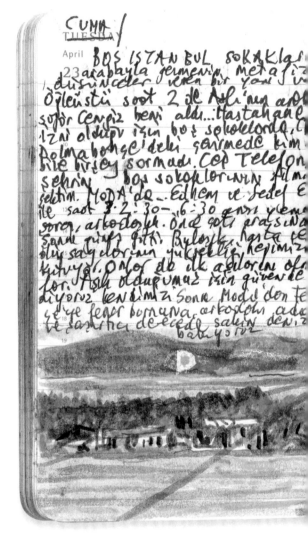

나는『먼 산의 기억』을 작업하고 있다. 그림 선택, 쪽 선택……. 쪽 순서……. 2021년 2월까지 책이 많이 진전되었다……. 첫 120개의 양면을 골랐다……. 이제 할 일: 올해 120쪽을 '문학적' 관점에서, 즉 텍스트/글-이야기에 가치를 두고 읽고 평가하기. 책 분량은 400쪽 정도로 생각한다. 책을 검토할 때 일기장에 쓴 글/그림을 뒤적이다 보니…… 2010년부터 2013년 사이의 페이지가 가장 마음에 들고…… 공책의 수가 늘어날수록, 더 큰 면에 그림을 그릴수록…… 작품의 질과 아름다움이 떨어지는 것을 알게 되었다.

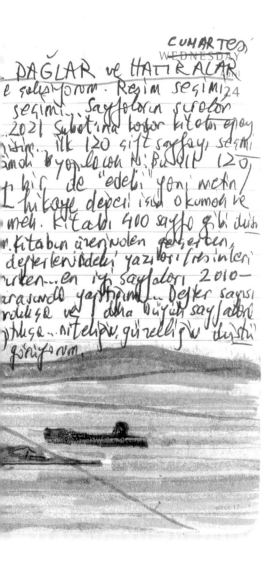

월든-이스탄불

내가 보기에 소로가 그토록 매력적인 이유는 **일기장**이다. 항상 일기장에 쉬지 않고 글을 썼다. 어느 하루에 대해, 주위의 자연에 대해 열정적으로, 지루해질 정도로 서술한다. 다음 날 같은 호수의 같은 지점을 또 글로 쓸 수 있다. 그런 다음 일기장에 썼던 날로 되돌아가고, 내가 그랬듯이 이 년 전 일기장에 썼던 날로 돌아가 새로운 내용을 추가한다. 그리고 이 일기들로 구성되어 나올 책을 상상한다.『월든』이 바로 그런 책이다.

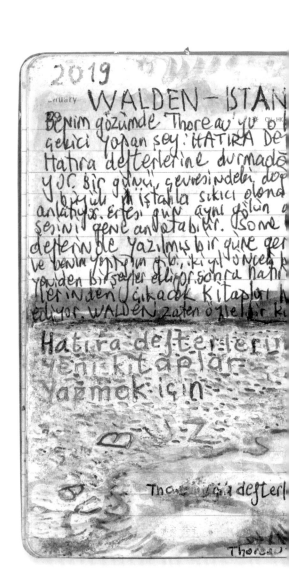

일기장으로
새 책을 만들려면

얼음

얼음

"월든의 풍경은 소박하고, 매우 아름답지만 웅장함과는 거리가 멀다; 이곳에 오랫동안 익숙하지 않은 사람은 그 아름다움을 알아차리지 못한다……." 소로는 『월든』의 '호수'라는 제목의 장에서 이렇게 겸손하게 쓰고 있다. 그리고 이 소박한 풍경에서 자신이 본 모든 것을 묘사하는 데 모든 시간을 할애한다.

소로에게 일기는 읽고, 쓰고, 잘라내며 다듬는 것을 의미한다.

소로가 월든을 위해 했던 것을 나는 이스탄불을 위해 하고 있다.

소설가 중 가장 위대한 사람은 톨스토이다. 그의 일기장을 되는대로 펼쳤다. 1855년 1월 23
"나 자신이 전혀 만족스럽지 않다."라고 적었다. 1855년 1월 25일: "이틀 밤낮으로

『안나 카레니나』에서 레빈은
결혼하기 전에 자신의 일기장을
키티에게 건넨다. 왜일까?
자신이 얼마나 끔찍한 사람인지
키티가 알 수 있게 하려고.

나는 위인의 무덤을 보고 걸음을 멈췄

2016년 『내 마음의 낯섦』이 야스나야폴랴나상을 수상해 사십 년 동안 꿈꿔 왔던 곳을 방문
했다. 그가 도박으로 잃은 첫 번째 큰 집은 해체되어 사라졌다. 더 이상 그곳에 없었다. 나는
다른 작은 집, 거장의 사진, 유품, 사진에서 보았던 책상을 마치 성스러운 유물인 것처럼 살
펴보았다. 그런 다음 그의 무덤으로 걸어갔다.

드 게임을 했다. 그 결과는 분명했다: 모든 것을, 야스나야폴랴나에 있는 집을 잃었다. 글을 쓸
의미가 없다. 나 자신이 너무 역겨워서 내가 존재한다는 사실조차 잊고 싶다."

불행히도 톨스토이는
위대한 소설들을 쓰는 동안
일기 쓰기를 중단했다.
왜 그랬을까?

상은 조용했지만 모든 것이 너무 심오했다.

너도밤나무 사이를 지나 톨스토이의 무덤을 향해 걸어가는 동안 마치 그와 마주칠 수 있을
것처럼 마음이 들떴다. 나는 경외심을 느꼈다. 온 세상이 새하얀 눈으로 덮여 있었다.

2012년 6월 22일 금요일 아침, 뷔윅아다섬에 있는 집 테라스에서 세데프섬을 바라보면……. 안개 사이로 어선이 이렇게 마치 군함처럼 보인다.

결국 우리는 자기 자신뿐이라는 것을 받아들여야 한다……. 누구의 눈에도 띄지 않는 구석진 곳에서 사는 것……. 그러면 인생의 다른 사소한 부분들이 얼마나 신비로운 것으로 가득한지 알게 된다. 『검은 책』이 바로 그런 책이다. 하지만 나는 평생을 『검은 책』을 쓰는 것처럼 살아왔다. 이 책은 사물들이 암시하는 또 다른 세계로 통하는 문이다. 메블루트는 그곳으로 돌아가야 한다. 그 어두운 죄책감, 그 칠흑 같은 밤, 사물들과 함께 나는 그곳에 속해 있다. 그리고 나는 사물들을 하나하나 내 상상 속에 새기며 계속 글을 쓴다.

페이지 뒤에서 새어 나오는 색, 밤에 방으로 새어 들어오는 빛은 낮에 현재를 살아가는 동안 오래된 기억에 정신이 팔리는 것과 같다. 지금이 있고 지금 너머의 또 다른 무엇인가가 있다. 과거의 흔적과 색채가 이 페이지뿐 아니라 다른 페이지에도 있다.

나는 이 먼 풍경을 찾아야 한다는 걸 깨달았다

누군가 찾아와 내 안부를 물었다

y' bulmam
anladım

al eyledi

빛바랜 오래된 커튼

우리는 또 다른 먼 만과 **코라버**들 삼나무 섬에 가서 수영을 했다
이곳에서 메블루트의 중학교 시절에 대해 썼다
아크야카의 호텔 방에서 글을 많이 썼다

우리는 보트를 타고
이 먼 만까지 가서 수영을 했다

괴코와만

여기 바다에 들어갔다

나는 이상하고도 기이한 행복감 속에서 『페스트의 밤』을 쓰기 시작했다. 보즈부룬에서 다른 모든 것과 단절할 수 있었기 때문이다. 아침 6시에 침대에서 일어나 책상 앞에 앉아 글을 쓰기 시작했다. 온 세상이 너무나 멋졌다. 그리고 이 아름다운 풍경, 짙푸른 산과 암석들을 보며 소설을 쓴다는 것이 얼마나 행복하던지! 나는 이곳에서 쪽빛 바다와 보랏빛 산을 마주하고 있으면서 동시에 건물 하나하나의 모습을 상상하며 **민게르섬**에 있다. 미네르바 배가 민게르성과 도시를 향해 천천히 다가가는 동안 중국으로 향하는 승객들은 아름다운 풍경을 보고 있다. 바닷물이 차다. 하지만 두 번이나 들어갔다. 아침은 아래 그림과 같았다.
2016

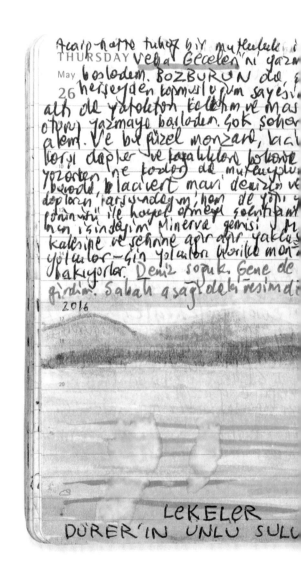

보즈부룬에서 소설을 쓸 때 행복

창가에 마련한 책상에 앉아 풍경을 바라보며 소설을 생각하고, 풍경과 소설 이외의 모든 것을 잊는 것보다 더 큰 행복은 없다…… 선선한 날씨, 차가운 바다; 끝없는 정적…… 곤충…… 새들……. 세상은 소설 속으로 들어갈 준비가 되었다. 오후 5시부터 6시까지 인터넷에서 1~3차 십자군 전쟁에 대해 읽었다. 십자군 전쟁, 시돈, 악카 요새,[96] 십자군이 이 땅에 세운 왕국들……. 이것들은 민게르섬과 민게르성을 생각할 때 매우 중요하다. 보즈부룬의 날씨는 선선하다. 이제 바람이 더 많이 분다. 종일 책상에 앉아 있는 것이 행복하다. 아슬르와 함께 수영하고 좋은 시간을 보낸다. "이게 내가 원하는 삶이라고 말하지 않았던가, 아슬르?" 하고 말했다.

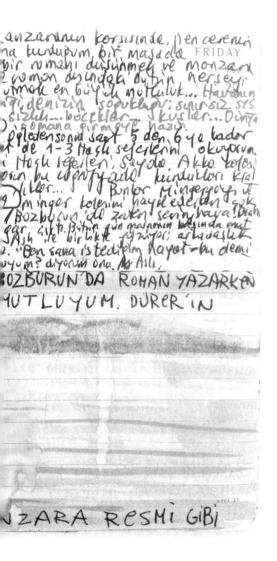

집이 뒤러의 유명한 수채 풍경화 같다

서재에 놓인
나무 독수리

블라인드

뉴저지

내가 소설을
쓰는
빈 공책

못생긴 램프

지금 이 글을
쓰고 있는 공책

내가 십오 년
앉아 있는 의

2019년 12월 10일 뉴욕의 컬럼비아 대학교에서 이번 학기 마지막 강의를 마치고 짐을 챙겨 이스탄불로 돌아가려던 중 에르도안 대통령이 페터 한트케가 노벨상을 수상한 데 분노하며 "여기 우리 테러리스트에게도 노벨상을 주었다!"라고 말했다는 소식을 들었다. 전 세계, 그리고 기자들이 나에게 "어떻게 할 거냐?"라고 물었다. 내가 튀르키예로 돌아갈 수 있을지 고민할 때, 거리에서 나를 '테러리스트' 취급한 사람들과 공무원들이 떠오를 때 대통령 대변인이 나를 지칭한 것이 아니라고 발표했다. 이렇게 해서 내 눈앞의 풍경이 영원히 내 기억 속에 새겨졌다. 이 책상에서 『순수 박물관』, 『내 마음의 낯섦』, 『빨강 머리 여인』, 그리고 『페스트의 밤』의 많은 페이지를 썼다. 나는 십오 년 동안 뉴욕의 이곳에서, 그리고 에이버리 도서관과 다른 도서관에서 소설을 썼다.

뉴욕시 정기선
허드슨강

이상한 소리를 내는
오래된 라디에이터

짐을 꾸려 둔 가방

내가 돌아왔을 때 튀르키예에서 아무도 그 일에 대해 이야기하지 않았다: 사람들은 아무 일 없었다는 듯이 "미국은 어땠어요?"라고 물었다.

산비탈에서 느끼는 두려움과
불안감에 대해 쓰려고 했지만
쓰지 않았다…….

산비탈에 대한 두려움과 꿈 1960년 앙카라에서

우리는 **앙카라**의 아다칼레 거리와 윅셀 거리가 교차하는 모퉁이에서 일 년간 살았다.(5월 27
일 군사 쿠데타를 여기서 겪었다.) 이스탄불에서는 경험하지 못한 동네의 삶이라고 부를 수 있는
것을 이곳에서 처음 알게 되었다. 그러니까 같은 거리에 있는 집과 아파트에 사는 아이들이 길
거리나 서로 연결된 뒷마당에서 만나 축구, 숨바꼭질, 아홉 개의 자갈로 하는 놀이, 편먹기, 적
을 지어내 싸우기 같은 것들을 하는……. 우리는 윗동네 아이들과 전쟁을 하기도 했다……. 그
윗동네에는 현재 튀르키예에서 가장 큰 사원 중 하나인 코자테페 사원이 있다. 1960년만 해도
지금 사원이 있는 자리는 텅 빈 평지였다. 나중에 이 꿈을 너무 많이 꿔서 정말로 내가 경험한
것인지 잘 모르겠다.

고원 가장자리의 인제수 개울 쪽 산비탈은 토양이 부드럽고 매우 가팔랐다. 어떤 아이들은 어딘가에서 구한 나무판자에 앉아 썰매처럼 미끄러져 내려가곤 했다. 어느 날 나도 해 봤다. 산비탈에서 빠르게 미끄러지는데 아래에 상대편 아이들이 보였다. 손에 돌을 쥐고서 소리를 지르고 욕설을 퍼부으며 나를 기다리고 있었다. 나는 멈추려고 했는데 멈출 수가 없었다. 마치 산비탈이 나와 함께 미끄러져 적을 향해 가는 것 같았다. 땅을 붙잡으려고 했지만 그럴 수가 없었다.

아랫마을 아이들

나

이 풍경은 내가 시인 카와 공유하는 또 다른 무언가를 떠올리게 한다. 눈앞의 풍경을 어떤 기억으로 **여기는 것**! 혹은 그 반대: 기억을 상상으로 여기는 것!

기억과 꿈은 하나의 순간, 하나의 이미지다. 나는 그곳에 있었지만 꿈속인지 과거인지 모르겠다. 나는 현재를 마치 과거인 것처럼 경험한다…….

영화 「브라질」을 **흥분하며** 본 기억이 난다. 이 영화가 일련의 사진 콜라주에서 영감을 받았
다는 사실은 몰랐다. 모든 것의 배후에 콜라주와 다다가 있다. 산 뒤에

막스 에른스트[97]

그림과 글을
적합한 방식으로 결합하면
의미가 생겨나기 때문이다.
막스 에른스트는 잊어요…….

조용히 해 주세

혼ㅈ

조용

건너세

그때와 ㅈ

계곡을 향해

아래로

이 계곡에서

저기에서 시간이 멈출 것이다

바위가 많은 물가

강을 따라가다 보면 단어와 그림이 하나가 되는 계곡에 도착한다

내가 중국 거장들, 옛 산수화가들의 영향을 받아 그린 '일련의 먼 산'은 기억의 위치와 (기억 그 자체가) 먼 산 너머 어딘가에 있다는 것을 보여 준다.

인내심을 갖고 기억해요

뷔윅아다섬

여기에 도시가 있었다
옛날에

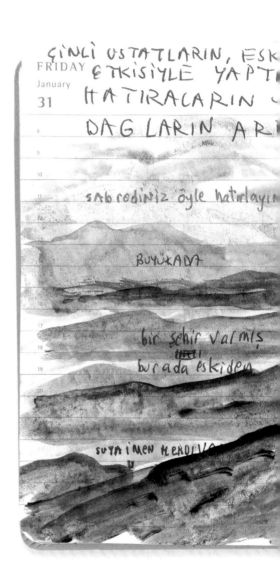

물로 내려가는 계단

온 세상을 내려다보는 테케 건물

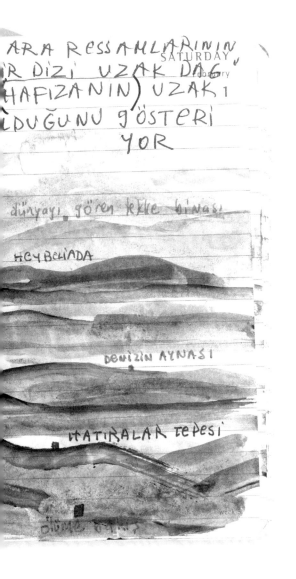

헤이벨리섬

바다의 거울

기억의 언덕

죽음을 바라보는 관점

MONDAY
October
14

week 42

내가 기억과 꿈으로부터 떠올려 그린 이 산의 풍경 뒤에는 K의 불안도 담겨 있다.
저 멀리 땅 위에 이 집을 넣은 것은 나에게는 처음이다……

그림
산
강

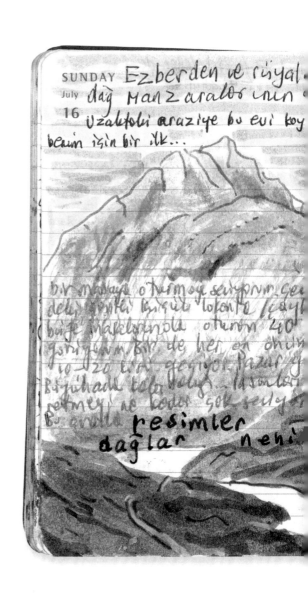

나는 테이블에 앉아 있는 것을 좋아한다. 내 주위의 다양한 작은 레스토랑/찻집/간이식당
테이블에 앉은 마흔 명의 사람들을 본다. 그리고 매 순간 일이십 명의 사람들이 내 앞을 지
나간다. 일요일 뷔윅아다섬의 인파……. 내가 사람들 구경하는 것을 얼마나 좋아하는지.

아침에 아슬르가 출근을 하기 전. 나는 테라스에 멋진 빛이 들어와 열심히 사진을 찍는다. 아슬르에게 카메라를 넘겨준다! 그리고 종일 소설에 몰두한다.

는 상상한다

그 꿈에 대해 곧 이야기하겠다. 독수리 둥지……. 내 인생에 가장 무서운 꿈……. 하지만…….

2시에서 3시 사이에 베이오을루—지한기르의 뒷골목을 걸으며 끝없이 사진을 찍는다. 오래된 서점, 추운 골목길, 우울하고 황량한 곳, 떨고 있는 고양이: 이 거리, 이 사람들이 바로 내 나라다. 나는 내 **소설** 속에 있다. 나는 내 소설에 만족한다. 하지만 다른 일들이 글 쓰는 속도를 떨어뜨린다. 작가가 되어 오로지 글만 쓰기—책에 내 그림이 포함되어야 한다.

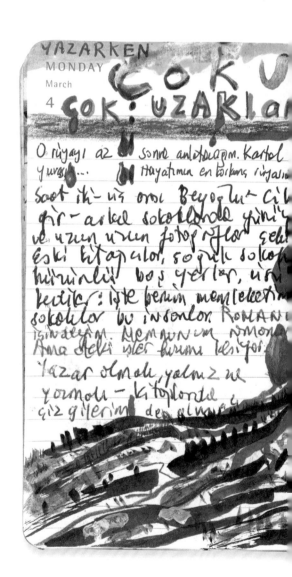

주: 멀리 있었다 모든 것이

모르겠다
항상
그렇지는 않다
난 정말
모르겠다.

나는 보았다
당신은 보았다

이전에 꾸었던 이 꿈에서 카는 가파른 경사면이 있는 바위투성이 땅에서 목표물에 가까워지자 강력한 빛에 눈이 부셔 속도를 늦추며 멈추었다.

이 나오는 곳에 눈👁이 있다는 것을 알고 그는 두려움에 사로잡힐 것이다……. 왜냐
면 나도 같은 꿈을 꾸었다.

어딘가에 자신을 지켜보는 눈이 있다는 것을 깨달았을 때 갈립은 처음에 두려워하지 않았다. 하지만 모든 것을 보는 눈은 숨지 않고 곧 모습을 드러냈다.

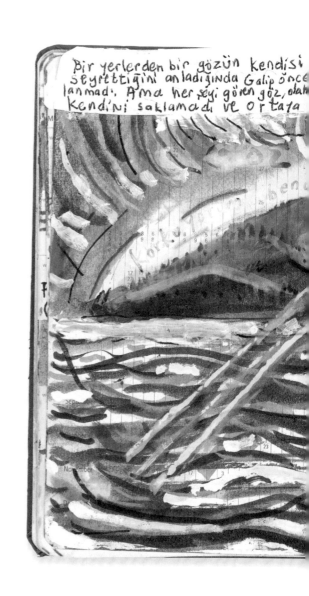

눈은 그를 알고 있었다
그도 눈을 알았다

그가 이 눈을 만들었다. 자신을 보고 지켜볼 수 있도록. 그는 그 시야에서 조금도 벗어 나고 싶지 않았다. 그 시선과 눈 아래에서 그는 **평온했다.**

신비로운 것들

마치 매 순간 그 눈이 자신을 지켜보고, 이 사실을 자신이 아주 잘 알기 때문에 그가 **존재하는 것** 같았다. 이 사실은 그의 **이성**의 일부가 되었다. 그 눈이 자신을 잊어버릴지도 모른다는 생각에 불안할 때도 있었다.

항상 이곳도 어느 장소
시작할 때

우리는 팀을 요청했다

발코니의 군중은 주의 깊게
 나는 보고 잊어버렸다 읽어요
 너는 그 그들은 스스로를 속이고 있다
 그 그림 안에 나를 향해
 있다
자리가 없습니다 기억은 대부분 색이다
우주는 종이 위에서 무한하다

her zaman
SATURDAY
April
13
bir takım istedik
balkondaki kalabalık 👁 dikkat
baktım ve unuttum okuyu
 sen o kendilerini kan
 o resmin içime do
 içindesin çoğu zam
 yer yok uzay kağ
bu sabah ○ bu sihirli
 kelime
daha uzaklara gitme
 bu kıyıda
dokunmak
için dokunmak
düşünmeden bakmak
 uzak değil
suyun altına burada de
giriş buradan bir
 resi
geriye kalanlar

오늘 아침 이것은 마법적인
단어다

더 멀리 가지 마

이 해안에서
만진다
만지기 위해
생각 없이 바라보기

물로 멀지 않다
들어가는 길은 이쪽이다 여기 말고
남겨진 것들 어딘가에

그러면 한 번 더
너는 항상 볼 것이다

이것은 그림이 아니다

아무도 그것을 받아들이지 않는다
항상 거기에 있었다

생각하지 않고
너는 여기  뒤 어딘가에 있다
오래전부터

가끔은 그저
글을 쓰는 것만으로
행복하다 충분히

바람이 불고 시원하다
그림은 말하지 않는다 본다
그림에서 글을 쓰는 곳에는 색이 없다.

어떤 것도 보이는 것과 같지 않다
새로운 창문이 보이면
풍경을 볼 준비를 해야 한다.

우리가 보기에
우리 섬 맞은편에 있는 섬은
항상 우리의 이성을 사로잡는다.

내가 도무지 쓰지 못했던 이 소설 속 작가와 화가 K와 O는 언쟁과 다툼 끝에 마침내 먼 산 너머에 다다라 그곳에서 단어와 그림이 하나라는 것을 깨닫는다. **먼 산 너머에 숨은 비밀이 바로 이것이었다.** 그리고 그들은 사실 이미 기억을 통해 알고 있었다…….

하지만 그들은 어쨌든 이 여정을 떠났다. 아는 것은 기억하는 것이 아니라 기억하는 것을 보는 것이기 때문이다.

가장 먼 산 너머로 사라진다는 생각은 조상을 찾는 것, 천국으로의 귀환에 대한 환상이다……. 나는 거기에 있었다!라고 그는 말해야 한다.

나 자신을 낭만주의 화가이자 시인 **윌리엄 블레이크**와 동일시하는 이유

그는 불꽃과 불을 좋아한다

그는 글을 쓰고 그림을 그린다

페이지에 단어와 이미지가 섞여 있다

페이지를 하나의 총체로 본다

나뭇가지를 페이지를 나누기 위해 사용한다

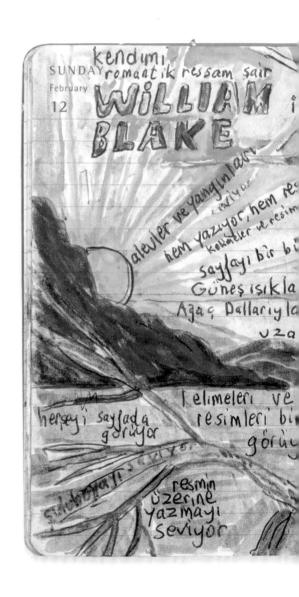

모든 것을 페이지에서 본다

단어와 그림을 함께 본다

그는 수채화를 좋아한다

그림 위에 글을 쓰는 것을 좋아한다

그는 태양 광선을 화살표처럼 그리는 것을 좋아한다
나뭇가지를 사용하여 페이지를 나눈다

자신의 집을 외부에서 그린다→여기가 내가 살던 곳이야라고 말하며→

거미줄을 그렸다

그는 먼 산을
어두운색으로 칠한다

옛날 옛적에 단어와
그림은 하나였다

당시에는 단어가 그림이었고 그림이 단어였다

『페스트의 밤』에 대한 나의 모든 걱정과 두려움을 적겠다.

도시의 번잡함을 묘사하는 동안 나는 거기에 있다.

민게르 해안

검역 결정 과정이 지나치게 자세하다
세균에 감염되면 서서히 분노에 찬 헛소리와 발열
아무도 그것에 대해 쓰지 않고
페스트의 밤
묘지가 가득 차고 있다
우리를 잊지 말아요

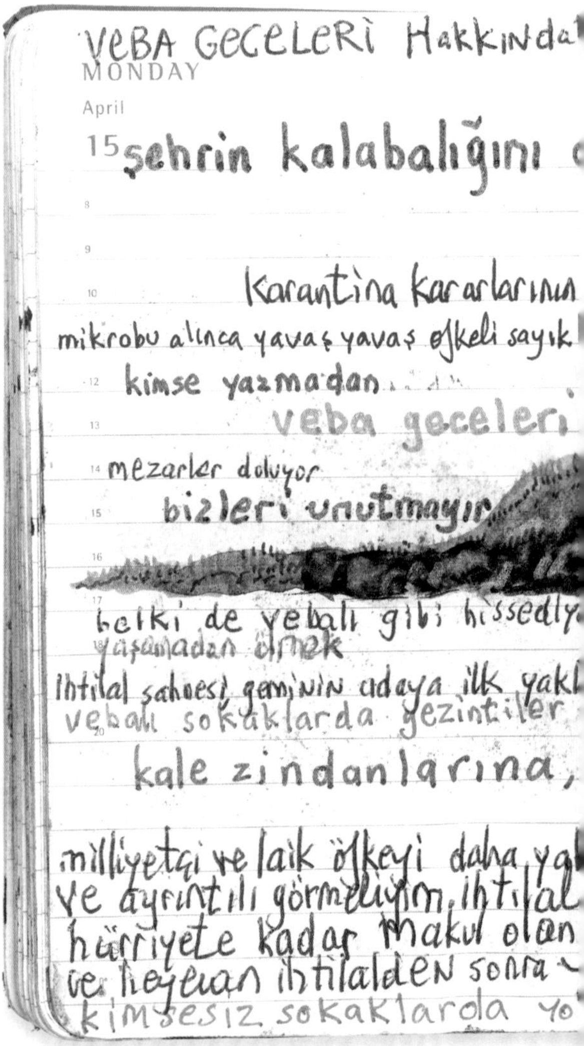

어쩌면 내가 **전염병** 환자처럼
느껴진다
살지 않고 죽는 것
혁명 장면, 배의 첫 섬 접근,
파샤가 장갑 마차를 타고 나가는
모습은 멋지다
페스트가 창궐한 거리를 거닐다
성의 지하 감옥, 격리 시설, 집에 들어가자

민족주의자와 세속주의자의 분노를 더 가까이 자세히 살펴야 한다. 혁명과 독립 이전까지
합리적으로 보이던 분노와 열정은 혁명 이후 **강렬하고 비이성적으로** 변한다.
아무도 없는 거리에서 길을 잃고 미쳐 가는 페스트 환자

ndişe ve korkularımı yazayım

TUESDAY
April
16

m oradayım
nger sahili

ay runtlı

gece ölenlerin iç sesleri
nın zırhlı arabasıyla gezinmeler güzel
yaza yaza roman hatıra oldu
ere ve evlere girelim
aslında veba olup antibiyotik alsam
Vebayı günlük hayat içinde
daha çok görmeliyim
astalıktan ancak hastalar anlar
ve DAHA MANTIKDIŞI
ederek deliren vebalı

밤에 죽은 사람들의
내면의 목소리

쓰고 쓰니 소설은 기억이 되었다

실제로 페스트에 걸려 항생제를 먹는다면
나는 일상생활에서 페스트를 더 많이 볼 필요가 있다
환자만이 병을 이해한다

335

그는 항상 관찰당한다는 것을 알기 때문에 풍경을 바라보며 자기 존재를 인식하게 되었다. 때로는 세상의 의미가 검은 태양처럼 먼 산 너머에서 떠오른다.

그렇다면 그는 풍경을 읽어야만 한

그렇더라도 당신이 모든 것을 고백할 필요는 없어요라고 **아슬르**는 말한다

카는 이 눈이 먼 산 너머의 비밀을 본다는 것을 깨닫고 안도했다. 온 우주의 비밀이 이제 저 풍경의 의미를 통해 드러날 것이기 때문이다.

많은 것이 설명되지 않고 표현되지 않은 채 남아 있다. 나는 논리가 아닌 감정으로 그것들을 이해했다. 위험한 경사면, 절벽, 커브길, 교차로…….

나보다
먼저 떠난 사람들은
돌아오지
않았다

아래를 내려다보기가 두려웠지만 그래도 살펴보았다. 결국 나는 그 책을 쓸 수 없게 되고, 죄책감으로 이 여정을 잊을 것이다.

THURSDAY
December
13

9

Çin'li şair
Uzak Değlor
Ka'de coşku
üzerine,
istiyordu. G
iktidar dep
siyasal süp
bir parsası

중국 시인 학자(문인)들이 그린 **산수화**는 화가 카가 먼 산으로 떠난 여행길에 늘 함께했다. 카도 중국의 화가—학자들처럼 자신이 열정적으로 그렸던 여행과 풍경 장면에 시를 쓰고 싶었다. 그는 대부분 정부 관리-서기였던 시인-화가 학자들이 정권이 바뀌어 유배되었다는 것을 잊지 않았다. 물론 그들이 정치적 이유로 유배된 곳은 산수화에서 빼놓을 수 없는 **먼 산**이었다.

나는 이 산수화에서 영감을 받아 '중국인들은 이렇게 생각했다'라는
제목의 책을 상상하기 시작했다.

SATURDAY

December

8

343

아래 평원의 무한한 풍경이 펼쳐지
광활한 전

세 가지 방식

러니까 평원(平遠) 관점은

국 전통 경관 배치의

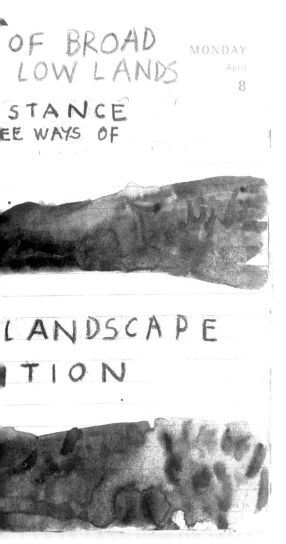

OF BROAD
LOW LANDS

MONDAY
April
8

STANCE

EE WAYS OF

LANDSCAPE
TION

나다

동원(董源)[98]은 가장 높은 봉우리의 범상치 않
모습을 정성스럽게 그리는 대
점과 터치

종의 점묘파(pointilist)

법으로 결합했기 때문에

림에서 몇 걸음 뒤로 물러나야만 그 세부적인 것이 드러난다.

독수리 혹은 매의 둥지에서 바라본 풍경은 이러하다. 하지만 정확히 이런 모습이었다고 말할 수는 없다. 이 책은 사실이 아니라 기억을 보여 준다.

하지만 마침내 그곳에 도착해서 행복했다.
모든 것이 제자리에 있었고, 나는 감상하고 있었다.

그림으로 표현해야 할
내 꿈을 다음 페이지에
단어로 그렸다.

계곡을 지나고 바위 절벽을 돌아 드디어 독수리 둥지라고 생각했던 매의 둥지를 발견했다. 조심스럽게 절벽을 내려가자 그 둥지에는 독수리 대신 새로 만든 무덤이 있었다. 가까이 다가갔을 때 그것이 나의 무덤이라는 사실을 공포에 휩싸여 깨달았다.

내 무덤은 뜨거운 밀랍으로 덮여 있었다. 밀랍이 뜨겁다면…… 내가
죽은 지 얼마 되지 않았다는 뜻이고, 내 무덤 위에는 내 삶을 평가하고
판단하는 인장이 찍혀 있었다. 물론 신이 찍은 인장이었다. 고개를 들면 독수리 둥지에서
저 멀리 날아오르는 그분을 볼 수 있다. 온 힘을 다해 하늘을 향해 고개를 들려고 애를 쓰다
가 두려움에 떨며 잠에서 깼다.

비슷한 악몽을 꾼 적이 있다. 한번은 내가 지나온 길, 먼 산 사이의 길과 계곡, 독수리 둥지, 절벽의 위치를 그려서 표시했다.

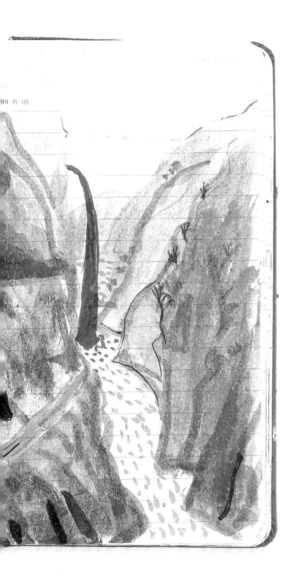

이 꿈을 꾸고 나서 윌리엄 블레이크가 그린 그림과는 달리 해가 풍경 밖이 아니라 풍경 안에서 떠오른다는 것을 감지하기 시작했다.

그러니까 저녁이 되어 날이 어두워지면 그 어둠이 외부가 아닌 지구 자체에서 오는 것처럼 느껴진다…….

나는 태양이 지평선이 아닌 땅속에
떠오르는 나라를 종종 상상했

곳에서 밤과 낮은

나다

저녁 무렵 외로워서—어쨌든 내 주위에 사람들이 좀 있었으면 해서—에이버리 도서관으로 갔다. 두 시간 동안 소설을 쓰려고 노력했다. 교전, 총격전이 끝났다; 라미즈와 다른 반란군들은 총탄에 맞아 쓰러졌다. 이제 콜아아스는 사망자와 부상자들 사이에 있다……. 내일 그는 옷장/함에서 깃발을/내가 깃발이라고 부를 것을 들고 광장에 모인 사람들을 향해 흔들 것이다. 내가 삼 년 동안 쓴 이 소설에서 가장 기억에 남는 장면 중 하나가 될 것이다.

에이버리에서 소설을 쓰다……

잡지 서가에서 《골동품》 9~10월/11~12월호를 보고 호퍼가 호텔 — 호텔 로비와 호텔 잡지라는 주제로 그림 전시회를 열었다……. 내 소설 **카드놀이 하는 사람들**의 등장인물 중 한 명이 **호퍼** 같은 화풍이면 좋겠다. 20세기 첫 사십 년에 개장한 호텔 그림들……. 동시에 내 주인공은 이하프 훌루시[99] 같은 사람이 될 것이다: 복권, 라크병 라벨, 부르주아적인 행복한 장면 등등.『페스트의 밤』을 끝내려고 애를 쓰면서…… 다른 소설을 생각하고 상상한다. 이제 서둘러서 이 책을 끝내야 한다. 다른 어떤 것도 나를 방해해서는 안 된다.

THE MET　　　　나는 소설에서 가장 충격적인 페이지를 쓰려고 한다……. 지금 쓰고
　　　　　　　있다고 말할 수도 있다……. 민게르 혁명이 곧 시작된다……. 소설에
골몰하며 쓰던 중 문득 고개를 들어 창밖을 바라보니 손님이 있었다. 매였다. 산비탈에 있
는 둥지에서 내려온 듯했다. 매는 창턱에 앉아 나를 지켜보고 있었다: 나도 매를 뚫어지게
바라보았다—나는 조금도 몸을 움직이지 않고 사진과 동영상을 찍었다.

『페스트의 밤』을 위해

어둠과 고독이 두려워 집에 혼자 있지 못하는 사람은 다른 사람들을 찾고…… 그들을 만나고…… 그들로부터 병을 옮는다.

4월 4일, 바르셀로나에서 마드리드로 가는 기차에서 — 아슬르와 이야기를 나누는 동안 우리는 올여름에 에킨 오클라프[100]에게 번역을 부탁하기 위해 소설의 시작-일부분을 보내는 것은…… 성급하다는 결정을 내렸다……. 동시에 아슬르는…… 전혀 생각하지 않고 자연스럽게…… 이 소설은 일 년 육 개월이 더 필요하다고 말했다. 나 자신에게조차 숨기고 있던 생각을 말하며……. **이 사실을 받아들이는 데 약간 시간이 걸렸고, 나에게 고통을 안겨 주었다.**

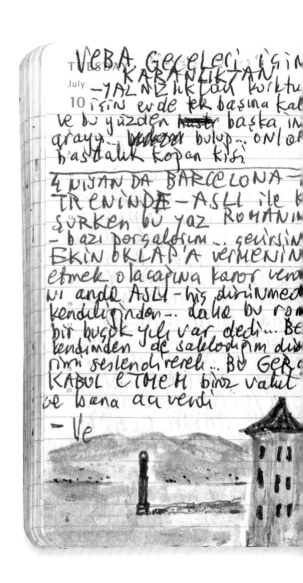

민족주의와 민족들, 사라지는 민족들에 대한 페이지들…… 논쟁하는 구절은 소설에서 아주 중요하고/재미있다…….

— 지금 테헤란으로 가는 길에…… 나는 이란에 대한 위키피디아 정보를 읽고 알았다: 20세기 초 현대 이란 인구의 50퍼센트 이상이 집에서 튀르키예어를 사용했다……. 한 세기 동안 이 비율은 15~17퍼센트로 떨어졌다. 이란은 억압, 인종 차별 등을 통해 100년 만에 국민들이 튀르키예어를 잊게 만들었다……. 콜아아스 카밀과 그 측근들은…… 바로 이 주제에 대해 토론하고 있을지도 모른다……. 하지만 그들이 한 일들은…… 민게르어를 보호하는 동시에 다른 언어와 학교를 억압했다. 물론 정권을 잡자마자 룸[101]들을 박해하기 시작할 것이다.

361

집의 창문들을 잊지 마
모든 점이 창문이다
변두리 마을

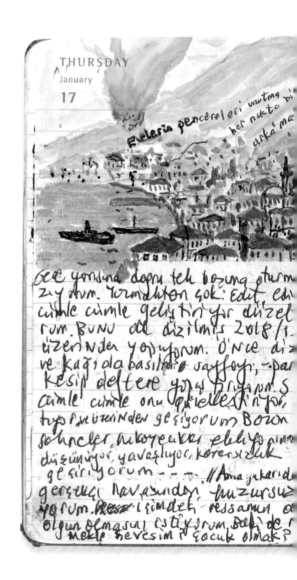

자정 무렵 혼자 앉아 글을 쓴다.
글을 쓴다기보다: 글을 편집하고
문장 하나하나를 발전시키고 수정한다. 나는 2018년 작성한 초고를 바탕으로 작업하고 있다. 먼저 타이핑된 인쇄 페이지의 단락을 오려 내 공책에 붙인다. 그런 다음 한 문장씩 다듬고, 줄이고, 수정한다. 때로는 새로운 장면이나 부차적인 이야기를 추가한다. 때로는 숙고하고, 속도를 늦추고, 망설이고…… // 하지만 위 그림의 사실적인 분위기가 마음에 들지 않는다. 내 안의 화가가 좀 더 성숙하면 좋겠다. 그림을 그리고 싶은 내 열정은 무엇일까? 어린아이가 되고 싶은 걸까?

소설은 산을 보면서 파노라마, 풍경, 그리고 민족 정체성이라는 주제로 들어가야 한다. 내 안의 어린 화가는 이러한 것을 알고 있으면서도 여전히 이 그림을 그린다.

금요 기도 시간—아잔[102]이 울려 퍼질 때…… 나는 열정적으로 소설을 쓰고 있었다. 잠시 멈추었다. 상황 평가: 세 주요 인물: **콜아아스**, **주지사**, **부마 의사**가 언덕에서 성-항구-도시-풍경을 내려다 보며 많은 전염병 관련 문제를 검토하고 있다. **내 소설은 파노라마적이다; 장엄하고**, 서사적인 면이 있다.

그러나 이 그림들은 내 소설보다 더 순진하고, 더 가볍고, 더 어린아이 같은 면이 있다. 게다가 내 소설의 세계를 단순화한다. 책은 이 어린아이 같은 그림이 암시하는 것보다 더 어둡고 가혹하다. 『페스트의 밤』은 강렬하고, 거칠고, 어두운 소설이 되어 간다. 하지만 민게르섬의 색채, 태양, 바다는 꼭 필요할 것 같다. 한 집 한 집 이 세계를 건설하고 있다……

『페스트의 밤』의 영어 번역을 검토하고 있다. 엄청난 느낌이다. 일부(많은) 독자들이 지루하고 지나치게 상세하다고 생각한 장 ― 주제들을, 예컨대 오스만 제국 왕자들…… 중독에 대한 두려움 등을 읽으면서 내가 쓰기를 잘했다고 생각한다…….(마지막 배의 출항과 부두의 분위기를 묘사할 때 약간 장황하게 서술했다.) 영어판 소설을 읽으면서 진심으로 이 주제가 정말 재미있다고 생각했고, 왜 지루해하는지 모르겠다. 나는 내가 읽고 싶은 소설을 썼다. 일부 몰지각한 사람들이…… 소설에 이런 많은 역사 지식이 들어가면 안 된다고 말한다! 그렇다, 어떤 사람들은 이런 지식을 지루하다고 생각한다. 어쩌면 내가 전혀 반응하지 말아야 할지도 모른다! 일부 독자들이 옳을 수도 있다. 나를 이해하지 못하고, 이유 없이 화를 내는 독자들을 이해하는 것이 내 일의 일부다…….

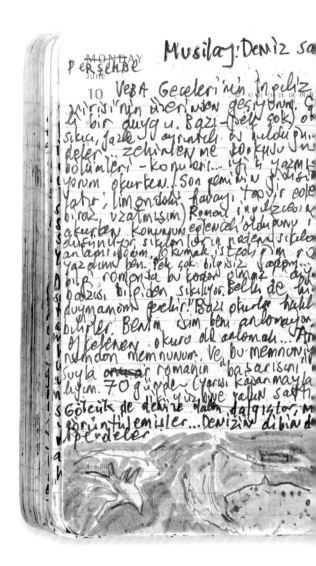

하지만 나는 내 소설에 만족한다. 그리고 이 만족감과 소설이 거둔 '성공'을 잊지 말아야 한다. 이 소설은 칠십 일 동안(이 중 절반은 봉쇄 기간이었다.) 20만 부 가까이 팔렸다.

굇주크에서 바다에 들어간 잠수부들이 점액질을 촬영했다……. 해저의 얇은 망사 커튼.

오후에 뤼야가 왔다. 두 시간 동안 이야기를 나누었다. 영리하고, 합리적이고, 매력적이고, 아름답다. 괴뉠 고모에게 갔고, 내 어머니한테도 다녀왔다고 했다. 한 분은 아흔두 살, 다른 한 분은 아흔아홉 살이다. 딸애가 그들에 대해 마음씨 곱게, 사랑스럽게 이야기하는 것을 듣고 기뻤다…… 작가로서의 문학적인 관찰들. 딸애는 나보다 훨씬 더 평온한 삶을 사는 것 같다. 세데프섬에 있는 집 아래층에 새 부엌을 설치하는 등 보수 공사를 한다고 한다. 그녀는 섬에 다녀왔기 때문에 가까이서 본 '점액질'을 슬픔과 혐오감에 싸여 묘사했다.

6월에 바다 표면에 나타나는 오물 층은 과거에도 있었다. 그러나 보통 7월이면 사라진다. 신문에서 계절의 변화, 미생물 등에 대해 짧게 언급할 것이다. 때때로 그것은 6월 말 뷔윅아다섬에서 수영하기 힘들게 만든다. 그러나 올해 같은 재앙적인 상황에 이른 적은 없다. 올해는 마르마라해의 가장 먼 구석까지 이 오물이 콧물이나 타액 비슷한 역겨운 흰색 침전물로 변했다. 여기저기 침전되고 두꺼워진 이 타액은 오물—세균—질병과의 연관성을 떠올리게 한다. 마르마라해 전체가 이것으로 뒤덮였다. 특히 수심이 얕고, 물이 따뜻하고, 외딴 해변에서는 고름처럼 보인다. 환경운동가들은 2500만 명의 사람들이 마르마라해에 오물을 버린다고 말한다. 이것이 진짜 이유인지는 알 수 없다. 하지만 그것은 뷔윅아다섬과 바다, 심지어 삶으로부터 사람들을 멀어지게 한다.

뷔윅아다섬 7월
15일
왜. 여기에
모기장이 있었다
아침에 일어나면
눈앞에
이 나무들이 보이고,
소나무 가지 사이로
바다가 보인다
내 생각에 세상은 아름답다
뷔윅아다섬

이것이 내가 그림을
그리는 이유다.

그림자

슬리퍼

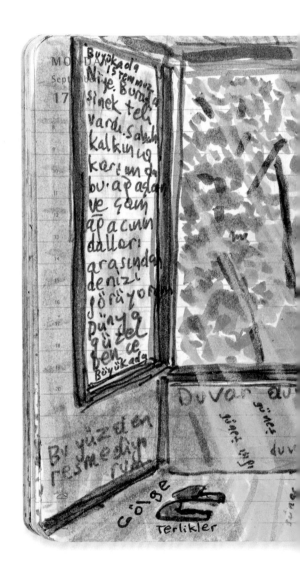

벽   벽
햇빛—해
햇빛—해

벽
벽

커튼

커튼 그림 그리는 것은 쉽지 않다

맞은편 벽

맞은편 벽

침대

침대

침대

모든 것을 보고 이 공책
모든 것을 쓸 것이다

바쁘고 행복한 하루. 오늘 아침 일찍 일어나 소설 세 쪽을 썼다. 그런 다음 컬럼비아 강의 준비를 위해 『노스트로모』를 다시 읽었다. 재능 있고 노련한 소설가 콘래드…… 강렬하고, 지적이며, 정교하다. 하지만 나는 학생들에게 『노스트로모』에 대한 내 감정을 드러내지 않았다. 저자는 일생 동안 라틴 아메리카에서 보낸 시간이 거의 없다. 하지만 라틴 아메리카에 관한 정치 소설을 쓰기로 결심했다. 당시 라틴 아메리카의 인구는 3000만 명이었다. 프랑스도 그 수준이었다. 하지만 오늘날 라틴 아메리카의 인구는 열 배나 증가했다. 콘래드가 라틴 아메리카에서 보낸 시간이 거의 없음에도 라틴 아메리카를 소재로 소설을 시도한 것은…… 여기에는 문학적이고 인간적인 문제가 있다. 타인을 대변하고 모르는 사람들에게 설명하려는 우리의 관심은 얼마만큼이나 순수한가?

나는 이 방의 장난감 새 무늬 바닥 타일 때문에 다리에 류머티즘이 생기자 10월 초 도시로 돌아왔다.

6시 30분, 어둠 속에서 '운동'하기 위해 뷔위아다섬 거리를 걷다 보면…… 천천히 걷고 있는 내 또래의 '노인'들을 만난다: "좋은 아침입니다, 작가님!" 하고 그들은 나에게 말한다……. 나는 뛰듯이 빠른 걸음으로 땀을 흘리며 걷는다……. 그들은 절룩거리며…… 힘겹게 걷는다. 흐린 날씨에…… 가끔 태양이 얼굴을 내밀면 기분이 좋아진다. 그런 다음 혼자 앉아 쓰고, 쓰고, 또 쓴다. 나는 내 삶에 만족해야 한다. 정원, 태양, 소나무, 무화과나무, 야자나무. 여름 내내 이 방에서 『페스트의 밤』을 썼다. 사실 커튼은 다른 색이었다.

내 책상

콘래드:『노스트로모』를 읽고 있다.

풍자적이고 냉소적인 천재 작가가 발휘하는 상상력의 깊이와 폭을 나는 좋아한다. 아슬르의 부재는 계속해서 내게 깊은 불행을 안겨 준다. 글 쓰는 속도가 다시 느려졌다. 내 인생에서 한 번도 이렇게 열심히 쓴 적이 없다. 하지만 그래도 소설은 내가 원하는 때에 끝나지 않을 것이다. 이 소설을 완성하기까지 아직 써야 할 것이 너무 많다.『노스트로모』를 읽는 동안 흥분된다. 어떤 평론가가『페스트의 밤』이 **콘래드**의『노스트로모』의 영향을 받았다고 말해 주면 기쁠 듯하다. 그런데『노스트로모』를 읽은 사람이 얼마나 될까?『노스트로모』도 가상의 나라 **코스타구아나**를 배경으로 펼쳐지지만 독자들은 이곳이 **파나마**라는 것을 바로 안다. 책의 첫머리에 **콘래드**는 사건이 펼쳐질 나라/풍경을 묘사한다. 내일 수업에서 학생들에게 소설에서 가상의 나라 **풍경**을 장황하게 묘사하는 것이 어떤 의미인지 물어야겠다 / 나는 물었다.

트럼프가 (입원했던) 병원에서 퇴원해 백악관으로 돌아갔다……. 그는 도발적이며, 거친 분위기를 풍긴다……. 여론 조사 회사들은 그가 선거에서 패배할 것이라고 말한다. 코로나바이러스 유행병을 중요하게 여기지 않고 마스크나 격리 조치를 믿지 않는 대통령……. **바로 내 소설에서처럼!** 저녁 무렵……. 5시 수업을 위해 **콘래드**의 『노스트로모』를 읽고 있다. 학생들과 토론하는 것도 즐겁다. 날씨가 다시 따뜻해졌다. 나는 해변으로 내려가 이십 분 동안 수영했다. 바다는 차지 않다. 하지만 이상하게 으스스한 느낌이다. 풍경화와 민족주의의 연관성: **풍경**은 국가를 보여 준다. 갈리마르의 나탈리가 올해 『먼 산의 기억』 출간이 어렵겠다는 메일을 보냈다. 그렇군. 안타깝게도 그렇다. 그 책을 서두르지 않게 되어 기쁘다. 하지만 할 일이 너무 많다.

라틴 아메리카와 『먼 산의 기억』은 하나의 나라/국가다!
사실!

나는 이곳에서 여름 내내 민게르섬을 상상했다. 발코니 창 너머로 보이는 세상의 빛깔은 주지사 사미 파샤가 집무실에서 바라보는 세상과 비슷하다.

『페스
트의
밤』을
썼다

내가 바라보는 풍경에는 **마티스**가 **프랑스** 남부에서 그린, 지중해가 내다보이는 발코니와 블라인드를 묘사한 그림을 연상시키는 멋진 면이 있다. 문장을 구상하고 주인공들이 **민게르** 섬의 언덕을 분주하게 오르내리는 장면을 쓰는 동안 내 머리 한구석은 이 방의 빛, 이 아름다운 풍경, 거대한 소나무와 무화과나무를 매일 관찰하고, 그것들을 '보고' 있었다는 사실을 기억하고, 그리하여 나의 상상과 풍경이 서로 뒤섞인다.

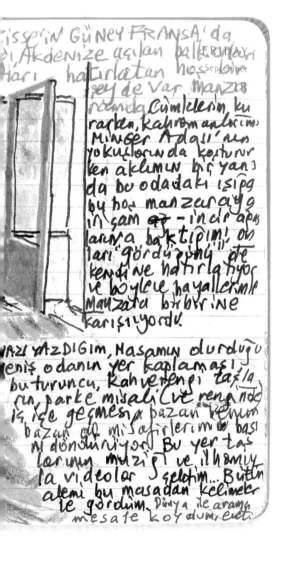

내가 **글을 쓰고** 있고 내 책상이 있는 넓은 방의 주황색과 갈색 타일이 마치 쪽모이 세공 마루처럼 서로 맞물린 모습은 가끔 내 머릿속을, 때로는 방문객들의 머릿속도 어지럽게 만든다. 나는 이 바닥 타일의 음악과 영감으로 영상을 만들었다……. 나는 모든 세계를 이 책상에서 단어들로 보았다. 그렇다, 나는 세상과 거리를 두었다.

뷔윅아다섬 집의
그네에서 바라본 풍경

내가 마지막으로 본
정원 모습이다
이제 섬을
이 집을
떠난다
안타깝게도

문

돌보지 않은 정원
돌보지 않은 나라

나는 일 년 중 아홉 달을
우린 섬에 갈 거야
가서 이 이 정원을 멍하니
바라봐야지
하는 마음으로 기다린다.

배나무

(01:40부터 4:10 사이) 잠에서 깨니 머릿속에 소설의 마지막 장면이 떠오르기 시작했다. (『눈』에서 묘사한 콜리지[103]의 꿈처럼) 몇몇 대사와 아이디어를 공책에 적었다. 이렇게 해서 나는 1959년에 작가 미나 민게를리와 파키제 술탄을 만나게 하기로 결정했다. 그해 여름 제네바에 머물 예정이라 도시를 잘 표현할 거라고 믿으며 많은 것을 상상했다. 머릿속에 떠오르는 세부 사항들, 색깔들을 신이 나서 계속 적었고, 이 모든 것이 『페스트의 밤』의 결말에 얼마나 잘 어울릴지 생각하며 마음이 들떴다.

책의 마지막 장면: 만약 이런 새로운 아이디어가 떠오르면 모든 것을 꼼꼼히 적둘 것이다. 세부 사항들을 만끽하면서, 꼼꼼하게 살피면서, 쓰고 또 쓸 것이다. 요하다면 소설의 시작 부분으로 돌아가 추가하고 수정하겠다. 독자들이 이 사운 결말과 이 주제에 대비하도록 세심하게 준비할 것이다.

주 청사 광장에서 바라본—주 청사 건물. 왼쪽은 아야 트리아다로 향하는 길. 우체국 지붕과 다른 건물들

그렇다, 소설을 끝낸 요즘 내가 불안한 이유는 나 자신, 그리고 다른 사람들과 한 약속을 지키지 못한다는 느낌 때문이기도 하다. 나는 튈라이에게 12월까지 일을 끝내겠다고 말했다. 외즈귀르에게는 11월이라고 말했다. 나 자신에게는 9월, 아니 한여름이라고 말했다. 아홉 달 동안 쉬지 않고 글을 쓰다 보니 이메일과 편지에 답장할 시간도, 심지어 이 공책에 제대로 글을 쓸 시간조차 없다.

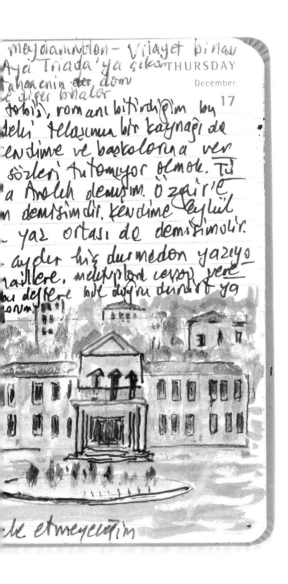

건대: 서두르지 않겠다.

조판한 소

최근 너무 바빠서 여기에 글을 쓸 수 없어…… 이 그림을 그렸다.

내가 소설을 썼던
책상

의자 등받이에 걸린 내 재킷

나는 지한기르의 이 방에서 매일 열두 시간씩
글을 쓰며 『페스트의 밤』을 완성했다.
밤에는 세 시간 자고, 한 시간 동안 글을 쓰고,
다시 세 시간을 잤다.

자고 있는 동안 아슬르가 사진을 찍었다. 지한기르에서 나는
종종 밤 11시부터 12시 사이에 이렇게 잠이 들었다.

비행기에서 가져온
시야를 어둡게 하는
수면용 안대가 이마에 있다

아슬르가 보고 있는 텔레비전 소리가 내 꿈속의 먼 산, 섬, 절벽, 그리고
일 단어들로 표현하고자 했던

종일 소설을 쓰고 나서 저녁 식사 후 이따금—종종—거실에 있는 소파에서 잠이 든다.

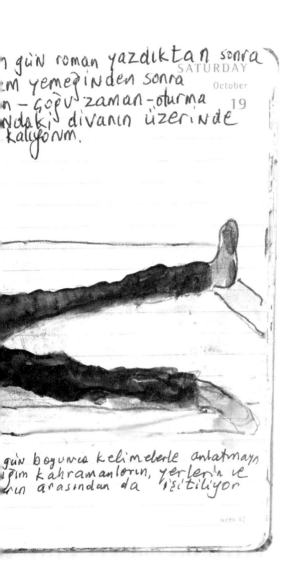

장인물, 장소, 사물들 사이에서도 들린다.

2009_____ 1월, 독일 건축가 그레고르 순더플라스만과 함께 '순수 박물관' 건립을 위한 작업을 시작했다. 2월, 여자 친구인 키란 데사이와 함께 인도의 고아로 갔고, 그곳에서『내 마음의 낯섦』을 집필하기 시작했다. 3월, 플로베르의 도시 루앙 대학교에서 명예 박사 학위를 받고 플로베르에 관한 글을 썼다. 4월, 아라 귈레르의 책『아라 귈레르의 이스탄불: 40년간의 사진』의 서문을 썼다. 5월, 에스파냐의 알람브라를 방문한 후 베네치아의 베네치아 카포스카리 대학교에서 비교문학을 강의했다. 6~9월, '순수 박물관' 진열장 작업을 했다. 10월, 하버드 대학교에서 노턴 강연을 했으며, 이 강연은 나중에『소설과 소설가』로 출간되었다.

2010_____ 1월, 베를린과 바르셀로나 현대문화센터에서 '박물관과 소설의 미래'를 주제로 강연했다. 2월, 고아의 바다에서 수영도 하면서『내 마음의 낯섦』을 계속 썼다. 3월, 이집트 여행, 카이로, 알렉산드리아. 5월, 알바니아 여행. 그리스에서의 짧은 휴가를 제외하고는 여름 내내 이스탄불에서 '순수 박물관' 건립과『내 마음의 낯섦』집필로 바쁘게 보냈다. 가을에는 컬럼비아 대학교에서 강의를 계속했다.

2011_____ 2~3월, 고아에서 아침마다『내 마음의 낯섦』을 계속 썼고, 저녁에는 텔레비전에서「아랍의 봄」을 시청했다. 이 봉기는 그에게『페스트의 밤』을 상상하게 했다. 4월, 처음으로 터치스크린 휴대 전화를 샀다. 봄에는 강연을 위해 불가리아와 이탈리아로 여행을 갔다. '순수 박물관' 진열장들을 만들고『내 마음의 낯섦』을 쓰는 일로 여름을 보냈다. 9월, 교수로 재직 중이던 컬럼비아 대학교에서 비교문학을 강의하며『고요한 집』을 재점검했다. 미국의 예술 출판사 에이브럼스 출판과 그해 여름 완성되었지만 아직 공개되지 않은 '순수 박물관' 도록『사물들의 순수』의 출판 계약을 맺었다. 브라질, 아르헨티나, 칠레로 책 홍보 여행을 떠났다. 그 여행이 끝날 무렵인 12월, 여자 친구 키란 데사이와 헤어졌다.

2012_____ 3월, 두바이에서 여동생 휘메이라 파묵의 결혼식에 참석했다. 4월, 마침내 '순수 박물관'이 방문객에게 공개되었다. 이 프로젝트는 첫 시작부터 개관까지 십육 년이 걸렸다. 파묵이 이후 박물관학 수업에서 자주 가르친『박물관을 위한 겸손한 성명서』도 이 시기에 출간되었다.『내 마음의 낯섦』을 집필하고 가을에는 컬럼비아 대학교에서 강의하며 남은 한 해를 보냈다. 파묵이 십 년 후 결혼하게 될 아슬르 악야바시와의 관계는 여름에 시작되었다.

2013_____『내 마음의 낯섦』을 완성하기 위해 노점상들과 인터뷰하고 이스탄불의 외곽 마을을 돌아다녔다. 베네치아 비엔날레에 초대받았을 때 게지 공원 시위[104]가 시작된 것을 보고 정부의 권위주의적이고 억압적인 태도를 비판하는 글을 썼으며 9월, 여러 찻집에

서『내 마음의 낯섦』의 주인공 요구르트 장수가 어린 시절을 보낸 콘야, 베이셰히르 호숫가의 임렌레르 마을과 촌락으로 돌아온 늙은 이스탄불 요구르트 장수들의 경험담을 들었다. 가을에 뉴욕에서 콘스탄티노스 카바피스의 150번째 생일에 강연을 했다.

2014_____ 《뉴욕 타임스》에 작은 박물관에 관한 글을 기고했다. 조지아, 영국, 에스파냐에 책 홍보 여행을 가고 강연도 했다. 4월, 볼로냐 대학교에서 일주일 동안 움베르토 에코와 함께 강의했다. 5월, 유럽 박물관 포럼이 '순수 박물관'에 수여한 상을 받기 위해 에스토니아의 탈린으로 갔다. 이후 파리 외곽에 있는 안젤름 키퍼의 대규모 작업실을 방문했으며, 일 년 후《가디언》에 이에 대한 글을 썼다. 다큐멘터리 감독 그랜트 지와 함께 영화「기억의 순수」를 제작했다. 아슬르 악야바시와 함께 리스본에 갔으며, 헬레나 바즈 다 시우바 문화유산상을 수상했다. 9월, 컬럼비아 대학교에서 소설『내 마음의 낯섦』을 완성했고, 12월에 튀르키예에서 출간되었다.

2015_____ 소설『빨강 머리 여인』을 쓰기 시작했다. 2월, 부르사 여행. 야샤르 케말의 죽음. 캐롤린 크리스토브-바카르지에브가 기획한 '순수 박물관'이 이스탄불 비엔날레의 전시 공간이 되었다. 파묵의 그림 공책이 이스탄불에서 처음으로 전시되었다. '순수 박물관'과 이스탄불에 관한 그랜트 지의 영화「기억의 순수」를 홍보하기 위해 베네치아 영화제에 갔다.『내 마음의 낯섦』영어판 홍보를 위해 미국에서 도서 홍보 투어를 했다.

2016_____ 1월 초, 파묵은 런던 서머싯 하우스 코톨드 갤러리에 '순수 박물관' 진열장 열세 개의 복제본을 설치하기 위해 런던으로 갔다. 1월 말, 파묵의 열 번째 소설『빨강 머리 여인』이 출간되었다. 퐁피두 센터에서 그랜트 지의「기억의 순수」가 전시되는 동안 파리를 방문했다. 에스파냐, 톨레도 여행. 7월 15일 군사 쿠데타 시도가 있었을 때 뷔위아다섬에서『페스트의 밤』을 집필하고 여자 친구 아슬르 악야바시와 함께 텔레비전을 시청했다.

2017_____ 소설『눈』이 블랑딘 사바티에의 감독하에 연극 무대에 올려졌다. 2월, 상트페테르부르크 대학교에서 명예 박사 학위를 받았고, 이후 야스나야 폴랴나에 있는 톨스토이의 집과 무덤을 방문했다. '순수 박물관'의 진열장들이 오슬로 역사 박물관에 전시되었고, 5월에 파묵도 개막식에 참석했다. 여름에는『페스트의 밤』을 계속 집필했다. 유명한 소설가 주세페 토마시 디 람페두사[105]를 기리는 상을 받기 위해 아슬르와 함께 시칠리아에 갔다. 가을에 컬럼비아 대학교에서 강의를 계속한 후 이스탄불의 탄프나르 센터 개원식에서 연설했다.

2018_____ 1월, '순수 박물관' 진열장으로 구성된 전시회가 밀라노의 바가티 발세키 박물관에서 열렸다. 5월 초, 크레타 대학교에서 명예 박사 학위를 받았다. 크레타섬 여행은『페스트의 밤』과 민게르섬이 형태를 갖추는 데 도움이 되었다. 5월 말, 바르샤바에 갔다. 아우슈비츠를 보고 인류에 대해 수치심을 느꼈다. 6월 초, 카슈에 갔고, 민게르섬 서술에 영감을 준 카스텔로리조섬을 보면서『페스트의 밤』을 썼다. 가을에 첫 사진집『발코니』가 출간되었다. 뉴욕의 컬럼비아 대학교에서 강의하는 동안『빨강 머리 여인』홍보차 헬싱키를 방

문했다.

2019_____ 두 번째 사진집『오렌지색』에 들어갈 사진을 촬영하기 위해 이스탄불 밤거리를 하염없이 걸었다. 6월, 「눈」이 공연되는 사라예보에 갔다. 이스탄불과 뉴욕에서『페스트의 밤』 집필을 계속했다. 11월, 아슬르와 함께 페루 여행을 떠났다. 일주일에 한 번, 매주 목요일 화가 친구인 인지 에비네르의 작업실에 가서 그림을 그렸다.

2020_____ 2월, 파키스탄의 라호르 축제에 참석했다. 코로나19 팬데믹이 시작되었을 때 아슬르와 함께 뉴욕에 있다가 곧장 이스탄불로 돌아왔다. 4월, 「훌륭한 전염병 소설이 가르쳐 주는 것들」이라는 장문의 글을 써서 전 세계에 발표했다. 팬데믹 기간에 집에서 두문불출하며 이스탄불을 한 번도 떠나지 않고『페스트의 밤』을 썼다. 컬럼비아 대학교의 가을 학기 강의는 뷔윅아다섬에서 줌으로 진행했다. 11월, 두 번째 사진집『오렌지색』이 출간되었다.

2021_____ 3월 말, 소설『페스트의 밤』이 출간되었다. 4월,『먼 산의 기억』을 구상하기 시작했다. 톱카프 궁전 도서관에서 가져온 6000개에 달하는 세밀화의 저해상도 복사본에 대한『그림이 있는 내 이름은 빨강』 집필 작업을 시작했다. 가을에 뉴욕으로 가 컬럼비아 대학교에서 평소처럼 강의했다. 한편으로는 그림일기와 육필 원고로 구성될 전시회를 꿈꾸었다.

2022_____ 새 소설『화가 이야기』 집필을 당분간 포기하고 다른 소설『카드놀이 하는 사람들』을 구상하고 쓰기 시작했다. 4월, 십 년 동안 사귄 아슬르 악야바시와 결혼했다.『페스트의 밤』의 번역본 홍보차 2월에는 독일을, 3월에는 프랑스와 에스파냐를 방문했다. 5월, 이탈리아의 사르데냐섬에서 코스타 스메랄다 상을 수상했다.

미주

1 아슬르 악야바시. 파묵이 2022년 4월에 결혼한 인생의 동반자.(원주)

2 독일 화가이자 조각가(1945~).

3 오르한 파묵의 소설『내 마음의 낯섦』속 남자 주인공 이름.(원주)

4 종단에 속한 사람들이 기도와 의식을 행하며 기거하는 장소.

5 극도의 금욕 생활을 서약하는 이슬람교 집단의 일원.

6 크레타섬 북서부에 있는 도시.

7 오르한 파묵의 소설『검은 책』에 나오는 칼럼 작가.(원주)

8 1929~1979. 교황 암살도 시도한 메흐메트 알리 아으자에 의해 살해된 당시《밀리에트》편집장이자 논설위원이었던 신문 기자.(원주)

9 오르한 파묵이 소속된 와일리 문학 에이전시의 경영인 중 한 명.(원주)

10 파묵이 에브리맨 클래식 시리즈에 포함된『내 이름은 빨강』을 위해 쓴 서문.(원주)

11 조지 엘리엇의 장편 소설.

12 오르한 파묵의 소설『순수 박물관』속 여자 주인공.

13 『순수 박물관』의 남자 주인공.

14 오르한 파묵의 집안일을 돕는 여성.(원주)

15 오르한 파묵의 형이며 경제사학자인 셰브케트 파묵.(원주)

16 이탈리아 화가 파우스토 조나로 (1854~1929).

17 『내 마음의 낯섦』에서 메블루트의 아내.(원주)

18 오르한 파묵이 특별한 관심을 나타낸 도시 간 운행 선박.(원주)

19 유럽 류트의 전신으로 서양 배 모양을 한 이슬람 세계 현악기.

20 평평한 공명 상자에 30~45개의 현이 달린 악기.

21 튀르키예 작가 아흐메트 함디 탄프나르(1901~1962).

22 『내 마음의 낯섦』의 등장인물 중 한 명.(원주)

23 오르한 파묵의 딸(1991~).

24 미국 미술인, 조각가(1903~1972).

25 2009년 파묵이 하버드 대학교에서 했던 문학 강의. 이 강의록을 이후『소설과 소설가』로 출간했다.(원주)

26 튀르키예의 지중해 지역.

27 오스만 제국 시인(1526~1600).

28 튀르키예 정치인(1938~2023).

29 튀르키예 가수(1931~1996).

30 광고 전단지 같은 일회성 인쇄물이나 출판물, 물건 포장재 혹은 우표, 영화나 공연 티켓, 포스터, 과자 상자 속 카드 등 한 번 쓰고 버리는 일상용품을 일컫는 용어.

31 무슬림들이 금식을 끝내고 여는 축제.

32 위에 깨가 뿌려진 고리 모양의 빵.

33 18세기의 유명한 튀르크 세밀화가 압둘라흐 부하리.

34 오르한 파묵의 친구이자 역사학자.(원주)

35 페르시아의 수피 시인 파리두틴 아타르가 쓴 시.

36 뉴욕 메트로폴리탄 미술관(The Metropolitan Museum of Art)의 약자.

37 그리스 섬 이름.

38 소설가 키란 데사이. 2006~2011년 사이에 오르한 파묵과 사귀었다.(원주)

39 이슬람 종파의 교주.

40 오스만 제국 시대의 급진 개혁파들.

41 각료 회의실.

42 소설과 에세이, 평론 등 다양한 장르에서 활발한 작품 활동을 펼쳐 온 남아프리카 출신 작가 J. M. 쿳시(1940~).

43 오르한 파묵의 열한 번째 소설『페스트의 밤』의 배경인 상상의 섬.(원주)

44 이탈리아 작가, 출판업자(1941~2021).

45 사적 영접실.

46 인도 뭄바이의 유명한 슬럼가.(원주)

47 역사 소설로 유명하며, 영어로 작품 활동을 하는 인도 작가 아미타브 고시(1956~).(원주)

48 고아의 택시 운전사.(원주)

49 고아에서 파묵의 이웃이자 친구인 비벡 메네제스.(원주)

50 발요즈(또는 발요즈 작전 계획)는 2003년 3월 5일부터 7일까지 1군 사령부에서 열린 기획 세미나에서 튀르키예 정부를 전복하기 위해 체틴 도안의 주도하에 작성된 것으로 알려진 군사 쿠데타 계획.

51 브라질 풍경화로 유명한 네덜란드 화가(1612~1680).(원주)

52 낭만주의 풍경화로 유명한 독일 화가 카스파르 다비트 프리드리히(1774~1840).

53 호기심을 자아내는 진귀하고 이국적인 것들, 때로는 괴이한 것들로 가득 찬 공간.

54 튀르키예의 유명한 남자 가수.

55 2010년 5월 31일 이스라엘에서 110~130킬로미터 떨어진 지중해 국제 수역에서 가자 지구에 인도주의적 지원을 제공하던 튀르키예 IHH 인도주의 구호 재단과 자유 가자 운동 단체의 선박 여섯 척을 이스라엘 방위군이 저지한 사건. 배에 타고 있던 튀르키예인 열 명이 사망했다. 이 사건 이후 에르도안 정부는 이스라엘과 외교를 단절했다.

56 V. S. 나이폴(1932~2018)이 1979년에 발표한 역사 소설.(원주)

57 나중에 하산으로 불리게 될 인물이며, 창작 과정에서 처음에 사용했던 이름.(원주)

58 토마스 만의 소설.(원주)

59 1920년 노벨 문학상을 수상한 크누트 함순(1859~1952).

60 이슬람 건축의 천장 장식 기법으로 벌집 모양을 띤다.

61 인도의 시인이자 소설가(1952~).

62 오르한 파묵의 어머니.(원주)

63 이탈리아 피렌체에 있는 미술관.(원주)

64 16세기 르네상스 시대에 이탈리아 귀족들의 저택에 있던 개인 서재.

65 암스테르담과 베를린에서 거주하며 작업하는 튀르키예의 개념 예술가(1981~).

66 자루에 든 나무나 돌로 만든 숫자들을 추첨해서 각자 가진 종이에 쓰인 숫자들과 맞추는 행운 게임. 빙고와 유사하다.

67 이탈리아 베네치아의 수상 버스.

68 레바논 출생의 팔레스타인 설치 예술가(1952~).

69 베네치아에 있는 조선소이자 병기창 복합 단지.(원주)

70 베네치아 대운하 남쪽 해안에 있는 미술관.(원주)

71 이탈리아 디자이너 피에로 포르나세티(1913~1988).(원주)

72 이탈리아 르네상스 건축가 안드레아 팔라디오(1508~1580).(원주)

73 3차원으로 그려 실제처럼 착각할 정도로 세밀하게 묘사한 그림.(원주)

74 노르망디 지역의 해안 도시. 모네의 「에트르타 절벽의 일몰」로 유명하다.

75 벨기에 태생의 아르헨티나 작가 훌리오 코르타사르(1914~1984).

76 영국 소설가(1946~).

77 컬럼비아 대학의 예술 서적 도서관.(원주)

78 독일의 미술 잡지.

79 미국 작가, 언론인, 교수(1951~).

80 《노에마 매거진》의 편집장(1952~).

81 과거 스파이들이 사용했던 녹음, 녹화 테이프가 든 카세트를 의미.

82 우크라이나 출생의 브라질 작가(1920~1977).

83 파키스탄계 미국인 작가(1963~).(원주)

84 바르셀로나에서 거주 중인 알바니아 작가(1955~).(원주)

85 밀가루 반죽을 동그랗고 얇게 밀고 그 위에 야채와 고기를 얹어 화덕에 구운 튀르키예 전통 요리.

86 알렉산드리아 출신의 그리스인 시인, 언론인 콘스탄티노스 카바피스(1863~1933).

87 영국의 소설가, 시인 로런스 더럴(1912~1990).

88 오르한 파묵의 친구인 독일 작가, 신문 기

자.(원주)

89 그리스 지방의 자그마한 음식점.

90 요구르트나 아이란(요구르트를 희석한 음료)에 오이 혹은 상추, 마늘을 짓이겨 넣어 만든 식욕을 돋우는 음식. 그리스의 자지키와 비슷하다.

91 카리브해 세인트루시아 출생으로 1992년 노벨 문학상을 수상한 시인(1930~2017). (원주)

92 인도의 유명 여성 작가(1937~)로 오르한 파묵의 연인이었던 키란 데사이의 어머니.

93 영국의 시인, 에세이 작가 길버트 키스 체스터턴(1874~1936).

94 페이스트리를 겹겹이 쌓아 치즈나 고기를 채워 만든 음식.

95 튀르키예 소설가, 시인(1884~1958).

96 오스만 제국의 세자르 아흐메트 파샤가 나폴레옹 군대에 맞서 용감하게 지켜 낸 성.

97 독일 서양화가(1981~1976) .

98 중국 송나라의 산수화가(?~?).

99 오르한 파묵이 존경해 마지않는 그래픽, 포스터, 라벨 예술가(1898~1986).(원주)

100 오르한 파묵의 영문판 번역가.(원주)

101 동로마 제국 국경 안에 살던 시민과 그 후손 혹은 무슬림 국가에 사는 그리스인 혈통의 사람.

102 이슬람 사원에서 신자들에게 예배 시간을 알리는 소리.

103 영국의 시인, 평론가 사무엘 테일러 콜리지(1772~1834).

104 2013년 5월 28일 정부가 이스탄불 중심가인 탁심에 위치한 게지 공원의 녹지 공간을 쇼핑몰로 재개발하겠다고 발표하자 이에 반대하면서 시작된 시위다. 이 과정에서 경찰이 시민들을 강경 진압하자 대규모 반정부 시위로 변했다. 이 시위는 공원을 점령한 시위대가 튀르키예 경찰에게 공격을 받으면서 커졌다. 이후 시위의 주제는 탁심 게지 공원 개발 반대를 넘어서 반정부 시위로 확산되었다.

105 이탈리아 작가(1896~1957).

옮긴이 이난아

한국외국어대학 터키어과를 졸업하고, 튀르키예 국립 이스탄불 대학에서 튀르키예 문학으로 석사 학위, 튀르키예 국립 앙카라 대학에서 튀르키예 문학으로 박사 학위를 받았다.

현재 한국외국어대학 튀르키예·아제르바이잔학과 교수로 재직 중이다. 저서로 『터키 문학의 이해』, 『오르한 파묵, 변방에서 중심으로』, 『오르한 파묵과 그의 작품 세계』(튀르키예 출간), 『한국어-터키어, 터키어-한국어 회화』(튀르키예 출간)가 있고, 튀르키예 문학과 문화에 관련한 다수의 논문을 발표했다. 소설 『내 이름은 빨강』 등 50여 권이 넘는 튀르키예 문학 작품을 한국어로 번역했으며, 김영하의 『나는 나를 파괴할 권리가 있다』 등 다섯 편의 한국 문학 작품을 튀르키예어로 번역했다. 2024년 동원번역상을 수상했다.

먼 산의 기억

| 1판 1쇄 펴냄 | 2024년 11월 28일 | 지은이 | 오르한 파묵 |
| 1판 2쇄 펴냄 | 2024년 12월 25일 | 옮긴이 | 이난아 |

| 발행인 | 박근섭 박상준 |
| 펴낸곳 | (주)민음사 |

출판등록	1966. 5. 19. 제16-490호
주소	서울시 강남구 도산대로 1길 62(신사동)
	강남출판문화센터 5층 (우편번호 06027)

대표전화	02-515-2000
팩시밀리	02-515-2007
홈페이지	www.minumsa.com

| 한국어판 | © (주)민음사, 2024. Printed in Seoul, Korea |
| ISBN | 978-89-374-1645-3 03830 |

오르한 파묵의 소설

페스트의 밤

전염병으로 뒤덮인 민게르 섬의 운명은 어떻게 될 것인가!
환상과 현실, 과거와 현재, 동양과 서양을 교묘하게 엮어 낸
역사 판타지 미스터리 소설.

빨강 머리 여인

우물 밑바닥에 버리고 온 진실이 드디어 드러난다.
신화와 삶, 운명과 의지가 절묘하게 뒤섞인 신비로운 이야기.

내 마음의 낯섦

착한 소년 메블루트의 삶과 매혹적인 이스탄불의 40년 현대사가
환상적으로 직조된다. 오르한 파묵의 소설적 기교, 그리고
지적 풍부함과 능숙함이 돋보이는 수작.

내 이름은 빨강

노벨 문학상을 수상한 튀르키에 작가 오르한 파묵의 대표작.
오스만 제국을 무대로 펼쳐지는 음모와 배반, 목숨을 건 사랑.

하얀 성

끝까지 함락되지 않는 '하얀 성'처럼 절대 다다를 수 없는 타인,
알 수 없는 존재를 향한 끝없는 도전.

검은 책

사라진 아내와 그녀의 의붓오빠를 찾아
이스탄불 전역을 헤매는 남자,
그리고 자기 자신을 잃어버린 사람들의 이야기.

눈

사흘 낮, 사흘 밤, 눈 속에 갇힌 카르스에서 벌어진
이슬람 문명과 기독교 문명의 충돌과 갈등, 그리고
거대하고 압도적인 비극에 관한 이야기.

새로운 인생

이스탄불의 평범한 공대생이었던 오스만이 인생을 바꾼
책 한 권을 우연히 만난다. 낯선 양식으로 그려 낸
'새로운 인생의 의미 찾기' 로드 소설(road novel).

제브데트 씨와 아들들

자수성가한 상인 제브데트 씨와 두 아들의 삶을 통해 드러나는,
격변하는 사회 속에서 삶의 방향을 고민하는 청춘들의 방황,
그리고 삶의 의미.

고요한 집

이스탄불 근교에 살고 있는 아흔 살 할머니의 집에서
세 남매가 보낸 일주일. 튀르키예 근현대사를
한 집안의 비극으로 풀어낸 걸작.